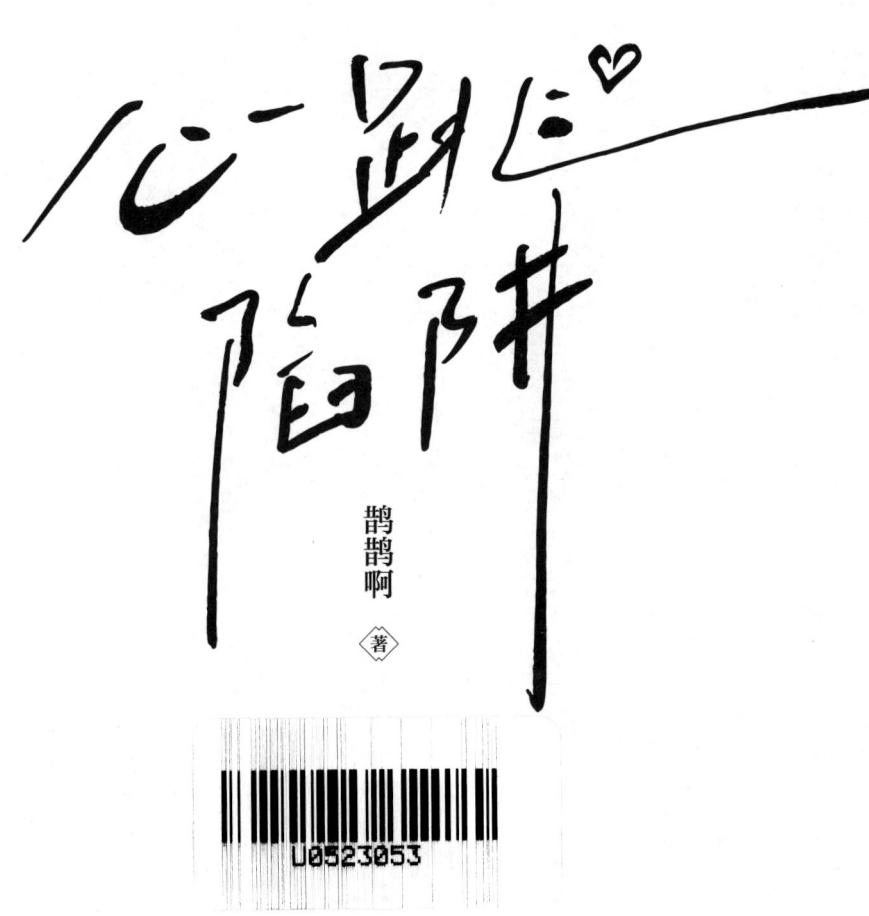

鹊鹊啊 著

下册

青岛出版集团 | 青岛出版社

第十章
单向喜欢

江聿停住动作。车内静了几秒钟。

从她的口中听到这个答案后,江聿"扑哧"笑出声,而后怕她发现,收敛了几分笑意,只是肩头忍不住地抖动。

半晌,他慢悠悠地启动车子,问她:"什么宝藏啊?"

他发现,喝醉的林绵有些可爱。

他握住林绵的手指,晃了晃,笑着说:"你握着你的宝藏呢。"

林绵撩了一把头发,露出半张脸,白皙的皮肤晃人眼睛,与贴在耳畔的黑色头发形成鲜明的对比。

想到那双手前一夜帮他做过什么,他滚动喉结,收回视线,看向前路,双手重新握紧方向盘。

林绵累了,放下了头发,发丝挡住了她的面容。

"林绵。"江聿叫她的名字,见她没动静,又叫,"绵绵——"

喝醉了的人很有意思。林绵这会儿靠着车窗,呼吸均匀。

江聿起了玩心:"老婆——"

看到靠在车窗上的人动了动,江聿弯起嘴角。

谁知道,下一秒,她用手去抠车门的锁。这把江聿吓坏了,他赶紧按了反锁。

林绵不知道自己刚才的行为有多危险,皱着漂亮的眉,语气不满地命令道:"停车!"

江聿在路边停下车,侧过身摸摸她的脸。

她的脸有些烫,被头发闷出一层薄汗。

江聿拢了拢她的长发,露出她的耳朵和脖子:"好受些了吗?"

"我想吐。"林绵忽然开口。

江聿庆幸她还能说出来,于是快速地让她下车。林绵蹲在马路边,捂着嘴,好像很难受。

江聿从后备厢里取了一瓶水拧开备用。

林绵盯着江聿的影子一动不动,不说话,也不想起来。

她眼神失焦地望着地面。

江聿伸过手,抚摸她的额头,动作轻柔地拂开她的发丝,又把手移到她的背后轻轻地拍着,语气像哄小孩儿一样:"喝点儿水?"

林绵抬起头,眼睛里染上了醉意,眼角微微泛红。

她迟钝了好几秒,才开口:"喝。"

就着江聿的手,她喝了好几口水,乖巧又规矩,让人完全看不出她喝醉了。

江聿用指腹拭走她唇角上的水,手上用了点儿力,揉得她的唇角微红。

"小烦人精,喝醉了还要我伺候!"

这样的事之前在伦敦时也发生过一次,江聿弄了两瓶好酒,林绵喝得酩酊大醉,像只醉猫往他的怀里钻。

他有些心猿意马,抬起她的下巴,重重地吻了一口。

夜风轻轻地拂过林绵的唇角,酒气夹杂着发丝上那缕淡淡的香水味萦绕过来。

江聿看了半响,脸色沉了沉,清亮的嗓音里带着几分无奈:"今晚你有什么需要借酒浇愁的事情吗?"

林绵皱着眉头,醉意一阵阵上涌,很快侵占了她的意识。

林绵的手机在响,发出的嗡鸣声显得格外突兀。

江聿费劲地找出林绵的手机，一眼就看到了她的手机上显示的"宋连笙"三个字。

江聿冷笑，把手机往林绵的面前送："你的连笙哥哥打来的，你接吗？"

愣了很久的林绵忽然像被打开了开关似的，用指尖颤抖着去按拒绝键。

窗帘留了半扇没被拉上，月光照了进来。

林绵俯下身子，从床下取出一个小号的化妆箱。

箱子看起来有些旧，边角被磨出了毛边，但不妨碍林绵喜欢并且珍视它，只是，装在化妆箱里的不全是化妆品。

林绵熟稔地将暗层抽出，里面平整地摆放着一本日记本和一支笔。

江聿就是在这个时候醒来的。

被子里有些空，他下意识地去搂身边的人，没想到搂了个空，倏地睁开眼，发现枕边无人。

他几乎立刻支起上半身，借着窗外的融融月色，依稀分辨出蹲在床边的轮廓，看了几秒后，按亮床头灯。

猝不及防亮起的灯让林绵的眼睛有些不舒服，她闭上眼睛，等待了数秒，才缓缓地睁开。

"你在做什么？"江聿的目光定格在她手中的日记本上，他掀开被子，挪到她的身边，半蹲着抚摸她的头发。

林绵酒醒了一些，但眼神有些涣散。

她听见江聿的声音，指尖一顿，又像是意识到了什么，"啪"的一声合上日记本，摇头说道："记账。"

"记账？"江聿轻轻地笑着说道，"还是记仇？需要拿日记本写下来？"

林绵抿唇——她一直都有写日记的习惯，只是没人知道而已。

当然，她也不想让江聿知道。被看穿后，林绵觉得有些窘迫，压着日记本，欲收起来。

"喝醉的人拿得了笔吗？"江聿干脆在她的身边坐下，"让我看看你记了些什么？有没有写江聿的坏话？"

林绵否认。江聿挑眉，语气轻松地说："不信，没有人会承认写了别人的坏话。"

"那你就是偷偷地夸江聿了，你暗恋江聿，是不是？"

林绵依旧否认。

江聿从后面搂住林绵，将下巴放在她的肩上，语调低缓地哄着："给我看看好吗？"

话还没说完，他碰到了林绵怕痒的部位，怀中的人一缩手，日记本掉在地上。

夹在日记本里的一沓纸飘了出去，被林绵按住，日记本的内页却被铺开。

江聿真不是故意要看的，但她刚写的那一页内容清清楚楚地映入他的眼中，空白的页面上就写了三个字——宋连笙。

写字的人是真醉了，这几个字全然没了风骨，歪七扭八，像出自刚习字的人的手笔。

江聿呼吸滞住，几秒后，唇角露出一点儿嘲讽之意。

林绵脸色一白，稍显迟钝地用日记本盖住纸张。

沉默了片刻，江聿忽然出声："你的宝藏在床下，所以宋连笙是你的宝藏吗？"江聿的嗓音清亮，语气冰冷，透着几分讥嘲。

"他就这么重要？"江聿的语气沉了点儿，"你喝醉了都要拿日记本记下他的名字？"

林绵低垂着眉眼，一声不吭，耳畔的声音仍在继续："他都结婚了，你怎么还惦记他？"

最后的几个字，江聿几乎是咬着牙说出来的，声音又沉又闷。

就在江聿看清日记本上的字时，她的脑子变得一片空白，"嗡嗡"作响——为什么会是那三个字？

可白纸黑字，证据确凿，她怎么解释都是狡辩。

她的下巴被江聿微凉的手指微微抬起。

明亮又刺眼的灯光下,江聿阴沉的脸色映在她的眼睛里。

她酒还没醒,眼前的一切模糊不清。

"哭什么?"江聿用手指在她的眼角上按了按。

林绵感觉到她的眼眶发热,还有点儿潮湿,也不知道从哪儿来的水灌满了眼眶。

她不想哭,也不会哭。

江聿看着她的样子,咬咬牙,将到了嘴边的不爽的话全咽了回去。他的眼底闪过一抹心疼,但他不敢表露出来,只能暂时将心里的不爽的感觉全都赶走。

"林绵,"他的嗓音有些沙哑,"要不要玩个游戏?"

林绵抬起水雾般的眼眸,脸颊因为醉意微微泛红。确认江聿是认真的,她迟疑地点了点头,问道:"怎么玩?"

江聿思索几秒后,轻启薄唇,语调平淡地说道:"交换秘密。我用一个秘密换你的一页日记怎么样?"

林绵支着头,思索着这个玩法的可行性,可惜现在脑子里一片混乱,想不出有参考意义的答案。

"行吗?"江聿极具压迫感的眼神朝她递过来。

他使了点儿小心思,施加压力,半逼着她答应。

林绵的心脏莫名其妙地乱了一拍。

"好。"林绵起身将窗户打开,让新鲜的空气进来。

"我先来。"江聿拉着林绵重新坐下,浅色的瞳仁里写着几分认真,他慢慢地说道,"我喜欢一个人,第一眼就喜欢,喜欢了很久,以后还是会一直喜欢。"

他说得模棱两可,双眸一直盯着林绵。

林绵的目光轻移,睫毛颤动的频率加快,呼吸短促了几秒钟,她像听清了又像没听清。

突然,那种熟悉的感觉涌上林绵的心头。她有些招架不住,从江聿的手里迅速地抽回手。

她避开他的触碰,不动声色地往后挪了一点儿,并且萌生了退意:"我不想玩了。"

江聿愣怔了一秒,眼睛一眨不眨地盯着她的举动。他轻嗤道:"听了我的秘密才反悔,迟了!"

林绵没管他,撑着床起身,两股情绪在她的体内交缠,搅得她五脏六腑要从身体里剥离了一般。

她踉跄了一步,江聿伸手去扶,被她轻易地避开:"江聿……"

林绵深吸了一口气,闭着眼睛忽然说:"我们……"

她停顿了一秒多钟,才缓缓动唇,说道:"要不,我们离婚吧。"

江聿沉默不语,狠狠地盯着摇摇晃晃的林绵。林绵紧咬着牙齿,脸上露出痛苦的神色。

今晚也许注定是个难眠之夜。

林绵闭上眼睛,身体颤抖,睫毛也颤动得厉害,无论她怎么装作体面,都已经无路可退。

"又想甩了我?"江聿突然起身,说道。

"宋连笙回来了,你就巴不得跟他双宿双飞?"江聿被气得眉头皱在一起,口不择言地说道,"哦,你只能眼巴巴地看着他跟苏妙妙恩恩爱爱!"

他想问她贱不贱,但终归是舍不得,活生生把话咽回嗓子里,心脏如同被刺穿般的疼。

林绵安静了几分钟,调整好情绪后,弯腰从地上拾起日记本,丢到床面上,日记本弹了弹。

"你想看就看吧。"说完,她爬上床,躲进被子里,不再吭声。

突如其来的吵架,林绵忽然提了离婚,让江聿感觉五脏六腑都被撕裂了,他摸出烟盒,抽出一根烟咬在嘴里。

即便他没有点燃烟,尼古丁的味道也能安抚他的情绪。

烟头被他咬得湿润,他站了片刻,拿起日记本从头到尾地翻看。

这本日记的时间跨度很大,绝大部分内容是她上学时写的,文字稍显稚嫩,但是每一篇都离不开"宋连笙"这个名字。

江聿觉得"宋连笙"这三个字刺眼极了。

心思再不敏感的人，看到这些日记也能窥见几分少女的怀春心事。林绵在学生时期暗恋过宋连笙，抑或对宋连笙是有好感的。

江聿弯唇自嘲，翻看自己的老婆写着暗恋别人的日记，这算什么事？

他想停下来，一边想着算了吧，这些都是陈谷子烂芝麻的事情，就算她暗恋过又怎么样？宋连笙都要结婚了；一边自己的手却不听大脑的使唤，一页一页地翻下去，忽然他的手指顿住，他的目光重新聚焦在页面上。

密密麻麻的字铺满了整个页面，这一页的字数是别的页的好几倍，江聿下意识地看向林绵。

许是喝了酒的缘故，她把半张脸埋在被子里，闭着双眼，已经沉沉地睡了过去。

兴许，明天醒来时，她连吵架要离婚的事情都不记得了。

江聿摇摇头，将视线重新放回到日记本上。

十五分钟后，江聿倚在窗边，拿了一根烟含在唇间，眯着的眼眸里情绪翻涌，快要溢出来了。

砂轮声骤然响起，蓝绿色的火光跃动，烟草燃烧发出轻微的动静，江聿薄唇间飘出一缕烟，在眼前缭绕，很快又被风吹散。

江聿仿佛看到了十五六岁的林绵，穿着黑色的裙子，漂亮得出尘脱俗，宛如天上的星星，叫人移不开眼。

怀揣少女心事的林绵将宋连笙实习的公司的名字端端正正地记在日记本上，独自从剧组跑到宋连笙实习的城市，出现在了宋连笙的楼下。

她以为宋连笙会高兴，会像小时候一样抱她、夸她。

然而，宋连笙被吓了一跳，完全没想到林绵会跑来看他，甚至生出了几分恼怒。当他从少女的眼里读出崇拜和爱慕之后，便刻意地疏远了林绵。

当晚，宋连笙安排了吃饭的地方，把苏妙妙介绍给林绵认识，并且告诉林绵他和苏妙妙在一起了，很快就要谈婚论嫁了，炫耀似的让林绵喊苏妙妙"嫂子"。

少女的情绪肉眼可见地变得低落。

当晚，宋连笙没再插手林绵的事情，而是将安排林绵住宿的事拜托给了苏妙妙。

苏妙妙将林绵送到酒店，安置妥当后，对她说："我知道你，宋连笙经常跟我提起你，我很忌妒你能当他的妹妹。幸好，你只是妹妹，你不知道宋连笙为什么要来这里吧？"

林绵当然不知道，宋连笙只告诉她自己想要离开。

苏妙妙笑盈盈地说道："我们读同一所高中，在同一个班，因为我想读这所大学，他是为了我来这里的。他让我转告你，好好学习，好好拍戏。你不属于任何一个人，是属于大荧幕的人，总有一天你会火遍全国。"

宋连笙就连拒绝都这么委婉，他甚至都不想亲口对她说，而是要通过他的女朋友来转告。

林绵驻守的小小世界顷刻间崩塌，酸涩的好感无疾而终，残忍又沉痛。

江聿再往后翻日记本，发现是她看心理医生的记录——宋连笙的回绝对她的精神造成了不可逆转的伤害。

江聿突然想通了为什么林绵和宋连笙之前关系那么好，却会突然变得疏离，以及林绵为什么会有意无意地回避宋连笙。

原来，林绵每和宋连笙见一次面，她的糟心往事就被翻出来晾晒一遍。

江聿吐了口烟，紧蹙眉头，陷入沉思中。

如果他能早些遇见林绵，一定会阻止她去找宋连笙，让她不要喜欢宋连笙了，喜欢他吧，他比宋连笙有出息，比宋连笙会疼老婆。

愤怒和忌妒在江聿的脑中疯狂地作祟。

一根烟燃完，再飘不出一缕白烟，江聿按灭烟头，丢进垃圾桶里。

他起身重新拿起日记本，将写着"宋连笙"名字的那页纸沿着装订缝撕下来。

林绵为了宋连笙，要跟他离婚？她可真会盘算。

江聿咬着牙，紧绷着下颌。

江聿不经意地拂开一页,目光骤然顿住,指尖摸着页面上的字,小指沾了些油墨。

显然今晚的日记可能是乌龙——"宋连笙"那三个字并不是林绵今晚写的。

因为他的手按着的这一页上,足足写了十几个"江聿"。

江聿轻轻地笑,内心狂喜——林绵爱他爱得要死,还想离婚?

江聿的唇角扬起弧度,他想了想,顺手将写满他的名字的这张"证据"一并撕下来,团了团放进裤兜里。

要是明天林绵起来跟他闹离婚,他就把"证据"狠狠地扔到她的脸上,然后理直气壮地说:"你都爱死我了,还要跟我离婚,是不是欲擒故纵?"

江聿光是靠想嘴角就放不下来。

他又想只存着一张纸,万一丢了怎么办?于是他拿手机拍了一张照片,发到朋友圈里,设置成仅自己可见。

他发了太多仅自己可见的内容,上一条是他拍的林绵靠着车窗睡觉的照片。

做完这一切后,他回到床边,脚像是踩到了什么东西。

他往后退了两步,看到一沓被叠得四四方方的纸——大概是从林绵的日记本里面掉出来的。

他本来没有窥探林绵的秘密的想法,但是她允许他随便看。手快于心,他拾起来随意地展开,一张张诊断证明在眼前铺开。

江聿的目光闪了闪,瞳孔紧缩,兴奋一扫而空,面色因为诊断证明上的文字而逐渐凝重。

烟瘾犯了,江聿摸出烟盒,半天倒不出一支烟,这才发现自己的手抖得厉害。

他咬着烟没有点,颤抖着手拨打Troye的电话。

江聿的心脏像是被无形的大手挤压,酸痛发胀。

林绵做了好几个混乱的梦,糨糊一般搅在一起。她的脑子很沉,像有根线拽着似的疼,宿醉后的恶心感依旧很强烈。

她抬手搭在额头上,轻轻地吐了口气,涣散的意识缓慢地集中——昨天宋连笙点了红酒,她喝多了,依稀记得自己跟江聿蹲在马路边,后面的事情不太记得。

很明显,宿醉后不要指望林绵能回忆起太多,她还没怎么想,额角就已经在一阵一阵地跳。

林绵只能作罢,下意识偏头看向身边的位置,发现一点儿江聿睡过的暖和气都没有。

江聿起床了。

林绵支起身,一眼扫到了放在桌子上的日记本,她浑身的血液瞬间凝固,一种后怕感顺着她的脊梁骨往上攀爬,直冲天灵盖,让她头皮发麻。

为什么日记本会在桌上?江聿有没有翻看?

她记不起昨晚发生了什么。

林绵趿拉着拖鞋,拉开房门,客厅里电视机正在播放新闻。

林绵的身上穿着一条薄薄的睡裙,身形瘦削,手臂白而纤细,两条细细的带子挂在肩膀上,皮肤冷白,肩颈修长。

赵女士从厨房里探出头,目光在林绵的身上扫了扫,唇间发出遗憾的叹息——她费尽心思培养的苗子,漂亮惹眼,就算在这个美女如云的圈子里,林绵的美也是出众的。

本该星途一片璀璨,谁知道林绵竟然自作主张结婚了,这无异于葬送大好前途。

"林绵,你是不是胖了?"赵女士锐利的目光在林绵的身上扫,跟人形扫描机似的。

林绵一时顿住——江聿帮她把软件卸载之后她吃饭放肆了一些,拿不准是不是真胖了。

"有吗?"林绵神情淡然地说道,"我的体重没变。"

赵女士又瞥了她一眼,视线在她的身上扫了扫:"你的手臂看起来粗了。"

林绵从小到大都要忍受这样的指责。她面色如常,只是语气倏地冷了:"妈,江聿呢?"

赵女士惊讶地看向她:"他没在你的房间里吗?"

林绵没回答赵女士,去洗手间里找了一圈,确认江聿没在家里后晃回房间里。

明明才八点,不在家里他会去哪里?联想到日记本,林绵有个不好的预感浮上心头,右眼皮适时地跳了跳。

她先把日记本放进化妆箱里,突然想到了什么,又取出来放回随身背的包里,将化妆箱悄无声息地放回原位。

江聿的电话一直没人接,机械的提示声把等待的时间延长。

林绵拨第二遍时,江聿才慢悠悠地接起来,同时她的耳边传来吵闹的声音。

"Roy,"林绵一着急,习惯性地脱口而出,顿了几秒后,问道,"你去哪儿了?"

"你醒了?"江聿的声音稍扬,漫不经心的笑在听筒里有些蛊惑人,态度与林绵设想的截然相反,"我跟宋连笙在楼下吃早餐。"

林绵皱起眉头,脑子还有些晕:"你怎么跟他在一起?"

江聿与宋连笙的身份如云泥之别,宋连笙出生于市井,自然吃得惯路边小店里的食物,而江聿含着金汤匙出生,对吃极其讲究,他跟宋连笙一起吃早餐,就很奇怪。

林绵甚至无法想象江聿坐在路边小店里吃早餐的样子。

江聿笑着反问道:"为什么不能?"

林绵沉默,没有回答,江聿也没等她,转而问她:"你想吃什么?我给你带。"

林绵早上没什么胃口,说不想吃,江聿也没强求,只说吃完了就回,便挂了电话。

林绵在床上坐了会儿,怎么想都不太对劲——昨天江聿还在为宋连笙的事情吃醋,今天怎么就跟宋连笙在一起吃早餐了?他们真的是在吃早餐吗?

林绵换了衣服,放下头发拨了拨,都没来得及化妆,拿了个口罩戴上，露出一双水灵的眼睛，弯着腰换好鞋就准备出去。

赵女士瞧见了，皱着眉问道："你又干什么去？"

林绵直起身，拿起斗柜上的钥匙，淡声说："江聿在楼下吃早餐，我去接他。"

赵女士哑然，只是深深地看了林绵一眼，就随她去了。

职工小区比较安静，出了门便是一条巷子，往外走有各种小店。林绵找到江聿和宋连笙时，江聿还愣了几秒，随即扬起笑容，拉着她让她在他的身边坐下。

江聿没舍得松手，冷硬的指节在她的手背上轻蹭。他问道："你不是不想吃吗？怎么找来了？"

林绵没躲开江聿亲昵的触碰，动了动唇角："你们吃早餐也没叫我。"

宋连笙笑着说："我跟江聿是出门时碰到的。"

江聿挑眉，唇角含着笑，语调散漫地揶揄道："宋哥请我们吃饭，我请宋哥吃早餐，不可以啊？"

林绵没说话。宋连笙笑呵呵地说："可不是啊，昨晚你偷偷买单了，也是你请我们。"

江聿从喉咙里发出轻轻的笑，眉目微扬，眼底闪过一抹意味深长的光："你是林绵的哥哥，对她照顾有加，也就是我哥，咱们不分彼此。"

江聿这番话是对宋连笙说的，但视线始终没离开林绵，意有所指的意思很明显了。

林绵也看懂了他的意思，确认他看过日记本了，不动声色地避开他的视线，看向一旁。

"想吃什么？"江聿握住她的手，掌心一片温热，"这家早餐的味道很不错！"

林绵摇摇头。

"你尝一口豆浆。"

江聿将自己那杯没怎么喝的热豆浆递到林绵的唇边，垂眸盯着她，大有"你不喝我不收手"的架势。

林绵勾着口罩取下一角，就着他的手喝了一口豆浆，豆子的味道在唇间弥漫开。

江聿若有所思了几秒，将豆浆杯放回桌上，嘴角始终微微扬着。

宋连笙的目光在两个人的身上打转，他笑了笑，问道："昨晚林绵喝醉了吧？"

江聿先一步回宋连笙："她没醉，回家还能跟我算旧账呢。"

林绵茫然地看向江聿，他弯弯唇，笑得散漫又得意。

宋连笙当真了，抿唇笑了笑，说道："我还以为她喝醉了会很乖。"

江聿低声嗤笑："不乖。小烦人精，闹腾死了！"

林绵捏江聿的手，示意他别说了，却又听见他开口说道："她半夜非要蹲在路边不回家，就知道折磨我。"

哪里有这样的事情？

宋连笙听后，发出干涩的笑声："难怪昨晚你们比我们回来得晚。"

江聿不动声色地笑笑，端起豆浆杯往自己嘴里送了一口，心想：你不知道我们原本打算去酒店住呢。

思及此，江聿低笑了一声。

"你笑什么？"林绵抬头看向他。

江聿玩心大起，用手隔着口罩捏林绵的脸："我在想你是怎么折磨我的。"

气氛突然有几分尴尬。

"今晚我们要去唱歌，你们也过来一起玩？"宋连笙的婚期就在这两天，不少朋友都赶过来了。

林绵笑着回绝："不了，我们准备下午走。"

宋连笙的视线在林绵的脸上逗留了几秒，他稍显遗憾地说道："这么急着回去吗？"

林绵神色淡淡的，语气也淡："江聿很忙。"

从早餐店里出来后，江聿说想逛逛，两个人边走边闲谈："宋连笙在哪儿工作？"

林绵说了个地名。

江聿忽然弯唇,语气轻松地说道:"你去找过他?"

林绵心神一颤,知道江聿果然看了她的日记,没打算隐瞒,"嗯"了一声。

"苏妙妙说见过你,也就是在那时候吗?"

林绵点点头,江聿把手心压在她的头顶上,揉了一把,说道:"你的胆子可真大!"

下午的阳光很好,照在车上有些晃眼,车载音响播放着一首曲调舒缓的英文歌。

林绵放下遮光板,调低座椅,抱着双臂半躺着,侧着头有些昏昏欲睡。

"江聿。"林绵轻轻地唤他的名字。

江聿双手扶着方向盘,坐姿放松,鼻梁上架着一副黑色的墨镜,夸张的镜面几乎将他的半张脸都挡住,即便这样,他优越的山根、挺拔的鼻梁,还有利落的轮廓仍旧格外好看,让人移不开眼。

林绵盯着他,脑子里出现他戴头盔的样子,又酷又帅。他摘下头盔,捋一把头发就能引起一堆人的欢呼。

那个时候,他冷酷的眼神扫过全场,但落在她的身上时会迅速地回暖。

江聿心有所感,忽然侧头,藏在墨镜后面的锐利目光朝林绵递过来。林绵慌乱地侧过头,在他看不见的方向,唇角弯出浅浅的弧度。

"不要妨碍司机驾驶。"他的唇角带着一抹意味深长的笑。

林绵的肌肤被阳光照得白皙通透,眉如青黛,鼻翼上的小痣就是一颗暗藏的火种,炙热撩人,她干脆转过头,大大方方地看向他。

"我什么时候妨碍了?"她什么都没做。

江聿说出两个字,语气一如既往地倨傲且笃定:"现在。"

林绵不解。

车在高速公路上跑了一段距离,离服务区的指示牌越来越近,江聿专心变道,轻轻地抿着薄唇。

行驶到服务区,江聿停下车,安全带被弹开的声响将林绵惊醒。

她以为江聿要去卫生间,扭头看过去,只见江聿指节分明的手指握住墨镜的镜架,摘下墨镜,露出棱角分明的脸。

只是,林绵还没反应过来,江聿帅气的脸骤然在她的眼前放大。

江聿凑过来,寻到她的唇,轻轻地撕咬、舔吻,一下一下地跟逗着她玩似的。

他咬上去,用了点儿力气,将手滑到她的后颈上,松松地箍着。

车载音响不知道放到了哪一首,女歌手的歌声从音响中倾泻而出,车内的温度霎时升高。

曲调性感舒缓,女歌手慵懒呢喃的唱法为这首歌平添了几分暧昧。

江聿正经亲人的时候有些凶。

车内有点儿热,林绵沉浸在音乐里,伴奏的鼓点每一下都仿佛落在她的心脏上,勾起一阵战栗。

她有些喘不过气,像一条被抛到岸上的鱼,急切地渴望新鲜的氧气,又沉溺在他游刃有余的吻里。

江聿的呼吸急促,他用鼻尖去蹭她的头发,薄唇呼出热气,说道:"你一看我,我就想吻你,你说你是不是在妨碍我开车?"

林绵没想到江聿说的妨碍是这件事情,脸上一片滚烫,浑身都有些烧了起来。

"你好自恋!"林绵挣脱他的怀抱,伸手想换一首歌。

林绵的下巴被江聿捏回来,她抬眼,撞入他温柔的视线里,怔了几秒后,往后缩着下巴,躲开他的手指。

"你又不是第一天知道这件事。"江聿用舌尖顶着牙齿,笑了下,"我抽根烟。"

他站在阳光下,衣服被风吹得贴在腰腹上,隔着衣服,她都能窥见他完美的身材。

他的一条胳膊垂着,手臂的线条饱满好看,皮下的青色血管微微鼓起,有种说不出的性感。

他指间夹着烟,慢条斯理地往唇边送,白色的烟雾被风吹散。

几道轰鸣声骤然闯入他们的耳朵里,几辆越野车停到他们的车旁边，车型酷帅，嚣张又霸道。从车上跳下来一群年轻男女，个个看起来都挺酷。

林绵看清了车上的标志，是什么越野车队的。

两个女孩儿从越野车上下来，目光一直在江聿的身上打转，其中一个女孩儿在另一个高个儿女孩儿的耳边不知道说了什么，两个人同时咧开嘴笑。

高个儿女孩儿被人推了一把，跑了几步停在江聿的面前，仰着头丝毫不怯，笑着伸出手机。

江聿淡淡地扫了她一眼，视线朝车内瞥了瞥，女孩儿也朝车内看过来，微微蹙眉。

林绵看了半晌，下了车扶着车门，朝他们投去冷淡的目光。口罩遮住了她的半张脸，却遮不住她的那双眼睛。

江聿若有所思，转过身来，与她的视线对了个正着。

他动了动唇，用不大不小的声音对女孩儿说："我老婆不让。"

林绵支在车门上，懒懒地伸手，挥了挥。

女孩儿的目光在林绵的身上转了转，随后那两个女孩儿默不作声地走远。

林绵坐回车里，江聿也丢了烟头坐回车里，一把握住她的手腕，把她拉入怀里。

"你刚才在看什么？"他明知故问。

江聿身上淡淡的烟味飘到了林绵的鼻间，她好像不太反感这种味道，主动往他的怀里靠了一些。

江聿瞬间僵住，垂着眸，一言不发。

"她要你的微信？"林绵的红唇弯出优雅的弧度，语气很淡，听不出喜怒。

江聿却感到新奇，神经兴奋地跳动着。他故意放缓了语调，说道："她在撩你的男人。"

男人的体温偏高，加之车内本就热，林绵感觉江聿像一团火一样炙烤着她。

林绵抵着他的肩膀的手指忽然蜷紧,手心里仿佛有什么东西要跳出去。她想避开热源:"你……"

江聿用宽大的手掌掐住她的腰,语气凶悍地从鼻子里哼出一声:"嗯?你要否认吗?"

林绵往后退,被他箍着腰按回怀里,紧贴着他滚烫的胸膛。车内的空气静止了一般。

"昨晚没帮你回忆,你就忘了是不是?"

林绵的嗓音淡淡的:"没有。我觉得那个女孩儿还挺好看的,眼睛很大,身材也很好。"

江聿被气笑了,他的老婆居然大度到可以夸奖要他微信的女孩儿很漂亮。

"你真大度啊,林绵!"江聿磨着牙,逼近她,仿佛要将她看穿,讥讽道,"难道你昨晚要跟我离婚,今天就打算帮我找一个?"

他摆出一副"你终于绕到离婚这个主题上来了"的表情。

林绵怔住——她完全不记得昨晚提过离婚。

难道江聿一早在为这件事情较劲?

"要离婚吗?"林绵问道。

江聿哂笑:"你说呢?"

他放开林绵,扣上安全带,重新启动车子。

林绵也不知道他的这句"你说呢"的意思到底是离还是不离,抿抿唇,干脆不说话。

车子重新开到高速公路上,车窗外的风景快速地掠过,有些景物像是被拉出一道模糊的白线。

林绵盯着远处田野里的风力发电机,视线随着扇叶转动,脑子却乱得很。

她机缘巧合地提了离婚,江聿会同意吗?

明明离婚是迟早的事情,她心里却沉甸甸的,没有预料中那么开心。

就在林绵陷入沉思和纠结中的时候,耳边飘来江聿的声音:"林绵，你是不是迫不及待地想分我的财产？"

"啊？"林绵转头，几秒后回过神来，"我之前说过不会要你的财产。"

"是，但是我们没签协议不是吗？"江聿盯着前方，说道，"况且，我现在的身价翻了番。"

江聿戴上墨镜，摆出一副谁也不爱的冷酷样子，也不开口说话。车内的气氛有些诡异，气压也变得有些低。

林绵不想自讨没趣，只能靠回座椅躺着，没一会儿，听到手机振动了几下，拿起手机，看到是宋连笙打来的电话。

林绵下意识地看了江聿一眼，并不想接听电话。

其实她不知道，江聿隐匿在墨镜下的那双眼睛，恨不得将她看穿。

出于礼貌，林绵还是按下了接听键。

江聿的眸色黯下去，薄唇抿出冷硬的线条，他微微抬着下巴，一脸冷漠。

"林绵，路上还顺利吗？"宋连笙的声音传出来。

林绵冷淡地说道："嗯，顺利。"

对方突然沉默了几秒，电话里安静得只能听见彼此的呼吸声。

"绵绵，当时妙妙说你着急回去，我一直没机会跟你说声对不起。"宋连笙的声音忽然变得低沉。

林绵转头看向窗外，蹙起眉头，指节因为用力而泛白。她不动声色地吸气，自以为骗过了所有人，勉强地笑了下："没事。"

事情都过去了。

宋连笙一顿，没想到林绵的态度这么冷淡、从容，反而像只有他对当初的事情耿耿于怀。

"你还有其他事情吗？"林绵抬了抬下巴，盯着指示牌，"我的手机快没电了。"

宋连笙说："啊，没事了，你们到了后说一声。"

"好。"

指示牌从眼前晃过，她收回视线，按下挂断键。

车内重新恢复安静。

林绵干脆将座椅直起来，端坐着，反正路程也不算远了，估计还有二十分钟就能下高速公路。

"你要不要照下镜子？"江聿突兀地开口道。

"嗯？"林绵不解地看向他，只能看见他的唇以下的部分。

"你在强颜欢笑。"江聿的语气淡淡的，但林绵听出了几分奚落的意味。

"江聿，"林绵思索了几秒钟后，沉吟道，"日记本你看过了吧？我跟宋连笙一起长大，我对他是有过好感的，但及时回头了。我跟他很多年没联系，我们都各自婚嫁，你别误会。"

"你怕我误会什么？"江聿看了她几秒。

车子平稳地行驶进云庐的车库里，林绵下了车，江聿降下车窗，将手搭在车窗上，探出脸来，说道："我出去一趟。"

林绵愣了几秒后，问道："去哪儿？"

"去找律师问问，我老婆想离婚，我能分多少家产？"江聿开着玩笑，一点儿也不正经。

江聿的表情藏在墨镜之下，他升起车窗，红色的尾灯像一条线，一溜烟儿地消失在车库里。

林绵刚到家，就收到了黎漾发来的消息。

黎漾：绵绵，你什么时候回来啊？

林绵丢下包，弯腰换了拖鞋，拿着手机往客厅里走，手指在屏幕上滑动。

林绵：刚到家，怎么了？

黎漾：我家的狗快过生日了，我送什么礼物好呢？

她家的狗？黎漾不是最讨厌动物的毛了吗？

林绵露出疑惑的神色。

林绵：你什么时候养狗了？

黎漾：喻狗。

林绵没忍住弯了弯唇角。

林绵：挑礼物好难！他有什么爱好啊？

林绵敲完字，忽然想到喻琛送给江聿的那一箱礼物，于是告诉了黎漾。

黎漾笑岔了气，一边笑话喻琛，一边又计划着要不也给喻琛送一箱。

这个想法很快被黎漾否决了。

黎漾：收礼物的是他，遭殃的是我。

林绵拿着手机往卧室里去，取出家居服拿着去浴室，对着镜子呼了一口气，将手机放在洗手台上，双手拢起黑发固定在脑后，几缕不配合的发丝慵懒地飘下来，绕在她的颈侧。

林绵等待黎漾回复消息的间隙，收到了傅西池的消息。

他发了一张替苏妙妙准备好的签名的照片，还真是印了唇印的那种。

林绵提了一嘴苏妙妙和宋连笙结婚的事，黎漾作为唯一知情的人，态度很不好。

黎漾直接拨了电话过来，十分气愤地说道："是谁给苏妙妙的脸请你当伴娘的？宋连笙还敢道歉？别跟我提这俩人，晦气！"

林绵笑话黎漾比她还激动，她已经不在乎了。

黎漾能不激动吗？她抬高了语调，说道："绵绵，你忘了你每周去医院的事了？这件事情瞒不住江聿的，你想过怎么办吗？"

"昨晚我喝醉跟江聿提了离婚。"林绵垂下眼眸，纤薄的身体微微摇晃。

"啊？那他是什么反应啊？"

"他说我想分他的家产。"

"确实是小江总的作风。"黎漾大笑，幸灾乐祸地说道，"你们真的要离婚吗？"

不知道为什么，自己明明一开始就知道要离婚，但当离婚这件事情频繁地被提起时，林绵的心里越来越闷。

"我觉得江聿可能知道了，我的日记本被他发现了。"

江聿在车上试探了她好几次。

黎漾沉默了片刻，劝道："绵绵，你还是跟江聿好好谈谈吧。"

林绵回了个"好"。

她突然想起来之前从黎漾那儿拿回来的领带,还没给江聿,忘了放在哪儿了,刚好今晚找出来给他。

房间里都没有,她翻箱倒柜地找,能放东西的地方都找遍了也没找到。

林绵拉开床头柜的抽屉,里面丢着一盒烟、一个打火机和两盒没开封的生活用品。

林绵准备关上抽屉,忽然被抽屉的角落里一个闪着光的东西吸引了注意力。

她从抽屉的底部抠出那个闪光的东西,举起来左看右看,十分确信这就是江聿丢失的那枚戒指。

原来戒指没丢。林绵有种失而复得的兴奋感。

她拿手机拍了张照片,发给江聿,告诉他戒指找到了。

江聿一直没回复。

晚上十点多,江聿从外面回来,按亮了玄关处的灯。林绵听见了动静,起身走出卧室。

她身着轻薄的睡裙,肌肤冷白,脖颈纤细,白色的睡裙将她衬得十分漂亮,让人觉得不可接近。

江聿朝她看过去,入目的是一片白皙的肌肤。她的睡裙太单薄,他都不用用力便能轻易地撕碎。

很快,他压制住了这种想法,喉结不受控制地滚了滚:"你怎么还没睡?"

林绵动了动唇,说道:"你的戒指找到了,在床头柜的抽屉里。"

江聿态度冷淡地"哦"了一声,解开衬衫的纽扣,越过她进了浴室。

他的身上没有酒气,也没有烟味,更没有香水味,清清淡淡的气息如一缕风拂过。

林绵站在原地,看着他的背影,愣怔了几秒。

江聿裹着浴袍出来,身体擦得有些潦草,头发、眉峰、脖子、肩膀、胸腹上都挂着水珠。

林绵侧躺在床上,半张脸埋在枕头里,鬓发慵懒地铺在脸侧,好些鬓发嚣张地铺到了江聿的枕头上。

深色的床品衬得她的肌肤雪白,侧着的颈背犹如曲弓,孤零零地埋在被子里。

江聿有一刻的后悔——今晚他是不是对她太冷淡了?

戒指和领带被规整地放在床头柜上,江聿扫了一眼,冷淡地移开视线,装作没看见。

林绵闭着眼睛,睫毛轻轻地颤动。她感知到床垫下陷的动静,紧接着眼角唯一的光亮也没了。

江聿关掉了所有的灯。

她睁开眼,室内黑漆漆的,刚好可以隐藏情绪。

下一秒,江聿劲瘦的手臂伸过来将她搂住,温热的胸膛一并贴过来。江聿温热的呼吸拂在林绵后颈那一小片肌肤上,他用鼻尖拱开林绵的头发,抵在林绵的脖颈上,薄唇一下一下地触碰着林绵的后颈。

一股酥麻的感觉像电流一样迅速地流过,钻入骨缝里,林绵感觉头皮发麻的同时,浑身的骨头都酥软了。

她软在了江聿的怀里,想转身,江聿却不让。

"你今晚干什么去了?"林绵声音很轻地问道。

江聿坦然地说:"去见了个朋友。"

几秒后,他强调道:"研究心理疾病方面的朋友。"

事已至此,林绵深知,今晚不坦白,可能没办法睡觉了。

她思索了几秒后,平静地开口说:"江聿,我的感情生病了。"

江聿的脑子里闪出Troye的话:"性单恋者的情感是单向的,她的感情是不需要回应的,一旦她喜欢的对象给予感情上的回应,想建立更亲密的感情关系,她就会抵触、厌恶,甚至中止喜欢。很显然,林绵就是典型的例子。"

江聿强行要将最后的遮羞布撕开:"当初你丢下我一走了之也是因为生病?"

三年前的真相被揭开，林绵没有觉得难堪，反而觉得松了一口气：“是，我很难跟你建立更亲密的关系，比如恋爱。”

"难道只能你喜欢我，不能我喜欢你？"

她轻轻地"嗯"了一声。

在她的世界里，感情是条单行线。

江聿的心里五味杂陈，所有的情绪都在心头搅动，他闭上眼，呼吸变得粗重。

他设想过种种情况：她始乱终弃，图一时新鲜也罢，或者没爱过他，只把他当替身……

这些他都认了，只要林绵在他的视线范围内，他可以用卑劣的方式困住她。

可他唯独没有想过，她的离开并非自身所愿，她也没他想的那般不堪。

他的心脏像是被钻了个洞，疼痛蔓延至四肢，他连呼吸都感觉沉闷发疼。

"你去找完宋连笙之后生病的？"江聿的声音很低很低。

林绵点点头。她鲁莽地跑去找宋连笙，高傲的心被摔在泥地里，苏妙妙的那些话让她难堪到了骨子里，暗恋的耻辱如影随形。

后来她拍了《潮生》，扮演的小哑女对陈寒爱而不得，让她陷入阴影。她入戏了，情况很严重。

她不得不放下手头的工作，去伦敦散心。

她喜欢江聿，喜欢他的身体，喜欢他的外表，喜欢他的桀骜张扬，加上他又有几分陈寒的影子，这让她单方面的喜欢来得很快。而不羁的江聿是让她很满意的单方面恋爱的人。

只是她没想到，后来事情脱离了她的掌控，他们跑去拉斯维加斯结婚之前，江聿表现出来的也只有依赖，而非喜欢，这让她认为这段关系很舒服，并且暗暗地盘算过，若是能一直这样过下去也不错。

没算到的是，她离开的前几天，江聿精心准备了一场告白。他抱着她，亲吻她，告诉她他喜欢她。

这让她对江聿的好感一落千丈,厌倦感和疲惫感袭来,她开始抗拒他的亲热、他的告白和他看向她时炙热的眼神。

林绵去看医生,医生判定她病了。

"绵绵……"

回忆戛然而止。

江聿抱紧她,嗓音在她的耳边响起:"绵绵没有生病,只是比别人更酷一些。"

当真相被揭开,林绵也没什么好隐瞒的。她郑重地告诉江聿:"你定个期限,到期我们就离婚吧。"

江聿沉默了半晌,深吸了几口气,压抑着内心翻涌的情绪。

江聿嗓音微哑,低沉地蛊惑着她:"酷酷的林绵小姐,要不要跟我练习谈恋爱?"

她要不要跟他谈恋爱?

他的呼吸是热的,眼神是热的,掌心也是热的。

他诚意十足,充满了无敌的诱惑力,摆在她眼前的就是一个甜蜜的旋涡。

她要不要跳啊?

"不计成本的那种。"江聿仍在低声地蛊惑她,"你不需要有任何的负担。"

林绵的身体有些僵硬,但她的情绪并没有因为江聿突如其来的提议而产生巨大的波动,只是心跳有些快,抵触的情绪比三年前弱了许多。

但这并不代表她不抗拒。

她根本不需要谈恋爱。

奈何江聿双手紧锁,将她扣在怀中,无论她如何挣扎,他的双臂都像铁钳一般牢牢地钳制住她。

林绵闭上眼深呼吸,沉默了半晌。

屋子里静悄悄的。

"江聿,我没办法谈恋爱。"林绵不疾不徐地说道,"我只能配合你维持稳定的婚姻。如果你非要破坏这种平衡……"

"你难道想逃避一辈子吗?"江聿的呼吸渐重,他打断她的话,"绵绵,我帮你,你跟我试试?"

他的语气很认真,不带一丝调侃的意味。

林绵的心跳趋于平缓,手腕忽然被江聿握住。他固执地将手指插入她的指缝中,缠绵紧扣,嗓音落在她的耳边:"林绵,我抓到你了。"

他的气声在林绵的耳边回响:"不许再逃了。"

林绵试图挣开他的手指,动了动唇角,说道:"江聿,你会失望的,我回应不了你。"

江聿的身体颤了一下,他将她抱牢,将头埋进她的脖颈间,说道:"我不需要你回应。"

只要你别再一走了之,我来回应你就够了。

林绵的呼吸一滞,她感觉空气都停止了流动。

她张了张嘴,嘴唇忽然被江聿捂住。

江聿在她的耳边低声呢喃:"别拒绝,别说话。绵绵,我来当你的药。"

"我来当你的药。"

她被一道蛊惑的声音拽着往下沉,又被一双温柔的手轻轻地托住。

林绵有一点点慌,低声喊他的名字:"江聿……"

他的虎口骤然收紧,紧贴着她的脖颈和下颌,形成一个绝对禁锢的姿势。他含糊地低语:"绵绵,你有我这样的老师,不亏。"

林绵想反驳,尾音被他吞掉,只能乖巧地顺从。

林绵洗完澡陷在被子里沉沉地睡去,额边的头发贴在脸上、脖颈上,漆黑的睫毛像是被水泡过,湿漉漉的。

林绵埋着半张脸,白皙的脸颊上残留着潮湿的胭脂色,那是一种绽放后的艳丽色泽,灯光照亮她露在外面的半张脸,鼻翼上的小痣被藏进了被子里,犹如火种被深埋。

江聿裹着浴巾出来,瞥了一眼床头柜上的戒指,拿起来重新套在手指上,推到指根。

戒指归位,他指根上的那圈痕迹被完全遮住,就像戒指不曾被摘下一般。

他盯着指根上的戒指若有所思。

被子里发出"窸窣"的动静,林绵微微翻动着身体,睡得不太踏实。

江聿熄掉光源,躺回林绵的身边,轻轻地搂住她。

林绵睡了饱饱的一觉,醒来时,屋内一片光亮,江聿已经起床了。

昨晚的画面如幻灯片在眼前放映,林绵埋在枕头里缓了几秒钟,等到意识清醒,才慢腾腾地拥被坐起来。

崭新的睡衣被放在林绵的枕头边上,丝质的手感顺滑细腻。

昨晚那条单薄的睡裙惨遭江聿的毒手。

想到那些画面,林绵的脸上泛起红晕,久久未散。她是真的迷恋江聿,也喜欢他的凶、他的爆发力。

他的那句"我当你的药"余音绕耳,久久挥之不去。

林绵边洗漱边跟闻妃敲定回组的行程,手机突然有新消息提示。

林绵的手指还沾着水,她点开后愣住了,好友申请栏里赫然显示着:苏妙妙请求添加您为好友。

林绵甩了甩指尖上的水,慢条斯理地抽纸巾来擦手,顺便思考要不要通过苏妙妙的好友申请。

她思考的时间过长,苏妙妙的好友申请就那么被晾着。

从厨房里传出来的香气溢满客厅,林绵端着水杯,晃到厨房,倚在门边上,看着江聿忙碌。他握着平底锅,正在煎培根。

长得帅的男人就算下厨也是一道风景线,林绵以前经常这样感慨。

何况这个男人还是在为她做早餐。

江聿察觉到林绵的视线,回过头跟她的视线相碰,笑了笑,说道:"早安。"

林绵动了动嘴角,淡淡地回了句"早安",又说:"我过两天回剧组。"

江聿的动作一顿,他很快恢复自然,说道:"我送你回去。"

林绵回绝:"不用了。"

一抹银光从林绵的眼前闪过,林绵定定地看着他手指上的戒指,愣了几秒钟。

江聿端着培根和煎蛋放到桌面上，林绵正举着手指，指尖在屏幕上随意地滑动。

她的薄唇轻轻地抿着，气色看起来很好，肌肤通透白皙，泛着被滋润后的绯色，让人读不出多余的情绪。

这也许是个好的开端。

江聿撩起眼皮看她，见她的眉头轻蹙，问道："在看什么？"

林绵将手机转过来，展示给江聿看："我几天没看微博，多了几十万粉丝。"

很多人都是因为那几张枯萎的玫瑰的图慕名而来的。

江聿当是什么大事，轻轻地笑着说道："这不是好事吗？"

好事是好事，但伴随而来的关注更多，她的私生活会被无限地放大挖掘，比如有人发现她跟傅西池在拍《潮生》时一起吃路边摊的照片。

她跟傅西池的话题热度又被抬了上来，评论区争吵不断。

林绵放下手机，语气淡淡地说道："我只想当个好演员。"

江聿配合地应了一声，忽然想到什么，对林绵说："把手机借给我。"

林绵不解地递给他。

江聿的长指在屏幕上滑动，很快他就将林绵存的那几张枯萎的玫瑰的图转发到了自己的微信里。

"你要这个图做什么？"

江聿半开玩笑似的点评："这个图挺好看，我去问问能不能文在身上？"

林绵震惊地抬眸，睫毛颤了颤，问道："你要文身？"

江聿摇头："不，我怕疼。"

林绵慢条斯理地吃着早餐，听到手机振动了两下，忽然想起苏妙妙申请添加她为好友的事情，闲谈似的提了一嘴。

她也不算征询意见，因为现在江聿知道她的秘密，所以她愿意跟他分享这种小事。

江聿皱眉，放下餐具，轻哂："她能有什么事情？可能就是单纯

· 295 ·

地感谢。你不想加就别管了。"

林绵听得有些云里雾里，问道："感谢什么？"

江聿抽纸擦手，不咸不淡道："和宋连笙吃早餐那天，我给他们包了个大红包。"

林绵怔了怔，下意识地问道："你包了多少？"

江聿说了个数。

林绵轻哼一声，水眸定定地看着他："败家玩意儿！"

"要早知道啊，我就不给了，浪费我辛辛苦苦赚来的血汗钱。"江聿说。

林绵看了他一眼，没说话，只是用手在手机屏幕上滑了两下，通过了苏妙妙的好友申请，下一秒系统就切到了苏妙妙的对话框。

系统提示还在，林绵并不想跟她聊天，静静地等待了几秒后，发现对方没有发消息过来，就没再关注。

江聿接了电话，要去公司一趟。小老板几天没出现了，林律就差哀号着来家里接人了。

江聿换了一身得体的正装，用指尖勾着领带，绕到林绵的身边，说道："帮我。"

林绵看了江聿一眼，放下手机，起身抽过领带，谁知他忽然握住领带，用力一拉，就将林绵拉到了怀里。

林绵仰起头，眼底映着他的影子，说道："你上班要迟到了。"

江聿收紧手臂，低头，眼含笑意地说道："我是老板，迟几分钟还是能做主的。"

江聿的动作轻缓温柔，他收起了骨子里的狠劲，极富耐心地亲吻她，用指腹贴着她的肌肤往头发里钻。

林绵感觉喘不过气来，轻轻地将江聿推开，过了几秒钟后，又拉着他的衣领让他低身，动作生疏地帮他系好领带，整了整衣领，才收手。

男人挺拔，女人陷在他的怀中显得小巧可人，俨然一幅画，江聿含着笑，透过镜子静静地欣赏着。

出门时，江聿换好鞋忽然停下，转头看向林绵，说道："江太太,你是不是忘了什么?"

林绵捧着水杯,不解地看向他,问道:"什么?"

江聿笑着揶揄:"老公在外赚钱养家,能不能讨到老婆的一吻?"

林绵抬眸,对上他的眼睛,他浅色的瞳孔里仿佛涌动着蛊惑人的情愫,令人沉迷。

林绵站在原地未动,悠闲地回看他。

江聿知道没戏了,也不纠缠:"老婆,再见。"

三天后,林绵回到了剧组。

江聿陷在沙发里,手指在屏幕上拨弄,碎发垂下挡住额头,灯光照得他的皮肤白皙通透。

江聿只顾着在话题讨论里遨游,对喝酒表现得兴致不高。

有了上次被情侣睡衣暴击的经历,喻琛已经不会主动探听江聿的秘密了。喻琛虽然好奇,眼睛都快长在江聿的手机屏幕上了,嘴里却挤不出一个字。

察觉到喻琛的视线,江聿抬头,露出他漆黑的睫毛下的那双浅如茶色的眼眸,冷冷地盯着喻琛。

"小喻总看什么呢?"江聿意味深长地盯着他。

"眼睛都快长到你的手机里了,你还喝不喝酒啊?"喻琛调侃,"一刻不跟林绵聊天会死吗?"

"会啊。"江聿大言不惭地说道,"毕竟我爱老婆爱得要死了。"

江聿将一张盖着大红戳"假"字的图片发在微博上,心满意足地收起手机。

喻琛受不了江聿,忍不住冷哼:"你看你那副样子!"

江聿嗤笑,颇为得意。他起身时,被喻琛按住后背拍了一巴掌,"哒"了一声,皱了皱眉,呵斥道:"松手!"

喻琛见他痛苦地皱着眉头,挑了挑眉,说道:"小江总,你老婆都回剧组了,你怎么还负伤了?"

江聿一把推开喻琛,冷眼扫他,用口型说了句:"要你管!"

黎漾踩着高跟鞋姗姗来迟,目光在江聿的脸上瞟了一眼,她笑着

· 297 ·

问喻琛："你惹小江总了？"

"谁敢啊？"喻琛见了黎漾，就像见了主人的狗，整个人兴奋地摇着尾巴，黏糊糊地把黎漾圈在怀里。

江聿调侃喻琛："我还是喜欢你桀骜不驯的样子。"

林绵去剧组了，江聿又恢复了孤家寡人的生活，见不得喻琛和黎漾在他的面前丢人现眼，抬脚就往门外走。

喻琛这一巴掌不轻，江聿感觉后背火辣辣地疼。

他点了支烟，咬在嘴里。尼古丁缓解了痛意，一缕缕白烟从他的唇间飘出来，他低声骂了一句。

听到手机在他的掌心振动发出的声音，他点开手机来看，抿着的嘴角弯了起来，手指在屏幕上滑动。

林绵收工回到酒店里后，邵悦站在门口冲她挥手："绵绵姐，晚安。"

林绵扶着门框，摆摆手，叮嘱邵悦回房间里睡觉不要乱跑了。

邵悦比林绵小好几岁，是个没长大的小孩儿。剧组这种地方鱼龙混杂，邵悦又没什么防备心，林绵总会忍不住关心邵悦。

等邵悦走远后，林绵扶着门关上，又拧上反锁。

林绵还穿着薄薄的纱裙，伸了个懒腰，陷在沙发里，点开手机。

几分钟不到，她的手机收到好几条消息。

林绵拿过抓夹夹好头发，低头点开屏幕，江聿的聊天界面弹了出来。

R：喻琛和黎漾故意秀恩爱气我。你什么时候能回来？我去探班好不好？

过了一会儿江聿又发了一条：林绵，要不你给我生个孩子留着玩吧？

或许是两地分居的缘故，江聿偶尔表现出的过分不着调的一面，林绵似乎也在慢慢地习惯。

她忽然想到邵悦说的什么"小狗文学"，觉得江聿像极了小狗。

林绵：你是小狗吗？还要人陪着玩。

很快，江聿的电话拨了过来，林绵支在沙发上，按下通话键，指尖在太阳穴上轻抚，听见听筒里传来怪异的声音，指尖一顿。

"汪——"

"江聿？"林绵喊他。

江聿低笑："绵绵，你能回来陪我玩吗？"

"你好幼稚！"林绵无法想象江聿做出这种举动时的表情，但还是被逗笑了。

"好玩吗？"江聿屈指弹了弹烟灰，"喻琛过生日那天你有空回来吗？"

林绵点开日历查看，说道："恐怕没有，你打算送什么礼物？"

剧组因为泥石流耽误了拍摄进程，最近都在加班加点地拍摄，林绵最近的戏份很重，几乎不能离组。

提起礼物，江聿耿耿于怀，哂笑："送他个锤子。"24k纯金的。

通话时间很长，林绵进了浴室里，不小心打翻了沐浴露，弄出响声。

江聿蹙眉，问道："什么动静？"

林绵如实说了。江聿挑眉，轻佻地一笑，说道："光着？"

林绵直接挂了电话。

江聿的电话没再回过来，她点开朋友圈，系统显示在十分钟前，江聿更新了一条动态。

这是他最近几个月里发的唯一一条朋友圈。

他分享了一首名叫《洛希极限》的歌曲。

林绵的手指不受控制地点开，男歌手慵懒的调调闯入耳朵里，林绵停下动作，静静地听着歌曲。

音乐流淌，林绵不知不觉听完了一整首歌，想再播放一遍，发现喻琛已经评论了。

喻琛：不愧是小江总，都进军天文界了，什么时候买颗星星用我的名字命名？

评论区安安静静的，江聿没有回复。

鬼使神差地，林绵在搜索框里面输入"洛希极限"这几个字。

林绵读着科普页面上的文字，感觉胸口闷闷的，像有什么东西牵引着她下坠，她的指尖拉着界面往下滑，有个软文广告闯入她的视野里：

洛希极限——明知不可为，哪怕粉身碎骨也无法阻止我继续拥抱你。

林绵点赞了歌曲，不小心多点了一下，赞就消失了。
她正犹豫要不要补赞一下时，江聿的消息弹了过来。
R：我看见了。

第十一章
解　药

　　林绵当真是手滑，却没想被抓了个正着。江聿是住在朋友圈里吗？那他怎么不回复可怜的喻总？

　　在江聿的威逼利诱下，林绵只能重新点赞。

　　林绵：歌很好听！

　　R：听了？

　　林绵回复过后，以为江聿会就此作罢，没想到江聿拨了个视频电话过来。

　　林绵回到卧室里，打开床头灯，灯光倾泻，手指按下接听键。

　　画面很晃，画质也不清晰，不同的灯光在画面上交错闪过。

　　突然画面一转，率先映入林绵眼帘的是江聿的一截白皙的脖颈，江聿的衣领敞开，锁骨一目了然，在昏暗的灯光下，黑色的衬衫衬得他的肌肤偏白，多了一丝风流感。

　　江聿的喉结凸起，随着江聿的吞咽的动作往下滚了滚，显得喉结旁的小痣格外惹眼，直接将江聿的男性气息拉满。

　　林绵盯着那颗小痣目不转睛。

　　"好看吗？"江聿清亮的嗓音飘到林绵的耳朵里。

　　她又被抓包了。

林绵也不慌,眼皮动了动,说道:"小江总什么时候不好看了?"

一缕白烟从视频中飘过,江聿的脸晃入视频中,烟将他的面容虚化,他半眯着眼眸,薄唇红润,手指夹着烟从唇上摘下来,颇有几分漫不经心之意。

听了她的夸奖后,江聿很轻地笑了下。

林绵觉得他这个时候最赏心悦目,恣意不羁在他的身上被演绎得淋漓尽致。

"这么快就洗好了?"江聿一副没想到林绵这么快接听的样子,嘴角含着笑,意有所指。

林绵想到他方才那句荤话,忍不住揶揄道:"你知道我洗澡还打过来?"

江聿被饶了一下,用手指抵着唇笑得不正经,眼底闪过一抹意味深长的光:"万一你舍得让我一饱眼福呢?"

林绵知道他没想什么好事,所以不搭腔,转而问道:"你在外面吗?"

看背景他大概是在某个娱乐场所里。

江聿将摄像头转过来对着走廊和周围的环境拍了一通,刚好拍到喻琛拉开门出来。喻琛朝江聿看过来,江聿神情放松地咬着烟。

"小江总这是在做什么?"喻琛满脸幸灾乐祸的样子,"该不会是改行成为狗仔队中的一员了吧?鬼鬼祟祟的!"

江聿朝他递了一记眼神,颇有几分得意地说道:"我老婆查岗呢。"

一听见"我老婆"这三个字,喻琛瞬间没好脸色。

江聿说喻琛见到黎漾就像一条护食的狗,江聿又何尝不是林绵的"狗腿子"?

喻琛转身离开,江聿把视线移回到屏幕上,唇角含着笑意,说道:"他就是忌妒,吃不到葡萄说葡萄酸。"

林绵让江聿别再自恋了,他不以为耻,反以为荣,拉着林绵说话。

这时喻琛的朋友经过,跟江聿打招呼,其中一个女孩儿嗓音甜甜地说道:"小江总,快点儿回来玩牌。"

江聿懒懒地应了一声。女孩儿又说:"小江总,别只顾着打电话啊!"

这几个女孩儿是喻琛故意派来添油加醋的。

江聿这次没搭腔,目光定在屏幕上,盯着林绵的表情,可惜她的眉眼冰冷,就算生气都难以分辨,更何况她可能不在乎。

江聿吸了口烟,突然沉默了。

"江聿,"林绵忽然叫他的名字,"跟你们一起玩的女孩儿多吗?"

江聿眨了眨眼睛,脑子里闪过几个熟悉的画面,像煞有介事地点头,说道:"挺多的,怎么了?"

林绵的脸上还是没有表现出什么情绪起伏,她动了动唇,说道:"把衬衫扣好。"

江聿怔了一秒钟,反应过来林绵这句话的意思后,唇角弯出深深的弧度。他按灭了烟,乖巧地当着她的面,用手指转着纽扣,端正地扣好。

江聿的那颗小痣在衬衫边若隐若现,比衣领敞开时更显眼。林绵抿了抿唇,手指指着他的衣领看了几秒钟,觉得这件衬衫很眼熟。

"你什么时候把这件衬衫带回家了?"这是她给江聿找的那件衬衫睡衣。

那天江聿没穿,她早忘了这件衬衫。

江聿用双手拉着衣领正了正,又把手机拿起来对着自己拍了拍,黑色的衬衫包裹着他高挑的身躯,显得得体又帅气。

他穿林绵的这件衬衫丝毫不显女气,大概是因为他长得好看,更何况他是穿衣显瘦、脱衣有肉的类型,穿什么都好看。

见林绵沉默了,江聿半开玩笑地说:"你是不是在偷偷地想我?"

林绵轻启薄唇,说道:"我不需要偷偷地想。"

喻琛的朋友来喊了几次,江聿都推辞说等会儿,屈指弹了一下屏幕,拿着手机慢条斯理地往外走。

几分钟后,喻琛没有见到江聿,打电话过来质问:"小江总,你人呢?"

"我老婆担心我在外面招小姑娘惦记,我先撤了。"

他就不该打这个电话!

林绵连着拍了好几天的夜戏,回到酒店里时天都快亮了。

日夜颠倒,她几乎没时间跟江聿联系。江聿偶尔会发几条消息过来,她睡饱了看消息,就拣着最近的回复。

邵悦将手机交给林绵,林绵喝了口水,慢腾腾地打开手机查看消息,一般比较重要的合作直接找闻妃,都不会经过她的手,所以手机上基本没什么急需她回复的消息。

只是苏妙妙发来的消息闯入她的眼中时,她还是愣了几秒钟,指尖滑开和苏妙妙的对话界面,消息是几个小时前发来的。

苏妙妙发了好几张婚礼现场的照片。

林绵这才想起来,她进组的这几天,宋连笙办完婚礼了。

她没什么兴趣看苏妙妙和宋连笙的照片,跟苏妙妙也没熟悉到需要苏妙妙发结婚照过来的程度,她用指尖滑着屏幕按了删除。

大概是苏妙妙见林绵没回复,又悄无声息地发了一条消息。

苏妙妙:绵绵,我们的婚礼你没在好可惜啊!

林绵蹙了蹙眉头,想到江聿给出去的那个大红包,不得不敷衍苏妙妙。

林绵:新婚快乐!

苏妙妙:那天连笙和你的老公一起吃早餐,你也去了吗?

林绵不知道苏妙妙问这个做什么,回复:嗯,怎么了?

对方很久没回复,林绵也没放在心上。

晚上吃完饭后,难得不用拍夜戏,林绵和邵悦往酒店走。

邵悦"叽叽喳喳"地念叨最近有什么新的电视剧可以追,仿佛有用不完的精力。

一辆黑色的轿车停在路边,车窗被降下,缓缓露出半张精致的脸——分明的下颌线、瘦削的下巴、偏白的肌肤……

"绵绵。"

林绵转过身,目光与江聿的目光对了个正着。

江聿怎么会在这里?

她下意识地看向四周,确认没有狗仔队才缓缓地走向车旁。车门被打开,林绵坐了上去。

邵悦傻眼了,愣在原地,透过还没来得及关上的车窗,眼睁睁地看着江聿指节分明的手扣住林绵的下巴,把薄唇印到了林绵的唇瓣上,而林绵很冷静,完全放任江聿为所欲为。

邵悦的眼皮狂跳,一副"我是谁我在哪里"的表情,视线都不知道往哪里放。

十几秒后,林绵冷淡的声音飘出来:"邵悦,你先回酒店。"

邵悦的双目呆滞,半响她才"哦"了一声,等回过神来,车子已经消失在视野中。

她用力地眨眨眼睛,又搓了搓脸,才相信这一切不是错觉——林绵上了小江总的车,还被小江总按在怀里亲吻。

车子行到一处安静的地带,司机识趣地下车走远。突然安静的车内,两个人有片刻的不适应。

林绵的视线追随着司机走远,江聿捏着林绵的下巴把她转过来与他对视。他的语气稍显不满:"你的老公在这儿。"

林绵稍微仰着下巴,凝视江聿的眼睛,眼底有淡淡的笑意:"他会不会误会?"

江聿一时没理解,问道:"误会什么?"

问完他立刻反应过来,含着不正经的笑,压低了声音,说道:"你以为他会觉得我们……"

江聿的笑意越来越深,他拖长了语调,说道:"在车上……?"

林绵被他这句话吓了一跳,轻颤睫毛,说道:"怎么可能?!"

"怎么不可能?"江聿慢慢地说道。

只见他用手指轻按扶手箱,两扇箱门被缓缓地打开,露出一排整齐摆放的未拆封的生活用品,林绵的眉心重重地跳了跳。

"这里准备充足，你说呢？"

车上的备货可真充足！

林绵才不信，嗤笑道："这怕是小江总以备不时之需的。"

这句话落在江聿的耳朵里，像是林绵在吃醋。江聿很是受用，单手扣住她纤细的手腕，深究道："吃醋了？"

林绵直视着他的眼睛，说："你这是顾左右而言他。"

江聿饶有兴趣地看着林绵。他少见她这般伶牙俐齿，像是温驯的猫咪终于不耐烦地伸出爪子。

她的爪子毫无威慑力，反而挠得他心痒难耐。

"江……"她惊呼一声。

后半截尾音被他含在嘴里，碾碎在唇齿间。

林绵栽倒在他的怀里，眼睛朝窗外瞥了一眼，四周黑漆漆的，寂静无声。

江聿的滚烫的呼吸落在她的耳边，他说道："我只想跟你用。"

"江聿，你能不能别每次见我都一副控制不住的样子？"

很多时候，以前，包括现在，她是很乐意帮他做这种事情的，但是他天赋异禀，后果就是她苦不堪言，累到她后悔同意陪他胡闹。

江聿失笑，撩起眼皮，浓密的睫毛随之抬起，带着几分勾人的意味。

他俯身，将薄唇贴在她的耳郭上，低声说道："你就是我的意乱情迷、我的美神。"

他的呼吸很热，唇也很热。

林绵的呼吸停了几秒钟。冰凉的湿巾再次贴上手背时，她猛然回过神来，耳根有些发热。

车往回开，车内的香氛气味浓郁，但林绵总觉得有些其他气味若有若无地飘着。

她不好意思面对司机，一路上侧着精致的小脸，看着窗外，佯装悠闲自在的样子。

看到陌生的风景掠过，林绵忽然意识到车不是在开往酒店。

"现在回去可能会碰见剧组里的人。"江聿缓缓说道，"我换个没人打扰的地方,跟太太温存。"

林绵随意地垂在腿侧的手被江聿扣着放在他的大腿上,他偏高的体温源源不断地透过裤子炙烤着她的手心和手背。

"叮——"

电梯门打开,细绒毯铺就的走廊踩上去无声无息,短短的一段距离,却格外折磨人。

林绵像喝醉了似的,脚步软绵绵、轻飘飘的。

习惯使然,林绵落后半步,下意识地观察四周,下一秒就被江聿捉住手腕带到身边。他说:"这家酒店的安保措施很好。"

"嗯。"林绵没挣脱他的手。

江聿刷卡开门。林绵刚进门,就被江聿揽着背抵在墙壁上。江聿炙热又强势的吻再一次向林绵袭来,他的衬衫满是香氛的气味。

林绵揪着他的衣领,把它揉皱,浓郁的味道一个劲儿地往她的鼻腔里飘。

林绵蜷缩着手指,轻轻地推了一把江聿,细声细气地说:"去洗澡。"

话音刚落,她就被江聿抱了起来。江聿用脚踢开浴室的门,一只手抱住她,另一只手重重地按上浴室的门:"你陪我。"

林绵的眼角和眉梢仿佛被涂了一层艳丽的染料,而作画的人,费尽毕生的功力要将她最缱绻旖旎的样子描画出来。

林绵的指尖被水浸得湿漉漉的,指节泛着薄红。她将指尖轻轻地按在他的后背上,蓦地,触碰到一片粗糙的肌肤。

她缓缓地睁开眼,用含烟笼雾似的眼眸望向男人:"江聿,你的背怎么了?"

江聿突然绷紧身体,几秒后虚张声势地大声问道:"什么?"

他明明听清楚了,还装糊涂,好恶劣!

林绵用指尖沿着江聿后背上那片粗糙的肌肤按压,这个行为对江聿来说无异于火上浇油。

几十分钟后,林绵躺在床上,头发在床上散开,眼角泛着桃花一般的红色,鼻尖也红,只是颜色稍浅,眼睛里浸润着水汽,让她更显可怜。

江聿拿着干毛巾,单膝压在床上,俯身撩起她的浓密的长发擦拭,半干的发丝在他的指间勾勾缠缠,她的发尾扫过他的指节,欲拒还迎似的撩拨着他。

林绵目不转睛地盯着他的手指欣赏。

江聿放下软发,撑着床面起身,压陷下去的地方随之回弹。他丢下毛巾,去床头找烟抽。

林绵修长且秀气的手指从他的身旁伸过来,懒懒地按住他的烟盒和打火机。

江聿顿了顿,抬眼看向她,眼里多了一丝纵容的意味。他轻轻地挑眉,问道:"你也想抽?"

林绵不想抽烟,但不反感江聿抽。她用指尖打开烟盒,抽出一根烟捏在手里,悠闲地看向江聿。几秒后,她忽地跪起身,拉着他的手臂往下沉。

江聿一个没防备,竟被她拉得跪在床垫上,身体往下倾倒,单手撑在床面上才稳住。他抬起脸,望着近在咫尺的漂亮脸庞,轻轻地笑着说道:"还想要?"

他清亮的嗓音因为动情变得沙哑而有质感,漫不经心的语调、上扬的尾音,性感又迷人。

林绵被他浅色瞳孔里的旋涡吸引了注意力,几秒后回过神来,抬手去脱他的浴袍。

江聿当真以为林绵还没吃饱,所以姿态懒散地等着林绵动手,直到肩上的睡袍被掀开时,江聿的脸色突然一变,他像想起什么似的去阻止林绵,然而已经来不及了。

林绵攀着他的肩膀往下沉,他的身体猛地往前倾,后背上的秘密一览无余。

明亮的灯光照在他潮湿的后背上,偏白的肌肤上几道痕迹清晰可见,让他原本瘦削的身体多了几分旖旎的瑰色。

他右边的肩胛骨上那朵枯萎的玫瑰将这份旖旎发挥到了极致,仿佛在闷热潮湿的空气里充满了馥郁的玫瑰香气。

江聿的睡袍半遮半掩,林绵的指尖触碰上他的肩胛。江聿淡定地将睡袍拉好,严严实实地裹住,就连分明的肌肉线条也一并隐藏。

"你文身了?"林绵有些震惊,也有些诧异,回剧组之前他们讨论过这件事情,江聿当时说怕疼。江聿不是爱弄这些东西的性格,她也就没放在心上。

房间里一时静谧无声。

林绵消化了几秒钟,江聿则淡定地晃到她的身边,从她的手里救走半根被掐软的香烟,送到鼻下嗅了嗅,烟草染上了她指尖沐浴露的香气,混合的气味非常特别。

他将烟丢在床头柜上,将目光转向林绵,薄唇扬着极轻的弧度:"不喜欢?"

林绵转过身来,面对着他,浴袍松垮,由肩头滑至手臂处,露出肩头大片白皙的肌肤,白得晃人眼。

"你没告诉我。"

江聿捏捏她的肩膀,低笑一声,语气中带着无奈和纵容:"我还以为你把这事忘了。"

所以他才做得那么狠。

看来,他不光没忘,还心心念念地惦记着。

"小江总,交代吧。"林绵开了口。

林绵用漆黑的眼睛盯着他,像是要看穿他的心底,很难让人分辨她是高兴还是不高兴。

反正被发现了,江聿也不隐瞒了。他用手指勾着睡袍的带子,慢条斯理地去解睡袍,动作极慢,显得很是诚心。

林绵滑到床边,双脚踩着地面,修长的手指插进他的腰带间,她轻轻一拽,便把人拽到了身前。

江聿挑着眉,语气轻浮地说道:"江太太,今天这么主动?"

林绵瞪了他一眼,让他老老实实地转过去,解开睡袍,露出整个后背给她看。

富有力量感的肩胛骨上文着一朵玫瑰，巴掌大小，吸干了氧气，灰暗的色泽让玫瑰有种毁灭的美感，而玫瑰旁边的两个小字又像主人般显得嚣张恣意。

两个连续的小写花体"MM"像一座绵延的小山，永远矗立守护在玫瑰的身旁，哪怕玫瑰没办法为他再绽放一次。

我永远无条件地爱你。

林绵心神震颤，感动如潮水般袭来。

她听人说过，肩胛骨处的皮薄，文身的话会比其他部位更痛。

一个明明害怕痛的人，还故意选这种痛感明显的地方，是成心让她心软吗？

想到方才此处被热水冲刷了很久，她迟疑地伸手，问道："疼不疼？"

江聿语调轻松地说道："之前文完没护理好，有点儿发炎，不过现在没事了。"

林绵用指尖触碰江聿的肌肤，心里有些情绪在涌动，指尖隐隐发颤。

她不敢太用力，用指腹虚虚地擦过玫瑰，最后将指尖落在小字上，问道："你去文玫瑰，不怕被别人笑话？"

江聿这样的酷哥在肩胛骨上文玫瑰，林绵想象了一下那个画面，觉得过于诡异。

江聿打趣道："老板动机器之前跟我再三确认，语气就跟你现在的语气一模一样，感觉我要走上不归路一样。"

林绵问道："为什么要文在这里？"

江聿也只是打趣，没有误会的意思，动了动唇角，说道："本来我打算把你的照片文在背上，老板看了照片说太漂亮了，他文不了。"

江聿不正经的语气里夹杂着遗憾。

若他把她的照片文满背，那岂不是只要他脱衣服别人就能看见？

这样跟在江聿的脑门儿上刻结婚证有什么区别？

江聿又说："老板让我先在肩胛骨上试试，要是能忍受再去文满背。"

林绵眨眨眼睛,害怕江聿真一冲动就去文了满背,吸了口气,说:"你真不在乎别人的眼光了?"

江聿漫不经心地说道:"除了你,谁还能看见?"

他看过来的目光澄澈炙热,带着某种意味深长的暗示,让林绵恍了一下神。

他好像从一开始就这么笃定地认为:除了她,他不会有别人。

江聿扣好睡袍,松垮地系上带子,恰好这时,林绵的手机响了。突兀的振动声在安静的房间里显得很响亮。

包包被丢在玄关处,林绵朝江聿递去求救的眼神,江聿假装没看见,踱步回到床边。

林绵移到床边,用白皙的手指勾着江聿的浴袍的边缘,拽了拽,仰头说道:"小江总,帮个忙。"

她的下巴被江聿捏着,双眸对上他的浅瞳,她轻轻地抿着薄唇,视线朝着声音的来源飘过去,冰冷的眼底写满了逃避。

"你今晚撩我几次了?"江聿沉着的语气里带着点儿凶。

江聿的薄唇在林绵的唇边轻触,蜻蜓点水一般,飞快地退开,等林绵反应过来时,他已经转身去了玄关处。

"邵悦打来的。"江聿将手机抛给林绵,随手拿起床头上的矿泉水拧开,把第一口水喂到她的唇边。

现在是晚上十点,距离她跟邵悦分开已经三个多小时了,邵悦估计担心了。

林绵按下通话键,盯着江聿的青筋凸起的手背,被他喂了一口水咽下。

邵悦小心翼翼的声音飘了出来,试探地问道:"林绵姐,你现在方便接电话吗?"

即便喝了口水,林绵的嗓子仍然有些哑:"嗯,你回酒店了吧?"

邵悦回答"是",沉默了几秒后,又问道:"林绵姐,你晚上回来吗?"

林绵侧头看了一眼一边盯着她一边喝水的江聿,他像故意在表演,仰着头,吞咽得很急,喉结上下滚动,使着美男计。

她的嗓音淡淡的:"不回。"

"哦——"邵悦这一声拖得很长,她又补充道,"绵绵姐,我会替你保密的。"

林绵忽然笑了,拿下手机点开扩音,让某个人听清楚。

"绵绵姐,以后我见到小江总该怎么叫啊?"邵悦的语气很轻。

林绵还真没想过这个问题。

她跟江聿没公开,也没几个人知道这件事,家里又没小辈,所以几乎没这方面的困扰。林绵衡量时,秀气的眉毛皱起。

江聿俯身,轻松自然地回答邵悦:"叫……姐夫。"

电话那边突然沉默了一两秒钟,紧接着传来邵悦失态的叫声:"啊啊啊,小……小江总?"她极其不淡定,但很快意识到自己叫错了,忙不迭地更正,甜甜地叫了声"姐夫"。

这声"姐夫"让江聿心情大好,嘴角弯出弧度,眼角眉梢浮着笑意。

林绵跟邵悦交代了几句后便挂了电话,一转头跟江聿的视线对上,问道:"你干吗看着我?"

江聿弯着唇,散漫地笑了下,把视线转向手机,说道:"把邵悦的微信推给我。"

要个微信还是很简单的,以前他们没公开,他也不想闹得尽人皆知,现在不同了,他们开始正式恋爱,不能再瞒着她身边的人了。

林绵不肯给,江聿从她的手里抽走了手机,都不用输入密码,把屏幕对着她漂亮的脸蛋儿一识别就打开了。

林绵眼睁睁地看着他打开微信界面,将邵悦的微信推给他自己。

他轻飘飘地将手机还回来,同时已经发送了请求添加邵悦为好友的申请。

林绵看了他几秒钟,将手机放到床头上,拉高了被子躺下,把脸颊埋进蓬松的枕头里。

几秒后，江聿点开语音，邵悦的声音飘出来："谢谢姐夫。"

林绵又把被子拉高了一些，轻轻地闭上眼睛。换了新的床，江聿又在身边，她有些睡不着。

江聿放下手机，用长指关掉头顶上的灯带，只留下床尾的两盏夜灯，屋内暗淡下来，也瞬间安静下来。

江聿从后面搂住林绵，把温热的胸膛贴在林绵的脊背上。她整个人嵌在他的怀中，放缓了呼吸，睫毛轻轻地颤动。

"绵绵。"他的嗓音传过来。

林绵抿着唇，没吭声。江聿靠得近，湿热的呼吸喷在她的耳畔，带来阵阵热意。

林绵屏着呼吸，半晌没听见他说话，缓缓地睁开眼睛，却没想到被抓了个正着。

江聿好听的嗓音里透着揶揄之意："我还以为你睡着了。"

林绵的声音淡而闷："你跟邵悦说什么了？"

"她是你的助理，我加她是为了能随时知道你的安危。"他低声说道，"你吃醋了？"

江聿用鼻尖顶开林绵窝在颈侧的头发，将薄唇贴在她后颈处的肌肤上，轻轻地吻了一下，一股酥麻感顺着她的神经游走。

林绵的指尖紧紧地扣住被子，她呼吸了几下，低声问道："她谢你什么？"

"我给她发了个改口红包。"

林绵的指尖松了一些，她虚虚地抓着被子，眨了眨眼睛，调侃道："小江总，你什么时候也给我发个红包？"

江聿坏坏地低语："刚给的几百亿还不够？"

林绵被江聿偏高的体温炙烤着，没一会儿就感觉有些闷热。江聿抱得紧，她动弹不得。

林绵把手肘从被子里伸出来，小幅度地往下拽被子，身边的人不知道什么时候睁开了眼，浅色的眼睛里毫无睡意，薄唇有一点儿弧度。

"睡不着？"

· 313 ·

林绵愣了一下，还以为江聿早睡着了，于是坦白道："嗯，有点儿，还有点儿热。"

江聿松了点儿力道，林绵稍微往床外挪了点儿，觉得侧躺着有点儿怪，便平躺着，偏过头去看江聿。

江聿也随着林绵的动作翻了个身平躺着，把头缓缓地转过来，与林绵的视线相撞。

谁也没有退让，江聿看着林绵浓密的睫毛，在好奇心的驱使下伸手刮了一下，她毫无防备，柔软的睫毛"簌簌"地抖。

他轻轻地笑了一声，问道："要听歌吗？"

林绵点点头，长发勾缠在脖颈间。

江聿侧过身帮她将长发拢到了离他稍远的那一侧，她顺手拢了一下，重新躺回到枕头上。

江聿起身拿过手机，靠着她躺下来，拥着她点开音乐软件。

可爱俏皮的音乐蓦地响起，女歌手用清脆的嗓音哼唱着，随着音乐缓缓流淌，林绵的心情轻快了起来，手指跟着节奏轻点。

江聿用标准的伦敦口音在林绵的耳边重复。

低缓的、慵懒的、炙热的呢喃，性感又迷人。

林绵弯了弯唇，说道："你把这首歌分享给我。"

江聿笑着将手机举高，颇有几分得意，语调上扬地说道："Roy的歌单需要等价交换。"

一瞬间，林绵有种回到了伦敦的错觉。她倾身勾住他的脖颈，红唇贴上他的唇瓣，轻轻地碰了一下。

下一秒，她的后背被单手箍紧，江聿反客为主，加深了这个吻。

欢快的音乐从指尖溜到了床沿上，两个人闹成一团，被子高高地隆起。

几秒后，床垫晃动，手机从床沿悄无声息地滑到地毯上。

音乐未停，江聿慵懒低哑的嗓音有点儿恶劣："绵绵，你差点儿错过我最棒的这几年……"

林绵醒来时浑身很沉,身体因太劳累而显得有些笨重,睫毛颤了颤,梦又拉着她往下坠。

她费了很大力气赶走混乱的梦境,睁开眼,望着虚空中的一点发怔。

闹钟响个不停,一个接着一个,吵得她脑仁都疼。

林绵雪白的手指尖从被子里探出来,一点儿一点儿地到处探,背后的男人感知到了,下一秒,她就被捉着手腕拉回被子里。

"江聿,我的闹钟响了。"林绵无奈地说道。

江聿修长的手指从她的面前伸过去,手臂几乎压在她的脸上,抓过手机随意地点了一下,闹钟声戛然而止。

男人沙哑疲倦的嗓音在她的耳边响起:"睡觉。"

她哪里还能睡觉啊?

闹钟一直在响就代表她要起床开工了,而且……

林绵转过头,用鼻尖触碰到他的喉结,稍稍仰头,说道:"江聿,跟你说个好消息。"

江聿被吵醒,睡得不太踏实,懒倦地"嗯"了一声。

"如果不出意外,我的下一个闹钟要响了。"

林绵憋着笑,眼睁睁地看着江聿蹙起好看的眉心。

他伸手胡乱地摸了一把,把手机塞进林绵的手里,不耐烦地命令她:"关了。"

她的手指在屏幕上轻点,将闹钟一个个关掉,刚按下最后一个关闭键,男人像是心有所感,将手机抽走,撂到枕边,搂着她躺下,长指顺着她的手臂滑到手腕,松松地箍着。

林绵有些哭笑不得,没睡醒的江聿脾气很大,就像现在这样蛮不讲理,真像是一条大狗狗。

在伦敦,江聿每天拉着她熬夜放纵,第二天就是这副耍赖的样子,这一点好像一直没变过。

然而,她也为此心软。

林绵又陪江聿躺了十分钟,总算清醒了,这才挣开他的怀抱,抽出睡袍裹在身上,轻手轻脚地去洗漱。

手机振动，林绵用湿漉漉的手指按下接听键。

"绵绵姐，你起床了吗？我和司机准备出发了。"

林绵往镜子里不经意地看了一眼，压低了声音，说道："地址我发给你，你到了给我发消息，不要打电话。"

邵悦笑了声，说道："懂了，是怕吵着姐夫睡觉吧？"

林绵抿唇，"嗯"了一声。

林绵洗漱完，门被拉开，江聿神色困倦地走进来，垂着头，细碎的头发随意地垂下，挡住了眉眼。

林绵还没来得及转身，就被他从后面拥住，他温热的胸膛抵在她的背上，热意和心跳隔着衣服一并传过来，偏高的体温几乎渗透进她的肌肤里。

"吵醒你了？"林绵抬起头，眼睛盯着窝在自己肩头处的男人，唇角弯出浅浅的弧度。

她一点儿也不反感与江聿亲密、肌肤相贴，甚至有些上瘾——她是真的很沉迷他富有力量感的身体。

林绵用湿润的手指插入江聿的发间，轻轻地抓了一把。

江聿把头往她的手心上蹭，懒懒地说道："绵绵，我给你开个经纪公司吧？"

林绵愣了几秒，不理解他怎么突然提这个。

江聿抱着她不舍得放手："算了，做演员就是辛苦，要不你回家当富太太？跟人逛逛拍卖会，看看展，吃吃下午茶。我把我的股份全都划到你的名下。"

林绵被江聿逗笑了，只当他没睡醒，没吭声。

手机屏幕上再一次弹出消息，林绵不得不离开。

江聿垂着眼眸，嗓音倦怠地说道："几点收工？"

"准时的话，五点。"

江聿"嗯"了一声，把林绵送到门口，长臂伸开，扣住她的后脑勺儿把她拉回来，浅尝辄止地吻了一口："我去接你。"

反正邵悦收了他的红包，他也不用顾忌谁了。

林绵上了车,邵悦的眼睛一直往她的脸上瞟,嘴角咧着。

林绵调整好座椅,朝邵悦望过去,开了口:"你是不是有什么想问我?"

见林绵开口了,邵悦再也憋不住了,凑到她的身边打听:"绵绵姐,姐夫的老婆真是你啊?"

邵悦意识到这个问法不妥,拍了一下嘴,说道:"我的意思是,你真跟姐夫结婚了啊?"

看来江聿是对邵悦和盘托出了,林绵也不用隐瞒了:"是。不过,我们想低调,暂时不想让太多人知道。"

邵悦赶紧比了个"OK"的手势:"我懂的,我懂的,姐夫都交代了。"

林绵提醒她:"在片场还是叫小江总,别露馅儿了。"

邵悦做了个抿嘴拉拉链的动作:"我知道了。这就默念一百遍小江总。"

"你有耳机吗?"林绵忽然想到了什么,问道。

"有。"邵悦掏出蓝牙耳机递给林绵,林绵连上手机,分了一只耳机给邵悦,点开昨晚那首歌播放。

邵悦随着节奏点头,忽然说:"这首歌好好听,歌词好浪漫!"

林绵抿抿唇,脑子里浮现江聿用英语说的那句歌词。好可惜,那么撩人的嗓音、标准的发音,她就该录下来反复播放。

"绵绵姐,你的手机显示有消息进来。"邵悦提醒道。

林绵收回思绪,点开消息,发现是黎漾发来的一张江聿的朋友圈背景截图。

黎漾:你俩这是彻底说开了和好了?

黎漾:江聿的签名换了。

林绵的关注点很奇特,她比较好奇黎漾是怎么知道的。

黎漾翻了个白眼,回复:谁知道姓喻的跟小江总有什么不可告人的秘密,他发现的。

林绵想到喻琛在江聿的评论区里那副卑微的样子,弯了弯唇角,点进江聿的主页里。

在以往光秃秃的头像下面，忽然多了一句签名——其实更像一句誓言——仅她和江聿懂其中的含义。

　　You make me fall for you.（让我为你着迷。）

林绵的指尖在这行字上面逗留了两秒，她无法忽视这句话带给自己的震撼，这句话犹如在耳边的呢喃，连空气都变得灼热了起来。

林绵将这首歌分享给黎漾。

不懂风情的黎漾回复：这是什么意思？我听不懂！

林绵的戏份进入收尾阶段，今天这场拍摄结束后，她再拍几场就可以杀青了。最后几场重头戏，林绵几乎百分之百地投入进去，耗费的精力远大于之前。

今天她拍摄的是一场坠崖的戏。

林绵换上一袭白衣，素纱轻裹，纤细的腰不堪一握，指尖从宽大的衣袖中探出，肌肤瓷白如雪。在阳光的照耀下，她的乌发垂在颈背上，与一身白形成极致的对比，袅袅身姿，超凡脱俗。

在工作人员的帮助下，她穿戴好威亚，柔软的手指握着一柄断剑，指节因用力而微微泛白。她半垂着眼眸，看着化妆师帮她整理服饰。

不一会儿，她白衣的胸口处染上一层红色，如血飞溅，红唇边也缀了红色的血浆，红与白的交织，让她顿时有了一种悲凉的美感。

风轻轻地吹起她的衣衫，让她身上的那种悲凉感达到了顶峰。

这场戏演的是一个美人的殒命。

导演示意开始。林绵纵马，从远处的树林中飞奔而来，看到前方是悬崖，无处可去，便单手拽住缰绳，勒马扬蹄，翻身下马，马蹄扬起层层尘土。

然而已经来不及了，追兵就在她的身后，铁蹄席卷而来，就连山崖都颤了颤。

然而领头追杀她的人,是她心心念念喜欢了这么多年的人。

男人翻身下马,一步步朝她逼近。

林绵以剑防身,往后退,他进一步,她便退一步,直到脚探到悬崖的边缘,脚边的小石子"簌簌"地往悬崖下掉落。

悬崖深不见底,她根本听不见石子落地的声音,哪怕知道是在绿幕前表演,这一刻她还是沉浸在戏里,心脏跟着轻颤发疼。

她用坚韧冰冷的目光看向把自己逼到悬崖上的男人。

男人把她逼到绝路,又朝她伸出手。直到这一刻,他仍丝毫没有悔改。他如从前一般哄骗道:"把手给我。"

林绵的眼神越发冰冷,她举起剑刺向他,只是她的断剑抵着男人的心口,也只不过是虚张声势,伤不了他。

男人身后的同伴纷纷抽剑,清脆的声音响彻山顶,但男人却扬手,屈了屈手指,示意他们不要轻举妄动。

"跟我走。"男人用冰冷的嗓音说道,"我带你走。"

林绵露出一丝带着凄苦的笑容,风又将她的笑容吹得模糊不清。她怀着满腔的爱意为他赴死,到头来她只是他为了与朝廷勾结而利用的一枚棋子。

他把她养成一把刀,却又要把她献给朝廷,她不愿意再做这把刀。

就在男人开口说出下一句话的时候,断剑撤离男人的胸口,她转身,纵身跃入山谷,风从她的耳边刮过,猎猎作响。

身体急速地下坠,她听见了从山顶上传来的撕心裂肺的嘶吼。

那个男人终于肯叫她的名字了,可惜迟了。

林绵闭上眼睛,没有想象的那般痛苦,她的身体轻轻地落到了柔软的海绵垫上,蜷缩起来。

导演发出一声:"Cut——"

林绵蜷着身体,抱着头,情绪激动地哭了,两片嶙峋的肩胛骨如蝶翼般轻轻地颤动,显得脆弱又单薄。

破碎感在这一刻被展现得淋漓尽致,她哭得不能自已,半晌无法从情绪中走出来,衣衫上沾满了泪水,情绪崩溃如潮水。

这样大情绪的戏一遍过,张导简直想把林绵捧上天。然而,要被他捧上天的那位在软垫上迟迟起不来。

张导以为林绵摔倒了,赶紧让邵悦过去查看,邵悦和工作人员看见她颤动的肩背,面色凝重地回望导演。

江聿到的时候,看到不远处一堆人围着软垫,找了一圈没看见林绵,就连张导也不知道去哪里了。

场记见到江聿,小跑着过来,问道:"小江总,您怎么来了?"

投资人来探班一般会提前通知,像江聿这种一声不吭就来的,简直让他们提心吊胆,生怕得罪到。

"张导呢?"江聿弯了弯薄唇,问道,"这场是谁的戏?"

场记乖乖地应答:"是林绵的戏,她的情绪不好,张导正在那边开导她。"

场记还没说完,江聿已经迈步离开。

张导听见场记慌慌张张地叫他,回头看见江聿,缩了一下瞳孔,宛如找到了大救星。

张导拨开围在身边的人,江聿一眼就看见了坐在软垫上的林绵,她的眼睛一片通红,乌黑湿润的睫毛半耷拉着,像是被水洗过似的。

她的脸上、嘴角上、衣服上都沾满了血,显得狼狈又凄美。

江聿的面色倏地阴沉下来,他紧绷下颌,抿着薄唇越过众人停在林绵的面前,目光稍顿,俯身勾着她把她抱了起来。

林绵猝不及防,双手蓦地缠上他的脖子,被他稳稳当当地抱在怀里,他身上淡淡的香气萦绕过来,占据了她的呼吸。

江聿垂眸看窝在自己怀里的人,眼里流露出心疼,只是转向张导时,眼神倏地冷了:"人我先带走了。"

人他先带走了?

人他先带走了是什么意思?

张导的脑子有些混乱,他目送着江聿抱着林绵离开片场,林绵白色的裙摆缠着江聿黑色的西装裤摇曳翻飞,有种旖旎的美。

他一拍脑门儿忽然醒悟过来——原来林绵根本不是什么江聿的大嫂，江聿从一开始就对林绵照顾有加，不是看在江玦的面子上。

他怎么这么糊涂？！

难怪他当初劝江聿看开些，被江聿骂了一顿，现在他终于能想通了——他让江聿的女人去献身艺术，那不是找骂呢吗？！

张导明白过来，立刻交代所有人：“你们今天看到的，一个字也不能往外说。”

江聿的突然出现，迫使林绵从戏里抽离。她意识到自己被江聿明目张胆地抱着离开时，把脸埋在他的胸膛里不愿抬起。

"江聿，他们都知道了。"她的声音又冷又闷，难以辨别是高兴还是不高兴。

"那又怎样？"江聿的嘴角弯出浅浅的弧度，笑着问道，"我这么见不得人？"

江聿踢开休息室的门，又用脚关上，动作行云流水，空开一只手直接反锁了门。

这种时候，不需要其他人来打扰他们。

林绵错愕地抬眸，眼里雾蒙蒙的，哭过后残留的水汽蓄在眼角，看起来格外好欺负。

江聿是这么想的，当然也是这么做的。

他将林绵放到短沙发上，伸开长臂，将她按在沙发和自己的胸膛之间，半垂着眼眸，长长的睫毛随之覆下，薄唇抿成一条线，神情不豫。

林绵仰头，用又细又白的手指攥住他的衣领。两个人离得近，江聿温热的唇悬在她的头顶上，不知道什么时候落下。

林绵收紧手指，江聿一寸寸地逼近，又像要故意看她的反应似的，停在距离她的薄唇一厘米之处。

林绵有些忍耐不住了，偏过头别开视线，把蜷缩的手指张开推他。

猝不及防地，她的下唇被咬住。

林绵的睫毛轻轻地颤了颤，随着江聿的气息的深入，双眸终于紧紧地闭上，眼皮轻颤的频率很快。

无须试探，他们的呼吸交织，每个吻都本该如此缠绵。

林绵原本色泽稍浅的唇此时被吻出了饱满艳丽的色泽。

江聿抬起头，在她的耳边低语："不许为了别的男人哭，演戏也不行。"

林绵的心脏仿佛被狠狠地揉了一把，林绵的睫毛轻颤，眼底的慌张一闪而过。

见林绵不吭声，江聿弯着唇角，在她的耳边坏坏地说了一句话，她耳畔的那片肌肤便变成绯色，她瞪了他一眼，无力的推拒变成邀请。

林绵踩着地板，微凉的气息顺着肌肤往上攀升，随后从肩头处悉数倾泻。

等到林绵彻底忘了戏里的情绪，江聿才放开她。

他紧绷着脸，咬着牙，替她拢好用白纱做的戏服。戏服是一层一层的，脱下来时像剥鸡蛋壳一样简单，要套回去却不容易。

林绵轻轻地踢了江聿一脚。

江聿的脸色稍变，他咬着牙说道："别撩我。"

林绵的视线从他的腰腹上淡淡地扫过，她抿了抿唇，拢着衣衫往后靠在沙发上，宛如画中的美人。

江聿摸出烟盒，起身来到窗边，用指尖撩开窗帘，又将窗户推开了一道缝隙，让风吹进来。

他咬着烟，想到方才林绵的有趣的反应，嘴角勾起深深的弧度。

他想到些什么，转身问林绵："你的戏服能不能带回酒店？"

林绵知道他在盘算什么，嗤笑一声："除非你想让这衣服弄脏你的床。"

江聿立刻打消了这个念头，但另一个念头浮上心头。

林绵侧过头，见江聿站在窗户前，一缕阳光倾泻下来，照亮了他的侧脸。

他浅色的眼瞳如琥珀般明亮，眼睛缓慢地眨动，白色的烟雾从唇间飘出，模糊了五官。

江聿用手夹着烟送到唇边，白色的衬衫下，肩胛上枯萎的玫瑰的文身若隐若现。

那是她的玫瑰，是独一无二的标记。

林绵不知道，在她为枯萎的玫瑰的文身倾倒时，她的照片在网上掀起了巨浪，瞬间吸引了不少人的目光。

手机振动，闻妃连着发了两条质问的信息。

闻妃：你跟小江总要公开了？江聿把你从片场抢走了？

林绵看着两串问号，头痛不已。

这都什么跟什么啊？她用指尖在屏幕上敲动，抬眸看了江聿一眼，看到江聿也在低头看手机，于是按下回复：你的消息有误。

闻妃火速发来一张江聿抱她离开时的照片，挺拔瘦削的江聿用双手托抱着她，画面如偶像剧一般。

可惜，照片估计是被转发了好几遍，太模糊了，让江聿的背影的帅气值降低了百分之一。

林绵：把原图发给我。

闻妃：小祖宗，你难道不是该让小江总"封口"吗？张导虽然强调了，但肯定还有不少人在传。

林绵懒懒地回复：你也看到了，我根本管不了他。

闻妃：要不你们趁机公开吧？

林绵抿唇，回复：我知道了，我试试管管江聿吧。

虽说不能对外传，但片场的人谁不知道星盛娱乐的小江总当着所有人的面抱着林绵离开片场了啊？

那可是抱着啊！

江聿可是已婚人士，这消息多劲爆啊！

江聿靠在车上，低头翻着微博，忽然听见高跟鞋的声音，抬头看去，看到祁阮朝他走过来。

江聿收起手机，单手插兜，神色淡淡的。

"片场的人都知道了。"祁阮幸灾乐祸地开口，"你俩打算怎么收场啊？小江总准备'金屋藏娇'？"

谁都知道江聿是已婚人士，他突然跟年轻女演员纠缠不清，多的是人等着看好戏。

"你有管我的这个工夫,不如多去江玦的面前卖乖。"江聿启唇说出讥嘲的话。

祁阮背着光,脸上的表情很难看。她强忍着怒气,说道:"我听说你为了林绵去文身了。"

江聿没想到消息传得这么快:"是江敛告诉你的?"

祁阮仰起下巴,脸色很白,眼底充满了鄙夷和不屑——她认识的江聿从小就桀骜不驯,怎么会为了一个女人做到这种程度?!

更让她忌妒的是,她默默地喜欢了江玦这么多年,江玦对她的好还不如江聿对林绵的一半。

"你不觉得为了一个女人这样做,太卑微了吗?"

祁阮说出这话时,自己都觉得酸,可她就是不明白,明明两个人是兄弟,为什么性格天差地别?

江聿一反常态,没有挖苦或反驳她,而是沉默了几秒,语气正经地回复:"我心甘情愿地做她的裙下臣。"

我亦奉她如神明。

风有点儿大,祁阮的裙摆被风吹着摆动。她的身姿纤细羸弱,她脸色苍白地看着江聿。

她长久以来的幻想仿佛被他一句话打破。

林绵穿着高跟鞋从化妆间里出来,远远地看见江聿和祁阮站在车旁,能看出祁阮的脸色不太好。

林绵并不是故意偷听,只是刚好江聿的那句话传到了她的耳朵里。

"我心甘情愿地做她的裙下臣。"

邵悦自动缩着脖子,假装没听见,不停地用余光偷瞥林绵,咧着嘴笑。

林绵微垂的眼睛眨得很快,内心的情绪有些翻涌,思绪有点儿乱,手心很热,眼眶也很热。

祁阮离开后,林绵才慢腾腾地走过去,坐到车里。车窗被升起,车内的空调缓缓开启,林绵的情绪慢慢地被平复。

"你听见了?"江聿清亮的嗓音将她的思绪拉回,"你怎么不直接过来?"

林绵没想到江聿早发觉了,抿抿唇,稍显淡定地说道:"我在等你们聊完。"

林绵的手腕被江聿握住,江聿偏高的体温传递到了林绵细嫩的肌肤里。他靠近在身侧坐着的人,两个人脸颊相贴,呼吸纠缠,面颊泛起痒意。

气流仿佛静止不动,变得厚重而绵密,像一张无形的网,罩着她和江聿。

手机适时地响起,打破了暗潮涌动的气氛。江聿蹙着眉心,目光在屏幕上逗留了几秒,随后长指按下接听键。

"小聿,你回酒店了吗?"张导小心地试探道。

江聿的语气淡淡的:"什么事?"

张导又问:"需要帮你多准备一间房吗?我的意思是避嫌。"

江聿嗤笑了一声,薄唇弯起极淡的弧度,说道:"我跟我的老婆睡在一起,还需要避嫌?"

张导那边静默许久,估计是被噎到不知道怎么回话,也有可能被江聿吓得不轻。

车子缓缓地驶入酒店的停车场里。张导好像换了个地方,压低了声音试探:"你跟林绵到底怎么回事?"

他总算来问了。

江聿捉住林绵的手,随意地搁在自己交叠的腿上,用指尖在她的手背上无意识地蹭,薄唇轻启,缓缓地说出一句话:"就是你看到的那样。"

张导:"我看到的哪样?"

张导都快急死了,江聿却气定神闲,不疾不徐地说道:"她是我合法的、隐婚的老婆。"

张导又是一阵沉默,然后重重地应了一声:"哦!"

他八成是崩溃了。

"我一开始暗示她是你的大嫂,你怎么不纠正我?"张导被耍了这么久,有些生气。

江聿的语气轻飘飘的,耐人寻味:"张导,这是年轻人的乐趣。"

张导无奈,告诉江聿现在电影的拍摄进入尾声,不少想要搞到独家新闻的娱乐记者已经在酒店外蹲守,让他们进出酒店时务必低调,最后反复强调让他们记得关灯、拉窗帘。

江聿感谢张导为他操碎了心,动了动嘴角,说道:"张导这个敬业的态度,活该你电影大卖。"

张导哼了两声便挂了电话。

林绵等江聿挂了电话后,用指尖抓了一把江聿的手,想到他和张导的对话,也觉得有点儿过意不去。

"张导和你说什么了?"

江聿不以为意,忽然凑到她的耳边,声音极低也极坏地说道:"张导让我方方面面都照顾好……大嫂。"

"方方面面"这四个字被江聿咬得极重,暗示性极强,最后的"大嫂"两个字几乎是从江聿的唇齿间挤出来的,让人听着就感觉不怀好意。

不过江聿说完林绵就退开了,身上的气息也随之散开,空调的风重新被送入,林绵抽纸巾擦了擦被汗浸湿的手心。

这时林绵的手机振动了几下,有新消息进来。

林绵丢掉纸巾去查看手机,看到是傅西池发来的消息。

傅西池:林绵,你跟江聿是怎么回事啊?你不是喜欢上学的小弟弟吗?怎么大家说小江总把你抱走了?这是什么时候的事啊?

傅西池将那张模糊的照片转发过来,表示震惊。

林绵忽然在脑子里想象了一下傅西池现在的样子,无声地笑了笑,用手指在屏幕上点了点。

林绵:改天请你吃饭,再详谈。

傅西池的情绪很激动,他回复了三个感叹号。

江聿真如张导交代的那样做,车子驶入停车场里后,停了一段时间。

司机下车观察四周后,敲了敲车窗示意安全,林绵戴着口罩和帽子，拢着身上的外套下了车，快步朝着酒店走去。

江聿拿出烟盒，抽了支烟，用牙齿咬了咬烟嘴，却没点燃，目光透过单向玻璃追随着林绵。

直到彻底看不见林绵的身影，他才慢腾腾地收回目光，点开微博，随手将文身师绘制的枯萎的玫瑰手稿发到了微博上。

司机拉开车门，恰好看到江聿被手机屏幕的光照亮的阴恻恻的笑脸，顿了一下，目光落在江聿咬着的没点燃的烟上："老板，你要打火机吗？"

江聿抬起眼皮看司机，按灭手机收起来，用手指拿下烟，按在烟灰盒里，轻轻地笑了一下，说道："不抽了。"

司机拿不准他这句"不抽了"是说现在，还是说以后都不抽了。

江聿推开车门，低身下了车，用手掌扶着车门停顿了半秒，对司机交代道："把车停远一点儿。"

司机点点头，目送江聿从容地离开。

江聿回到房间里时，林绵正在跟闻妃打电话。

她用目光淡淡地扫了他一眼，下巴不动声色地转向别处，手里抓着一支口红转着玩。

江聿瞧了她一眼，随后敞开衬衫的领口，又解开袖口往上随意地挽了两下，陷在深色的沙发里，交叠着长腿，姿态放松。

顶灯没开，江聿坐着的那片地方灯光昏暗，黑色的衬衫与暗色的环境融为一体，只有露在外面的白皙的肌肤，处处昭示着这个男人矜贵且富有极强的侵略性。

"在看什么？"江聿朝林绵看过来，伸手示意她坐过去。

林绵收起手机，脸上的表情淡淡的，丝毫不受影响。

她刚来到江聿的身边，手腕就被握住，一股力道带着她稳稳地坐到他的腿上。

林绵用双手抵在江聿的肩膀上，轻颤睫毛，为了避免他这个小心眼误会，主动地坦白："我俩那天的事情被传到网上了。"

江聿："他们又传你什么了？"

林绵突然想到她刚搬到江聿家里那天她和傅西池传绯闻，江聿喝着酒庆祝她送给他第一顶绿帽子，顿时没忍住笑了笑。

"笑什么？"

"不让笑？"

林绵用手指轻轻地在他的头发上摸了一把，冰冷的嗓音里含着笑意："我摸摸看是不是绿色的。"

江聿顿时明白过来，掐着林绵的腰，指尖用了点儿巧劲，她顿时败下阵来，伏在他的肩头上，任由他拥着。

"绵绵。"江聿低缓的嗓音如同呢喃。

林绵望着沙发的纹路，没吭声。屋子里静悄悄的，气氛却显得格外温情。

"我们现在是不是在谈恋爱？"江聿温柔而缓慢地说道。

林绵像被一双无形的大手抓了一把心脏，蹙了蹙眉心，然后被一股情绪牵动着闭上眼睛。

片刻后，她轻轻地"嗯"了一声——她在吃药。

江聿紧皱的眉眼顿时舒展开，浅色的眼眸里涌动着很浓的情绪。

他慢慢地说道："那你就不要管，只跟我谈恋爱。"

尾音被堵在唇间，林绵吃痛，转了个方向躺在沙发上，用手指勾着肩膀上的带子，极细的带子不堪抵抗，松垮地滑到手臂上。

林绵忽然想起闻妃交代的话，握住他的手，眨眨眼睛，急促地说道："闻妃姐让我管管你。"

江聿抽开手，动作未停，漫不经心地说道："想怎么管？"

林绵用纤细柔弱的手指再次按住他的手背。

他撩起眼皮，让眼底的欲望直白地流露出来，嘲弄道："闻妃连我们的夫妻生活也要管？"

当然不是！

林绵用潋滟的水眸瞪他，几乎毫无威慑力，雾蒙蒙的眼波反而让人心痒。

"不是。"

江聿埋头，在她的锁骨上轻蹭，呢喃道："那你说怎么管？我都听你的。"

几分钟后，江聿斜斜地靠在沙发上，嘴角带着不怀好意的笑，一点儿也不狼狈，目视着林绵躲进洗手间里。

他慢条斯理地擦手，懒懒地说道："看来我要跟闻妃好好谈谈工作规划。"

"你刚答应什么都听我的。"林绵的声音从洗手间里传出来。

江聿哼笑一声，说道："听，都听。"

林绵拉开洗手间的门，手指按在门框的边缘上，水往下滴，指节被洗得泛红。

"从今天开始禁食。"

江聿挑眉，说道："不太好吧，年纪轻轻就要这样，我会坏的。"

"三年都忍过来了，小江总，不会三天都坚持不了吧？"

她在挑衅。

江聿咬着牙，忍耐着，半夜没忍住还是去浴室里冲了凉水澡。

江聿浑身冷冰冰的，身上附着一层水汽，钻进被子里时，林绵的手都被冰到了，她困倦地睁开眼，半开玩笑似的说道："你要不要去睡沙发？"

江聿一只手握住她的手腕，从唇齿间挤出一点儿声音："你想让我死？"

林绵抽出手，用指尖在被子里探了探，终于摸出手机，灯光忽然亮起，很刺眼。

江聿快爆了，见她还有心情玩手机，气不打一处来，抽走手机不让她玩。

林绵伸手去够，被江聿按着背搂到怀里，她身上淡淡的玫瑰花沐浴露的味道迅速地萦绕过来。

江聿的冷水澡又白洗了。

"老婆，你好狠心！"江聿恨恨地说。

林绵浅笑着说道："我要跟闻妃汇报一下喜讯。"

"汇报什么？"江聿的语气冷冷的，他这是不高兴了。

林绵说道："我要告诉她，我终于掀翻了你这座大山。"

江聿怔了几秒钟，反应过来，低笑时胸腔轻轻地震颤。他松开箍着她的手，翻身躺平，歪过头看她。他用浅色的瞳仁认真地看人时，就会让人呼吸加快。

"你想颠倒一下？"

第二天一早，林绵发现江聿在凌晨三点分享了一首歌，并配了一段文字：I am under water, but I am over you.（沉浮之中，剩下的还是你。）

三天后。

林绵拍完最后一幕戏，导演喊了一声："Cut——"

片场里顿时响起了鼓掌声，还有各种恭喜声。

林绵的嘴角带着浅浅的笑意，她接过鲜花，弯腰一一道谢。

江聿单手捧着一束鲜红的玫瑰，越过众人来到她的面前站定，也跟着大家说了一句"恭喜"。

林绵接过鲜花，江聿张开双臂，林绵跟他拥抱了一下，用两个人能听得见的声音说："谢谢你，Roy。"

江聿把双臂收紧，调侃道："江太太，也早点儿让我的男朋友的身份'杀青'，早日变成老公。"

林绵眨了眨眼睛，放开他，转而去跟张导和副导演们打招呼、握手。大家互相拍照留念，剧组准备了蛋糕，现场很热闹。

张导问林绵："晚上有没有什么安排？要不要大家一起庆祝？"

林绵浅笑着回答道："好啊，我请大家吃饭吧。"

张导的眼神一直朝江聿那边瞟，他笑笑："有小江总在还用得着你破费吗？不用操心了，我让助理去安排，剧组经费管够。"

林绵点点头跟张导道谢。

不一会儿，邵悦和司机各拎了两大袋饮品回来，林绵好奇地看向邵悦，这山上也没有咖啡店，哪儿来的饮品？

邵悦气喘吁吁地说："小江总和绵绵姐请大家喝咖啡了。"

咖啡的外包装很精致，没有印商标，看不出品牌，但绝非路边的小咖啡店里售卖的那种。

司机将咖啡分发给大家，邵悦拎着两杯咖啡从人群中挤出来："绵绵姐、姐夫。"

林绵接过咖啡，她的这杯咖啡温热，抿了一口，味道醇厚微苦。她看向邵悦，问道："山下有咖啡店？"

邵悦笑着回答道："绵绵姐，你不知道吧？这是姐夫请的咖啡师特地调制的。味道是不是很好？"

她悄悄告诉林绵："我之前偷偷喝了一杯，感觉味道好好。"

林绵笑着抿唇，转头看向江聿。

他用一副"我是不是很棒？你得夸我"的样子回看她，嘴角带着得意的笑。

他用长指端着咖啡，指节稍弯，有种别样的美感。林绵走到他的身边，拿手机对着他拍了一张。

江聿挑眉，问道："做什么？"

林绵摇头，说道："谢谢小江总替我犒劳同事。"

两个人悄无声息地回到车旁，江聿推着林绵上车，自己紧跟着坐上来，把车门重重地关上，彻底隔绝了外面的热闹。

"江太太，好处都让你占了。"江聿揶揄道，"你是不是该匀我一点儿好处？"

林绵盯着江聿似笑非笑的脸几秒钟，倾身凑过去第一次亲他的唇角。

然后她退开，亲第二次。

第三次她轻轻地贴着他的薄唇，没动。

林绵的睫毛呼扇得厉害，她抬眼与江聿对视，而后往后退开，唇角弯出浅浅的弧度。

这一次，江聿没有急于反客为主。

"江太太，你不能拿这点儿小恩小惠犒劳你老公。"江聿懒懒地靠在座椅上，笑得有些漫不经心，表现得一反常态。

张导的助理执行力很强，订了一个格调稍微高一点儿的饭店。

在楼下吃完饭后，大家直接转战楼上的娱乐区。

室内一片欢腾，大家给张导点了首老歌，他宝刀未老地拿着麦克风激情开唱。

江聿陷在沙发里，明明灭灭的灯光照在他的脸上，好看的轮廓立体分明，在鼻翼落下错落有致的阴影。

林绵对这种聚会兴致不高，但今天她是聚会的主角，便耐着性子陪着大家玩，她刚端起一杯颜色漂亮的酒，就被江聿拦下。

"那是气泡酒。"江聿换了一瓶白水，拧开盖子递给她，"喝这个。"

林绵本来就喜欢那杯酒的颜色，江聿说那是气泡酒后更加好奇。她直勾勾地盯着酒杯，与他商量道："能不能尝一口？"

江聿屈指在她的额头上点了一下："一口都不行。"

为了避免林绵对那杯酒垂涎欲滴，江聿端过酒杯送到唇边，毫不留情地全喝光了，彻底断了林绵的念想。

林绵的目光转到他手指上的戒指上，那是个银白的素圈戒指。

他骨折又揍人才得以留下的戒指被他规规矩矩地戴在无名指上。

江聿以为林绵还在盯着他的酒杯，便举着晃了晃，然后随意地放回到桌面上。

"想喝回家我陪你喝。"江聿歪头看着她，"在外面不能喝，万一我不在……"

林绵顿时明白，江聿的这句话是在说之前那次她被灌酒，若是他不在……后果不堪设想，他不会允许那种意外再发生。

他抓着林绵的手指，握紧，蹙着眉心，眼底飞快地闪过一抹痛楚之色。

林绵的戏份拍完了，不少人过来向林绵敬酒，江聿都以她的身体不适为由推辞了，大家见江聿这么维护，也只好作罢。几杯实在推辞不了的，江聿干脆地替她承了人情，全喝下。

林绵开了一瓶纯净水递给江聿："你少喝点儿,别醉了。"

傅西池坐在他们的对面,目光一直在两个人的身上来回扫,过了一会儿,他挪到林绵的身边,几度开口,欲言又止。

江聿抿着薄唇,不动声色地打量着傅西池。他对傅西池一直没什么好感。

"你跟小江总这是哪一出啊?"傅西池压低了声音问林绵。

林绵不知道从哪里讲起。

既然大家都知道了,她也不想瞒着傅西池,直接坦白道:"我跟他在谈恋爱。"

事实也的确如此,他们确实是在谈恋爱,练习的也算。

傅西池的脸色有点儿不好,他说:"我以为你追到了小弟弟,没想到你跟小江总在一起了。你知道他结婚了吗?"

林绵点点头,语气淡淡地说道:"他的结婚对象就是我。"

傅西池愣了半响,林绵把傅西池当作朋友,所以透露了一些:"我们是在国外结的婚。"

如果说林绵和江聿已婚的消息让傅西池很震惊,林绵后面的这句话直接让他脸色大变,表情彻底失控。

"三年前,在拉斯维加斯。我不是故意瞒着你的,只是事情比较复杂。"

傅西池被震惊到了,机械地点了点头,说道:"我知道了,这是豪门间的恩怨,你们是协议结婚。"

林绵觉得傅西池的想法很有意思。

江聿的酒量还行,区区几杯酒难不倒他。

从饭店出来时,他意识清醒,脚步很稳,只是眼底有点儿红,眼神有点儿散。

两个人回到车上,林绵打开车门,被江聿一把扣住手腕:"去哪儿?"

江聿喝了酒,又抽了烟,导致嗓子有些沙哑。

"去便利店。"林绵指了指路边的店,说道。

江聿松了手,靠回座椅上,歪着头看着她离开,默默地计算着时间。

林绵很快回来，拉开车门时，一缕带着热意的香气先飘进车里，江聿懒懒地撩起眼皮看向她，目光蓦地顿住。

林绵拿着两瓶酸奶，还有一盒奶片。

林绵走得很快，坐上车时气还没喘匀，胸口随着呼吸快速地起伏。她将酸奶拧开盖，递到江聿的唇边。

江聿很轻地笑了，揶揄道："这是把我当小朋友呢？"

林绵轻描淡写地解释道："酸奶醒酒，你先凑合一下。"

瓶口在唇边，江聿没说喝也没说不喝，就这么看着林绵，过了几秒，低头就着她的手，慢条斯理地抿了一口。

林绵抓着他的手，把瓶子塞进他的手心里，命令道："喝光！"

江聿的眼睛里有光在跃动，他低笑，说道："林绵，你好凶！"

他重复着："你好凶啊！"

林绵见他靠着车窗，歪着头，一副耍赖的样子，没忍住，伸手抓他的头发："我没凶你。"

她也说不上来为什么要解释，如果非要说个理由，那可能就是江聿这会儿的眼神特别像狗狗。

"江狗狗。"林绵轻轻地笑着说道。

江聿弯了弯唇角，轻启薄唇，一字一顿地说道："林猫猫。"

今天在酒店外的狗仔队不少，林绵格外谨慎，两个人乘坐的是她的保姆车。

到了停车场，林绵还是和江聿分开回酒店。

房门发出"嘀——"的一声响后，江聿用手指勾着一个礼品袋，站在门口，反锁了门后才往里走。

林绵洗了澡，身着一条珍珠白的绸缎睡裙，头发被抓夹固定住，脖颈纤细修长，平直的肩颈上挂着随时可能掉的肩带。

睡裙长长的，盖住脚踝，在灯光的照射下，上面闪着细碎的珠光，勾勒出林绵苗条的身材。

设计师像有意似的，侧前面的高开衩设计让一双雪白的美腿若隐若现。

　　沐浴露和润乳霜的香气混合在一起，江聿一进门就嗅到了一缕幽香，这缕幽香勾魂似的往喉咙里钻。

　　江聿上下扫了一眼，嗓子发紧，喉结上下滚动。他仰起脖颈，单手抓着领口松了松。

　　他只看了林绵一眼，就来了感觉，手背和脖颈的青筋暴起，这些天禁食带来的后果汹涌而来，让他一时招架不住。

　　他握着林绵的细腰把她带到床边，抵到床上的同时又伸手垫在她的脑后，单手将她稳稳地扣在怀里。

　　礼品袋碰到林绵的腿，冰凉的触感让她颤了一下，她垂眸看去："提的是什么？"

　　江聿抬起手，指尖虚虚地屈着，黑色的领带悬在白皙的手指上晃。

　　"你猜。"他的语调很慢，用坏坏的语气撩拨着她。

　　林绵接过袋子，往里面看了一眼，白色纱质的布料，是什么原因值得江聿特地拿上来？

　　林绵心怀好奇，将东西掏出来展开后，呼吸倏地顿住，白皙的脸上浮起一抹绯色，冰冷的眼底闪过一丝娇羞。

　　那分明就是一条薄如蝉翼的纱裙，几近透明。

　　林绵终于明白江聿这些天的忍耐到底是为了什么了，她羞愤地将纱裙团了团丢在江聿的胸口上，虚张声势地别开视线，轻颤睫毛。

　　"不可能，你……"

第十二章
偏　爱

"你……"她的话还没说完,尾音就消失在两个人的唇齿间。

突然,江聿扣着她的腰把她抱起来,脚步凌乱地往床边靠。

江聿抓着纱裙,揉在林绵的耳边,五指隔着纱裙紧紧地扣住她的头。

"绵绵,我想看。"江聿低声哄着。

林绵那天在片场穿的那身太好看了,如谪仙一般出尘,让他过目难忘,甚至让他生出一种恶劣的想法。

在休息室里,他撩起她层层叠叠的戏服,当时就一个想法:戏服粗糙的面料会磨伤她细腻白嫩的肌肤。

林绵的薄唇翕张,眼里的羞赧也很明显:"我不穿。"

她用掌心贴着江聿的肩膀,轻轻一用力,江聿便顺势倒在一旁。江聿的衬衫皱巴巴的,胸膛剧烈地起伏着,他偏过头看来的目光很危险。

林绵坐起身,用粉嫩白皙的脚趾轻轻地踢了江聿一下:"你压着我的睡裙了。"

睡裙从开衩的地方散开,如柔软的云朵散在被子上,睡裙早已经被压皱不能看了,她试图拽着睡裙从他的腰下抽出来。

江聿似笑非笑,一动不动,将手臂随意地一搭,恰好压在她的腿上。江聿温度偏高的肌肤贴上来,她轻轻地抖了一下。

"真不穿？"他的尾音里透着一丝蛊惑的意味。

林绵不去看他的眼睛，拉着一角被压住的裙摆，提醒道："小江总，禁食任务还没完成呢！"

"是吗？"他应了应，在林绵拽出最后一点儿睡裙，踩着拖鞋起身时，用双臂环住她的细腰，把人腾空抱起来。

林绵重新陷入他的怀里，后脑勺儿被温热的手心垫住。

"完没完成还不是你说了算。"江聿用性感的声音蛊惑着她，"林猫猫，能不能让我提前交卷？"

这件纱裙比她的戏服做工要好，质地柔软，轻飘飘的，一点儿也不刺激肌肤。偏偏就是这样一件衣服，配上她超凡脱俗的气质，让她一点儿也不艳俗，宛如从油画中走出来的美人。

林绵红唇乌发，黑睫半垂，水眸潋滟，眼尾点缀着一点红，美得不可方物。

江聿的呼吸急促，他只有一个想法：他要拉她入凡尘。

月亮爬上半空中，薄纱曳地，一缕轻风撩起薄薄的纱裙又轻轻地放下。

"Roy……"沙哑的嗓音从她的红唇间飘出，"我想听歌。"

不过几秒，不太安静的房间里，慵懒的音乐逐渐变得焦灼暧昧。

…………

林绵把半张脸埋在枕头里，额头鬓角的热汗未退。她浑身乏力，半合着湿润的眼眸。

一点光照在她的鼻尖上，小痣透着灵动润泽的绯色。

浴室里的水声时大时小，水滴不规律地砸在地面上。

手机不知道在哪里发出嗡鸣声，林绵抬起头，扫了一眼，没见到手机。她一回来就被江聿拉着疯，压根儿不记得手机被丢在哪里了。

她实在是没力气，想等江聿出来找手机，可手机一直响个不停。

一般很少有人这么晚打电话，她的心里有点儿不安。

林绵挣扎了好一会儿，起身拿过江聿的睡袍套在身上。丝质的睡袍被压皱了，她顾不得展平，随意一拢，循着声音去找手机。

林绵从沙发的缝隙里抠出手机，看到来电之人，同时看见指根上戴着原本戴在江聿手上的戒指，目光一怔。

林绵懒倦地说道："闻妃姐。"

"没打扰你们吧？"闻妃见过大风大浪，语气淡定地说道，"你先有个心理准备，你和小江总在片场的照片被人发到网上了，引发的热度不小。"

林绵的目光一颤，手指蓦地收紧，指节泛出隐隐的白色。

"不过……"闻妃说话大喘气，"狗仔队还算有良心，没有拍小江总的正脸，网友们还不知道对方是谁。"

"什么时候发生的事情？"

"这是半个小时前发生的事。"闻妃揉揉眉心，说道，"这个照片配的标题是'林绵结束拍摄，神秘男人乘林绵的车现身剧组下榻的酒店幽会'。"

"你别说，这个标题还挺劲爆。"闻妃一副看热闹不嫌事大的样子，压根儿不担心这条消息对林绵有什么负面的影响。

"他们没拍到正面，这种事情不用公关吧？"

闻妃"嗯"了一声，随即提议道："反正你俩是合法的夫妻，要不要考虑公开？"

林绵眨了眨眼睛，沉默着没应声。

闻妃了解她的脾气，也没再提。

"小江总还在你的房间里吗？"

林绵清了清嗓子："在。"

"待着别动。"闻妃叮嘱道，"你们先低调一些。"

林绵抿着红唇："闻妃姐，麻烦你了。"

江聿拉开门，水汽从浴室里钻了出来。他只裹了一条浴巾，潦草地擦着头发，眼皮和指节都泛红。见林绵捧着手机，他抬起薄薄的眼皮看过来："怎么了？"

林绵将照片展示给江聿："我们被拍了。"

江聿走过来，一只手抓着毛巾垂在身侧，另一只手拿过手机，目光在屏幕上浏览，眉心蹙着："把我拍得这么模糊！"

江聿皱着眉头，似乎还在怀疑狗仔队的专业性，把手机还给林绵，到沙发边继续擦头发。

林绵担心的是另一件事情："明天我们怎么离开酒店去机场？"

江聿拿过手机，按了个号码，讲了两句话后看向林绵："搞定了。"

随后他放下手机，看着林绵："过来。"

林绵走到他的身边，忽然被他握住手。江聿用潮湿的手心裹着她的手指，莫名其妙地让她感到安心。

"害怕吗？"

林绵摇头："这不是第一次了。这些消息真真假假的，等热度降了就过去了。"

"你倒是心态好。"江聿垂着眸，捏着她的手指尖，低哂道，"知道你是演员后，我看过很多关于你的新闻。"

林绵的呼吸滞住——江聿一直在默默地关注着她的动向？

房间里静谧无声。江聿很轻地动了动唇："那些新闻都跟我没关系。"

这像是一句玩笑话，又像是一句抱怨。

林绵看着他半干的头发，漆黑柔软，没忍住伸手抓了一下，手感极好。她动了动嘴角，说："那些都是假的。"

"什么是真的？"

蓦地，林绵来不及思索，就被江聿托着腰抱到他的腿上，跟他面对面坐着，悬在头顶上的灯光倾泻在他薄薄的眼皮上，长睫都泛着光。

他抬起头，后背陷在沙发里，眼睛在灯光下呈浅茶色，像琥珀般明亮，看人时就会让人觉得他很深情，无形地蛊惑着人。

江聿用手心虚虚地扶着林绵，她立刻挺直了腰线，撑着他的肩膀坐得端正。

他逼近，深深地看着她，嘴角含着笑，像故意逗着她玩似的。

林绵猝不及防地被江聿抱着起身朝窗边走去，林绵被吓得睫毛呼扇的频率加快，嗓音发抖："江聿，不要碰窗帘。"

她根本不知道狗仔队藏在哪里，窗帘上的人影都能被拍成动图做文章，更别提拉开窗帘给他们看，无异于往他们的碗里送粮。

江聿牢牢地将她抱住，一只手作势要掀开窗帘，下一秒，她用柔软的手臂缠上他的头，用唇堵住他的唇，毫无章法地吻着。

江聿的目光亮了亮，想要吓唬她的心思更甚。

几秒后，林绵放开他，在他的耳边换气："不要掀开窗帘。"

江聿也不恼，喷出的热气拂过她的耳边，低声开口，说道："你叫声老公，我就不拉开。"

林绵抿着唇不吭声，看到江聿伸手撩起窗帘的一角，便一只手按住窗帘，叫道："老公。"

林绵再也不信男人说的鬼话。

男人都是骗子。

她懒洋洋地扬起手指，开了口："你的戒指。"

江聿似笑非笑地说道："这次不许再弄丢了。"

林绵按着戒指的手一顿，指腹轻轻地摩挲着，仿佛上面还残留着江聿的体温，灼烧着她的指根。

半夜，屋子里的灯都熄灭了，林绵被江聿拥在怀里，他的体温源源不断地传递到她的脊背上。

男人的呼吸均匀、轻缓，周围无声无息。

她闭着眼睛强行入睡，脑子里各种思绪在打架似的，明明眼皮沉得要命，精神却极度亢奋。

林绵睁着眼睛愣了一会儿，悄悄地探出手指，从枕头下摸索出手机，调低亮度，然后悄悄地点开微博。

很多人依旧在讨论那几张照片，有人将江聿的那几张照片单独剪裁出来讨论。

本来林绵看得都没什么感觉，百无聊赖地往下滑着屏幕，突然看到一条微博下的一个评论被很多人回复，指尖蓦地顿住。

"这个背影我在剧组里见过，他也喜欢绵绵和傅西池搭档，找我们要过照片，真人真的超帅！"

林绵陷入思索中，这个网友发的这张照片，明显是江聿第一次来探班时拍的。

难道那个时候，他找人要过她和傅西池的照片？

很多事情突然有了解释。

林绵想得入神，没有注意到身后的人缓缓地睁开眼睛，视线在她的手机屏幕上逗留了几秒钟。

他长指擦过林绵的耳朵，拿走她的手机按灭，放回枕头下。他用手指虚虚地拢着她的头发，懒怠地问道："在看什么？"

"你找她们要过照片啊？"林绵无法想象江聿找女孩儿们要照片的样子。

江聿从嗓子里懒懒地挤出一声"嗯"。

他的手指沿着她的头缓缓地往下滑到肩上，掌心松松地搭着她的肩膀，气息拂过她的耳边。林绵偏头躲了一下："你吃醋了吗？"

江聿应答："没有。"

"哦！"

江聿说道："'哦'什么？你听起来很遗憾。"

林绵转过身，与他面对面，距离很近，两个人的鼻尖快要碰到一起了。她伸手捏捏江聿的耳朵："闻妃那边有很多我的照片。"

江聿怔了一秒钟，轻轻地笑着说道："用不着。"

翌日一早，酒店的门口蹲守了不少娱乐记者，不过林绵跟江聿分头行动，还是让娱乐记者扑了个空。

当林绵的车开出来时，林绵特意让司机降下车窗，露出她好看的脸蛋儿，神色淡漠地坐着看手机。

车子在娱乐记者的面前一晃而过，大家也看清了车内没有其他人，林绵的车在市区绕了两圈才开向机场。

林绵还没到机场，江聿就发了消息过来。

R：我到了，你出发了吗？

江聿乘坐最早的航班先回京，这会儿刚抵达机场，林绵低头回复完消息后便收起手机。

一上飞机,她就找空姐要了条小毯子,蒙着头补觉,睡得迷迷糊糊的,隐约听见空姐来送餐。

邵悦低声同空姐说话,声音很小,但还是传到了林绵的耳朵里。

又过了一会儿,飞机播报即将降落,她掀开薄毯,露出一张微红的脸,眉目间透着一点儿困倦。

她没睡醒,眨了眨眼,伸手找空姐要了一杯温水,抿了一口,干涩的嗓子才得到了滋润。她掀起乌睫,看向邵悦:"你在看什么?"

邵悦以为林绵也感兴趣,朝她偏了点儿屏幕,低声说:"这是一档国外的恋爱节目,我特别喜欢。"

成熟男女的碰撞,她隔着屏幕都能感受到溢出来的甜蜜。

林绵盯着屏幕,听着邵悦喋喋不休,不知不觉间飞机落地时产生的巨大的冲击感让她将视线从屏幕上移开。

林绵戴着口罩和帽子用最快的速度前往停车场,刚站定,手机就响了——江聿打来了电话。

"到了吗?"江聿的嗓音里透着没睡醒的困意,"我的车是白色的,打着双闪。"

邵悦先一步看到车,扬起手挥了几下。

一辆白色的豪车在她们的面前停下,车门自动打开,林绵低身看了一眼坐在车内的人,动作很快地坐了进去。

林绵觉得开车的男孩儿眼熟,但一时想不起在哪里见过。

"小嫂子好,我是江敛,终于见到你的真面目了。"他侧着身往后看,说道。

林绵戴着墨镜和帽子,只露出一双漆黑的眼睛,这是哪门子的真面目?

江聿看笑话似的嗤笑了一声,用手指轻轻地勾掉她脸上的口罩,露出好看的脸。

江敛一下愣住,瞪圆了双眼,眼睛里写满了震惊。

"林……林绵……姐?"江敛一时震惊得舌头打结。

江敛茫然地看向江聿,又看看江聿和林绵交握的手,脑子里天崩地裂了几秒钟后,突然凶巴巴地看向江聿,眼神分明在质问"你一个已婚的人怎么跟江玦要追的人在一起了?"。

面对江敛的质疑,江聿没解释,而是按着他的头推了他一下:"开车。"

后面的车按喇叭催促,江敛不得不先收拾心情开车,一路上沉默地垮着脸,车内的气氛有些诡异。

到了云庐后,江聿示意邵悦跟林绵先上去。

江敛垮着脸坐在驾驶座位上没动,也没跟林绵打招呼,显然是生气了。江聿跨下车,拉开驾驶座位的门,手按着江敛的头,晃了晃:"下车吧,我们谈谈。"

江敛赌气地推开江聿的手,把江聿往后推了一把,这才迈下车,江敛站起来身高都快跟江聿一般高了。

这个弟弟不知不觉间长大了,江聿带着笑,按着江敛的头又晃了一下。

江敛低头躲掉,皱着眉头,一脸不耐烦——江聿要不是他的哥哥,他真怀疑自己会抡起拳头给江聿来一拳。

江敛强忍着怒气,鼓着腮帮子,说道:"你说吧。"

江聿觉得江敛挺可爱,捏着他的腮帮子晃,被他无情地拍开手。江敛冷冷的眼刀递过来,他说道:"别想糊弄我!"

江聿收回手插回口袋里,轻轻地笑着说道:"我没想糊弄,就是你看到的这样,我跟林绵在一起了。"

江敛没想到江聿这般理直气壮,被气得挑起眉毛,语气加重地说道:"你抢大哥的女人,横刀夺爱,你出轨当第三者!"

江聿着实冤枉,但这些事他得一件件解释,不能让弟弟小小的脑袋里装满大大的疑惑。

"小敛,首先,大哥没有跟林绵交往,林绵也没接受大哥。其次,我没有横刀夺爱,也没当第三者,我跟她三年前在拉斯维加斯就登记结婚了。"

"况且，大哥也要订婚了。"

他的话宛如一记重磅炸弹，让江敛满脸震惊，紧抿着唇，半晌没开口说话。

"你的结婚对象是林绵？"

江聿点点头。

江敛露出崩溃的表情，做出一个掐人中的动作，深呼吸说道："你怎么不早说啊？真的要气死我了！"

江聿弯了弯嘴角："现在告诉你也不迟。"

江敛不打算轻易地原谅江聿。

江聿拿出手机，用指尖在屏幕上点了点，一条转账的消息出现在江敛的手机里。

江敛气呼呼地摸出手机，点开，紧蹙的眉头瞬间舒展开。他随后意识到自己太没骨气，又瞬间皱眉："转账也弥补不了你对我的欺骗造成的伤害。"

江敛点了收款，然后蹲在原地闷闷不乐。江聿俯身拍了拍他的肩膀，拿出烟盒抽出一支烟咬在嘴里点燃。

白色的烟雾在指间缭绕，江聿半眯着眼睛睨着江敛。

江敛忽然抬眸朝他看过来："昨天关于林绵的新闻你看了吗？"

江聿点点头，听见江敛说："我就说怎么看着眼熟。你们俩又不公开，闹这一出干吗？"

江敛不知道想到了什么，又骂了江聿一句："渣男！"

"渣男"江聿冤枉死了，当真是有口难辩。他抽完半支烟后，弯腰在地上按灭："别哭丧着脸，林绵还是你的嫂子，不好吗？"

江敛觉得这话不无道理。大嫂变二嫂，他也没亏。

江聿伸手，江敛抓着他的手臂起身，跺了跺脚，锁上车往电梯走去。

进了轿厢里，江敛的手机忽然响个不停，听得江聿皱起眉头。江聿调侃道："你一天天不嫌烦吗？"

江敛还没消气，拿手机查看信息。

几秒后，他微变脸色，忽然爆发出一声惊呼："哥！"

江聿被他这一声叫得皱眉，不耐烦地闭了闭眼睛忍耐着说道："这次又是什么事？"

江敛递过手机，激动得快要跳起来了："刚刚嫂子回应恋情了。"

几分钟前，林绵发了一条微博，图文是她出门拍戏，家里的绿植枯萎了。

林绵回复了一个问两个人是不是真的谈恋爱了的评论：正在交往中，小幼苗需要呵护。

江聿有一瞬间觉得这个肯定是别人冒充的——林绵刚到云庐，怎么会有空回复消息？

他轻车熟路地点开这个账号，确确实实就是林绵本人。

他将手机还给江敛，双手插兜，静静地望着电梯屏幕上跳动的数字，表情平静，看不出情绪的起伏。

江敛用余光定定地看着江聿，见他与平常无异，失落地收回视线。

电梯在十楼停下，双门打开，门外没有人。

江聿皱着眉心，用手指使劲地戳电梯按键关门，面上虽然轻松自在，动作却将急切的心情暴露无遗。

"哥，你很紧张吗？"江敛笑着问他。

江聿咬着唇，紧绷着下颌，摆出一副谁也不想搭理的模样，朝江敛递过去一记眼刀，示意他闭嘴。

江敛撇了撇嘴，拿起手机玩。

电梯门开了，江聿没管江敛，先一步跨出电梯，刷指纹进门。邵悦见江聿进来，起身乖乖地叫了一句："姐夫。"

江聿换了鞋，应了一声，快步朝卧室走去。

邵悦悄悄地跟江敛交换着眼色，用口型无声地问道："怎么了？"

江敛摇摇头，又耸了耸肩膀。

江聿推开房门，林绵正在衣帽间里，听见动静后笑了笑，刚想问江聿怎么了就被他紧紧地抱住。

江聿的呼吸有点儿沉，他抱了良久，吓得林绵以为发生了什么事情,将手缓缓地扣上他的后背。

江聿扣住她的后颈,低头在她的唇瓣上盖了个吻,不带任何杂念地一触即离。他又把唇贴在林绵的眼角上吻了吻,声音像是从嗓子里挤出来的:"谢谢你,绵绵。"

林绵有点儿蒙,脑子有点儿乱,但很快找回心神,大概明白江聿是因为她在网络上半公开恋情才这样的。

江聿让饭店服务员送了餐,四个人围在桌子旁。邵悦低头吃了几口,忍不住好奇地问道:"绵绵姐,你为什么突然公开恋情啊?"

江聿单手开了一听可乐,放到林绵的面前,视线假装不经意地扫向林绵。

林绵放下筷子,语气平静地说道:"我不想再传绯闻。"

她说这句话时,下意识地看了一眼江聿。

江敛"啧"了一声,笑眯眯地说:"嫂子,你知道我现在像什么吗?"

林绵看向江敛:"嗯?"

江聿抢先一步回答道:"你像狗。"

"错了。"江敛抿了一口可乐,弯着眼睛慢悠悠地回答道,"我像在路边晒太阳突然被过路的人踹了一脚的狗。"

大家同时沉默。

"不好笑吗?"江敛一脸挫败感,转头寻找邵悦当盟友,"不好笑吗?"

邵悦抿着唇干笑一声,给面子地说道:"还行吧。"

江敛拿起可乐罐跟邵悦的可乐罐碰了一下,叹了口气:"还是你靠谱儿!"

说着,他将可乐喝出了一种醉生梦死的感觉。

江聿在桌子下踢了他一脚:"吃完快滚!"

两个人送走邵悦和江敛后,屋子里顿时变得清静,江聿站在阳台上抽烟,夕阳笼罩,烟头上的火星被风吹得明明灭灭。

他一只手夹着烟,白雾在指间缭绕;另一只手握着手机,拇指在屏幕上翻动。他不知道看到了什么，夹着烟的手指拉着图片放大。

他悄无声息地点开林绵的微博，在她回复的那条消息上点赞，并且将回复的那条消息转发到他的微博上，并添加回复：小幼苗快些长大。

随后他将之前那张黑色耳钉的照片发到了微博上。

林绵睡得晚，难得不用被闹钟叫醒，睡到自然醒时都快十点了。因为下午要去拍杂志的封面，所以她洗漱完，敷面膜救急，本就水润、胶原蛋白满满的脸蛋儿，嫩得能掐出水来，眼角残留着绯红的余韵。

江聿将头枕在手臂上，侧着身看她，等她换好衣服后，他才支起身拉开床头柜翻找东西。

"找什么？"林绵正在戴耳钉，回头看他。

"耳钉。"江聿补充道，"你送我的那个。"

林绵拿起耳钉，说道："在这儿。"

江聿下了床，趿拉着拖鞋来到她的身边，接过耳钉，盯着她的耳朵，俯身，将她戴的银色耳钉摘掉，换上黑色的耳钉。

他低头在她的耳朵上亲了一口，揉揉她泛红的耳垂，低哑的嗓音里带着没睡醒的倦意："今天戴这个。"

林绵想不通他怎么突然要她戴这个耳钉，不过，好像这个耳钉与她的黑裙子也不违和。

闻妃到后远远地盯着她的耳钉，挑了挑眉："你这个耳钉挺别致啊！"

林绵笑了笑："是江聿的。"

闻妃大开眼界地说道："原来小江总也这么潮！"

林绵笑笑没说话，江聿在伦敦的时候，穿一身黑衣加工装裤，脚踩马丁靴，骑着机车满城乱跑，总是能吸引女孩儿的注意。

被女孩儿搭讪对江聿来说是常事，只要林绵在，她托着腮欣赏着，江聿都会指指她，女孩儿们只能黯然离开。

那个时候，林绵觉得他真是一束光，只要他一出现，周围立刻变得暗淡，沦为陪衬。

"我说你最近用的什么护肤品？怎么在山里待了这么久，皮肤不见变黑反而更好了？"闻妃将她的思绪拉回来。

林绵淡声说："早起早睡，多吃饭多运动。"

闻妃一副过来人的样子："小江总没少陪你运动吧！"

林绵抓了个靠枕按在闻妃的怀里，羞恼地说道："你好烦！"

闻妃枕着抱枕笑了笑，说："你跟小江总小别胜新婚，好好休息几天，又得进组了。"

林绵若有所思地问道："我还能休息几天？"

闻妃掐指一算，又把行程表对了一下，颇为遗憾地说："一周，不过中间还穿插了杂志拍摄和专访。"

林绵点点头："赚钱要紧。"

闻妃被她这话逗笑了，揶揄道："你的老公都这么有钱了，星盛公司都是他们家的，你还发愁赚钱吗？"

"当然。"林绵不笑的时候很严肃，就连开玩笑都会给人一种很正经的感觉，"我们不能被动摇了意志。"

闻妃对林绵这个觉悟是佩服的："宝贝，你记得回家把这话说给你老公听听。"

林绵忽然想起来上次的玩笑话："他都被'推翻'了。"

闻妃意味深长地"啧啧"了两声。

"不过，你半公开了恋情，小江总有什么反应啊？"闻妃托着腮，眼珠子转了转，十分八卦。

"他好像很淡定。"林绵回想了一下，江聿得知她公开恋情后，就抱了她一下，后面提都没提。

也有可能是他不知道怎么表达，晚上表现得格外热情，她都快累死了。

今天是林绵拍摄LR杂志封面的日子，LR杂志的负责人申请对林绵进行独家专访。

其实闻妃想推掉来着，没想到LR的主编是江玦的同学，给江玦打了一通电话，江玦卖了个人情，她们不接受也得接受。

林绵的可塑性很强，五套不同风格的衣服如同为她量身打造一般，将她超凡脱俗的气质衬托到了极致。

就算穿着简单的西装，鼻梁上架副墨镜，她往打光灯下一站，所有光源自动地往她的身上汇聚。白得发光的肌肤、冷淡的表情，在墨镜的装饰下，让她有种生人勿近的美感。

林绵用手指轻轻地推开墨镜，露出一双漂亮的眼睛，用偏冷的视线看向镜头，仿佛有着天生的镜头感，表现力十足。摄影师连连夸赞，快门声响个不停。

第二套服装拍完后，林绵有些累了，半垂着眼皮，眼底写满了疲惫。

闻妃递了瓶水给林绵："感觉怎么样？"

"说实话吗？"林绵轻动嘴角，说道，"很累，比拍戏还累。"

她可能更喜欢拍戏，不太适应固化的拍照姿势，她仰头活动一下酸痛的肩颈。这时工作人员过来打招呼，她立刻恢复冰冷的样子。

"林小姐，你好！我是专访编辑乔西。"

林绵点头："你好。"

"林小姐拍摄辛苦了！是这样的，我们怕林小姐辛苦，所以我们先做个专访休息一下，你看怎么样？"乔西斯文有礼，语调软软的。

林绵点头："没问题。"

林绵还穿着拍摄时穿的西服，往白色塑料椅上一坐，冰冷、高贵的感觉浑然天成。

化妆师过来给林绵补妆，林绵等化妆师忙完，礼貌地跟化妆师道谢。

工作人员小声说："你好漂亮啊，比电影里还漂亮，皮肤也好好！"

"谢谢。"

乔西进来时，跟化妆师打了声招呼，放下笔记本电脑，在林绵的对面坐下。

"林小姐，紧张吗？"乔西低头调试笔记本电脑，用指尖在键盘

· 349 ·

上敲出清脆的声响。

"还好。"林绵动了动唇角,半开玩笑地说道,"你会不会问我比较私人的问题?"

"可能会,如果你觉得不舒服告诉我。"

乔西给人一种温和的感觉,做事说话不疾不徐,跟林绵以往见到的工作人员都不同。

虽然是专访,乔西更像是朋友一样,慢慢地引导,认真地倾听,没有攻击性,林绵跟她聊起天来感觉很舒服。

不知不觉间,她们已经交谈完了好几个问题。

当谈及感情问题时,乔西眨了眨眼睛,问道:"我可以问吗?"

林绵潜意识里觉得乔西不会问过火的问题,点头示意她继续。

乔西温声细语地说道:"是什么原因让你在交往期就愿意公开恋情?"

林绵思索了几秒钟后,答道:"对方足够坚定,我也要学着坚定。"

"这是对他的偏爱吗?很难得的!"乔西表示羡慕,同时专访进入尾声,乔西问了一个好玩的问题,"你觉得对方有什么缺点?"

林绵忽然笑了,放松身体,调侃道:"他看到专访会不会不理我?"

乔西很轻地笑了一下,问道:"他会看你的专访吗?"

"会,我的专访他会一个不落地看。"

乔西弯了弯眼睛:"也可以换成一个优点。"

林绵说:"他很黏人,不知道这算缺点还是优点?"

"哇!"乔西在键盘上敲下这个词语,都能想象这期专访发出去之后会引发怎样的讨论。

长得帅、身份神秘的男人谈恋爱时黏人,这是多么可贵的品质!

林绵从摄影棚里出来,停在门口的黑色轿车缓缓地降下车窗,一副好看的眉眼从车窗里露了出来。

黏人的小江总亲自开车接人。

林绵直接挥别闻妃,打开副驾驶座位那边的门坐上车,副驾驶座位上放着一捧灰紫色的玫瑰。

每片花瓣饱满新鲜，顶部一圈是灰紫色的，下面是无害的乳白色，层层叠叠，特别有高级感。

看到林绵迟疑两秒，江聿将视线转向了鲜花，问道："不喜欢？"

"很漂亮！"林绵抱着花坐上车，用指尖在花瓣上拨了拨，细嫩的花瓣有些冰凉。

她低头轻嗅，花香清淡又好闻："又接我下班，又送花，小江总今天怎么这么好？"

江聿用舌尖抵着上腭，睇着林绵，嗤笑一声："我哪天不好？"

他倾身，目光定定地看着她的眼睛。两个人四目相对，林绵主动抱住他。

江聿不轻不重地揉了揉她的头发："江太太，今天也很热情！"

林绵退后一些，懒懒地靠在座椅上，将手支在车窗上，用指尖抵着太阳穴按着，忽然想起来乔西的那个问题，侧过脸定定地瞧着江聿。

红灯停车时，江聿倾身过来，问道："看什么？"

林绵弯唇，指尖在他的眉上虚虚地比画了一道："你长得好看，还不让人看啊？"

江聿懒懒地一笑，靠在座椅上，姿态慵懒又放松，一副"你随便看，想怎么看就怎么看，反正我都是你的老公"的样子。

他扣住她的脖子亲了一口，开玩笑道："你这也没吃糖啊，说话怎么这么甜？"

林绵失笑："我的照片你都存了吗？"

拍完一组后，林绵让摄影师提前传了几张照片给她，她全发给了江聿。

但是江聿没有回复。

江聿扶着方向盘，漫不经心地应答："没有。"

林绵不信，朝他摊开手心："把手机给我。"

江聿拿过手机放到她的手心里，都不用说密码，她就解开了他的手机。林绵点开相册时，江聿忽然改口道："存了。"

林绵将信将疑，退出相册，把手机还给他。江聿开玩笑地说道："真的不检查一下吗？"

江聿的手机屏幕是枯萎的玫瑰的图片，若不是亲眼所见，她真的很难把玫瑰和他这种酷哥联系到一起。

林绵笑着摇头拒绝。

江聿的手机跟他的人差不多，清清白白、坦坦荡荡，没什么可看的。

林绵忽然想到在伦敦时，江聿载着她去和几个玩车的朋友见面，那些人都是一个圈子里的。

大家看见江聿牵着林绵，都吹起了口哨，一直用戏谑的目光朝林绵的身上瞥。

其中有个男人，手臂上文着一辆机车，毫不掩饰对林绵的惊艳。

江聿用冷眼睨他，没搭腔，紧紧地握着她的手。

江聿压低了声音，不悦地说道："下次，不带你了。"

林绵深知这些人玩得比较开，捏捏江聿的手心，说道："我没事。"

过后，那个男人直接朝林绵投来直白的目光，江聿一直防着，不让她离开自己的身边。

可是林绵去上洗手间时，还是给那个男人钻了空子。

林绵从洗手间里出来，那个男人倚在门口，偏过头来，直起身，连寒暄都省了，直接开口说道："你是Roy的妞？"

林绵没搭理那个男人，抬步要走忽然被他伸出来的腿拦住，踉跄着差点儿摔出去，又被他一把握住手腕拉回来。

"Roy不会发现的。"那个男人低声说，"大家都是玩玩，Roy也只是跟你玩玩而已。"

林绵惊魂未定，被那个男人触碰了手臂，恶心的感觉从心底涌起。她挣开那个男人的手，眸色冰冷地训斥他："滚！"

那个男人不但没有被林绵突然的反抗吓到，反而露出轻佻的神情。

林绵感到恶心，再次离开，那个男人突然一闪身挡在她的面前，痞兮兮地说："我们加个联系方式，万一你后悔了呢。"

林绵一巴掌打掉那个男人的手机。那个男人恼羞成怒，抓着她往墙上按，忽然一记拳头重重地落在了那个男人的脸上，紧接着那个男人被掀翻在地。

林绵被江聿拉到了怀里。江聿低头，紧蹙眉心，问道："他有没有把你怎么样？"

说话时，他嗓音都在发抖，怒意烧沸了胸膛，拳头化作利刃，按着那个男人一拳拳砸下去。

那个男人在哀号，蜷缩着身体。林绵被吓坏了，拽起江聿，让他不要再打了。

江聿补了两拳后，骤然起身，搂着她的肩膀大步往外走。一直到后门口的停车场，他的脸色都很差，呼吸很沉。

林绵摸摸他的脸，抱着他的脖子安抚道："Roy，我没事，那个男人没把我怎么样。"

江聿偏头吐了口血水，林绵被吓坏了，捧着江聿的脸检查，才发现他不知道什么时候磕破了唇角，嘴里在流血。

江聿撇开林绵的手，用手背擦过嘴角，用冷冷的视线看向她："他加你好友了？"

林绵摇头，说道："没有，我怎么可能加他？"

江聿定定地看了她几秒，像是相信又像是不相信。林绵把手机拿出来，拉着他的手放上去："密码你知道，你自己检查。"

江聿垂眸看了几秒，把手机放进口袋里，把林绵抱起来放到车上坐着，突然的悬空感让她下意识地扣紧他的脖子。

江聿将双臂撑在她的身体两侧，贴上去细致地吻她。

夕阳细碎的金光洒在他薄薄的眼皮上，他的眉眼被镀了一层柔和的光晕。

她推开他，垂眸笑着问道："不检查？"

江聿仰头，咬住她的下唇，含混不清地说道："你还会骗人吗？"

她不光骗了，还骗了三年。

林绵正在神游之际，闻妃发来的几条消息让她回过神来。闻妃发过来好几张照片，让林绵挑一挑发个微博。

林绵挑挑拣拣，选了一张闻妃给自己拍的私服照，又拍了张灰紫色的玫瑰，放在一起编辑发送。

没几秒，网友们闻讯赶来评论。除了夸林绵美貌的，一条新评论也被顶了上来。

林绵的指尖蓦地顿住。

可爱小包子：天啊！绵绵这个耳钉是男式的吧？我好眼熟！

眼熟？

林绵下意识地在耳朵上拨了一下，反光的车窗映出耳朵上这个黑色的耳钉。

她应该是第一次戴这种类型的耳钉吧？

与此同时，也有人眼尖看见了那枚戒指。

他们不提的话，林绵都没注意到闻妃给她拍照时把她无名指上的戒指也拍进去了，不过不是很明显，只露了一个角。

他们到底是怎么看出来的？

林绵出门前其实没打算戴戒指的，可是换好衣服一回头看到戒指孤零零地躺在梳妆台上，有些于心不忍，便折回去拿来戴上。

闻妃也当她戴了个装饰物，没有多问。

她举起手认认真真地打量戒指，宽大的戒指从指节上滑落到指根处。银白色的戒圈上其实有长期佩戴产生的细微划痕，但是不碍事，丝毫不影响戒指无可替代的意义。

江聿的手比她的大，戒指在她的手指上松垮地晃荡着，与小巧的指节碰撞，反而多了一丝慵懒的美感。

江聿抽空侧过头看她，见她盯着戒指发怔，又像是思想神游到了别处，眼神发空，一寸阳光透过指缝照在她的脸上。

他觉得这一刻的林绵特别美好，比任何杂志拍摄出来的她都要美丽——精致的侧颜、卷翘漆黑的睫毛、玻璃弹珠一般晶亮的眼珠，加之那种深沉的眼神，就是一幅动态的美人图。只可惜他没办法用手机拍下来。

林绵的手酸了，她收回思绪放下手，再次拿起手机，继续查看微博。

江聿用大手在林绵的脖子上不轻不重地捏了一下，林绵抬眸盯着红绿灯，享受着江聿的揉捏。江聿低声道："不要一直低头，对颈椎不好。"

林绵被按舒服了，微微仰起长颈，半眯着漂亮的眼眸，轻哼了一声："不玩手机也脖子酸。"

"改天给你找个按摩师，好好按按。"

"好啊！"

林绵的手机响了，江聿收回手握住方向盘，刚好看到交通信号灯变绿，便启动车子。

一束银白的光照在车玻璃上晃来晃去，林绵的目光追随着光，她轻轻地说道："在路上了。"

"你不来了吗？"林绵问黎漾，江聿侧头瞥了她一眼。

对方不知道说了什么，林绵说："你来吧，我快到了。"

挂了电话后，江聿问她："黎漾不来了？"

今晚是喻琛组局庆祝林绵杀青，也庆祝江聿守得云开见月明，叫了不少知根知底的朋友。

林绵拨了拨头发，露出又细又白的脖颈，缓慢地说道："黎漾又跟喻总闹掰了，生着气呢。"

这两个人自从在一起之后大吵小吵不断，江聿都见怪不怪了，笑了笑，说道："黎漾要不来，喻琛能冲过去把她扛来，你信不信？"

林绵点点头表示认可。

下了车，黎漾就打电话过来，说道："绵绵，我在顶楼，你上来找我。"

林绵跟江聿分开，乘电梯直接上顶楼，本以为就是露台，没想到看似普通的顶楼，其实内有乾坤。

· 355 ·

绿植、沙发、镶嵌在地面上的夜灯、透明的玻璃顶，精心装饰过的环境特别美，像个漂亮的玻璃花房。

花房里设置了四五桌卡座，灯光旖旎，长相姣好的调酒师倚在吧台旁同女客人闲谈，驻唱歌手抱着吉他在低吟浅唱。

黎漾陷在泥巴色的皮质沙发里，手边的小矮几上放着一杯已经被喝了一些的香槟酒，杯口的柠檬片陷在酒水里。

"绵绵，过来。"黎漾支起上半身朝她招手，然后像等不及似的，跑过来抓着她的手拉着她往沙发上带。

林绵向四处看看。黎漾告诉她："别看了，喻琛不知道我在这儿。"

随即黎漾又叮嘱她："你也别告诉他我在这儿。"

林绵接过侍应生送来的柠檬水，礼貌地道谢。侍应生的目光从林绵的身上扫过，眼里闪过一抹光，他抱着托盘有些激动地问道："您是林绵老师吗？"

林绵没摘口罩，只露出一双冰冷、漂亮的黑眸，她的眼神淡淡的，语气也淡淡的："抱歉，你认错了。"

对方抠抠后脑勺儿，不认为自己认错了，迟迟没离开。

黎漾恼怒，拔高了语调，说道："你们这边允许侍应生随意打听客人的隐私吗？"

或许是因为这里太安静，黎漾的嗓门儿偏大，顿时引来其他人的注意。

侍应生不好意思地鞠躬道歉，然后转身快步离开。

林绵拉住黎漾："没事的，漾漾。"

黎漾恶狠狠地盯着远去的侍应生，被气得脸色都变了。林绵知道她是心情不好，有气没处撒。

酒吧的店长闻讯赶来，礼貌地道歉，并且提出为两个人换到独立的氛围房的建议。

店长身高腿长，穿了一身黑衣加黑裤，身材优越，给人一种清清爽爽的感觉。他说话也斯文，音质偏柔和，是个一顶一的帅哥。

黎漾见到帅哥愣了两秒，该不爽还是得不爽，指了指头顶，语气忽然弱下来，说道："那里也是玻璃顶，能看到星星吗？看不到星星的房间，我可不要。"

店长好脾气地说道："能的，跟外面一样，只是空间比较私密。"

黎漾弯腰拿起链条包，视线在店长的身上打量了一遍，眉毛一挑："那走吧。"

私密的圆形空间确实比大厅要舒适很多，等侍应生关上门，林绵这才摘掉口罩。

黎漾软骨头似的趴在桌上，用手指在酒杯上摩挲，眼神有些黯淡无神，酒杯上的水珠润湿了她的指尖。她皱着眉头，脸色比一杯子冰酒还冷。

林绵倾身往前，双手支在桌子上："你跟喻总怎么又吵架了？"

"没什么。"黎漾若无其事地回答，几秒后又补充道，"我们散了。"

林绵震惊了几秒钟，两个人前几天不还抱在一起跟她视频聊天吗？

"你提出来的还是喻总提出来的？"

黎漾收回手，抽纸巾慢条斯理地擦手，把捏皱的纸巾随意地抛在桌上，端起酒杯送到唇边，垂下眼眸，说道："不重要了。"

"听这语气，是喻总提出来的？"林绵还真不信若是黎漾提出来的她能一副失恋的样子，以前她跟那些小弟弟交往，可没这样过。

现在黎漾的状态让林绵觉得，黎漾惨了，坠入爱河了。

她要是直接告诉黎漾，黎漾肯定不承认，甚至会笑话道：谁瞎了眼会喜欢上喻琛？

黎漾用轻描淡写的语气说："他有兴致想见我时就必须见到我。我找他，他就一句轻飘飘的'我忙'带过。谁不忙啊？好像我缺了他不行似的。"

黎漾放下杯子，咽下酒，语气狠狠地说："真当我找不到男人吗？喻琛算什么？"

黎漾说着来气，又灌了一口酒，放下杯子，气势汹汹地起身。

林绵一把握住她的手，说道："你干什么去啊？"

357

"刚才那个店长是不是还不错？"黎漾被气得胡言乱语，"我想去摸他的腹肌。"

林绵阻止她："他不是弟弟，不是你喜欢的类型。"

"不是弟弟，他是男人吧？！"

黎漾脚步虚浮，踩着高跟鞋出去，脚步七歪八扭，一个不小心栽到了店长的怀里。

店长被吓了一跳，用双手扶着黎漾的手臂，让她站稳。黎漾趁机在店长的手臂上捏了一把，他看起来瘦瘦的，手臂上的肌肉还挺硬。

店长因为她的大胆微微一愣，赶忙松开手。黎漾用手指抵着额头，忽然一歪又倒在店长的怀里。

一个漂亮的女人三番五次地倒在自己的怀里，不管出于什么目的他也猜得八九不离十，但黎漾不同，即便对方猜到了，她赖着不走就是不走。

谁让她长得漂亮呢？

喻琛和江聿一进门就看到了这样的场景，江聿挑着眉，双手插兜准备看好戏。

喻琛的脸色倏地冷下来，目光锁定在动作暧昧的两个人的身上，眼里燃起的一簇火苗恨不得将两个人烧出个洞来。

黎漾从店长的臂弯里探出视线，不着痕迹地瞥了一眼喻琛，往店长的怀里钻，故意软着嗓子撒娇道："我的脚扭了，好痛。"

话音未落，黎漾就被喻琛伸手捞到怀里，不动声色地禁锢住。喻琛神色淡漠地对店长说："我的女朋友麻烦你了。"

"女朋友"这三个字被他咬得极重。

店长点点头回应道："没事。"

喻琛的双臂禁锢得太紧，黎漾挣脱不开，扬起拳头直接朝喻琛砸："你放开我！谁是你的女朋友了？"

喻琛面不改色地禁锢着她："怎么不是呢？宝贝，你有什么脾气冲我发！"

喻琛玩世不恭的语调，多少有点儿像斯文败类。

喻琛不说话还好，一说话，黎漾的脸色都变了，她情绪激动地说："我跟你只是……"

后面的话还没说完，喻琛伸手捂住她的嘴，将她牢牢地扣在怀里往外带，低头贴在她的耳边，说道："乖，不要闹！"

店长的视线在黎漾的身上扫了扫，他转身，拿过空白的卡片和笔，龙飞凤舞地写下一行号码，随后捏着卡片，姿态潇洒地放到黎漾的手里。

黎漾稍愣一秒，拿起卡片。

店长的字迹遒劲有力，可惜只写了一串号码，但也不完全可惜，这串号码是手机号，落款一个"洛"字。

能在这栋楼楼顶开酒吧，又姓洛的，京城有几个？黎漾一分析当即明白，扬起红唇，夹着薄薄的卡片，将卡片印在红唇上。

她的动作撩人，犹如暗夜里突然燃起的一簇火苗。

一把怒火快要将喻琛烧没了，他狠狠地搂着黎漾往外走。

黎漾不肯走，喻琛一只手横在她的肩膀上，另一只手捏着她的手腕，拖着她往外走。喻琛身形高大，拥着黎漾脚步凌乱，但一点儿也不显狼狈，反而让人觉得暧昧："你喝醉了。"

店长目送两个人离开，收回目光，就当一场闹剧，回到吧台后面忙活。

林绵走到江聿的身边，问道："我们要不要……？"

"要不要什么？"

林绵握住江聿的手腕，拉着他转身往氛围房走，关上门后，靠在门背上，薄唇弯出一点儿弧度。

"不要浪费这个地方。"她将视线朝上移了移，"这里可以看星星。"

江聿倒是才发现这个玄机，单手抄兜，往前两步逼近她，用手指抬起她的下巴，低头吻了下去。

林绵轻轻地躲了一下，埋在他的怀里："这里会不会有监控？"

江聿单手拍拍她的背，低声说："知道这家店是谁的吗？"

林绵说不知道，那个店长的气质看起来也不像普通人。

江聿嗤笑道："这京城恐怕没几个人敢当着喻琛的面撩喻琛的人，那个人是洛行年，洛家的次子。"

林绵虽不了解这些，但"洛行年"这个名字她听过，洛家的根基很深，据说洛行年在外地待了很多年，去年刚回来。

黎漾的眼光还怪好的，一挑就挑了个能与喻琛比肩的大佬。

江聿抬起林绵的下巴："你不许打洛行年的主意。"

林绵用手搭上他的手臂，轻轻地晃了晃："除非洛行年来者不拒，已婚女士也要。"

江聿被她说的这句话取悦到，又低头吻了一会儿，才揽着她回到沙发上。

天幕在玻璃屋顶上被铺开，晴朗的夜晚天空没那么黑，依稀能看见蓝色的天空和飘动的云，云薄薄的像一层雾，几颗星星在闪烁。

林绵枕在江聿的腿上，盯着一个光点，忽然开口道："我感觉那颗星星在动。"

江聿仰头，笑了笑，懒洋洋地去捏她的鼻子："那是飞机。"

林绵眨了眨眼睛，盯着那个光点，不太确信地说道："真的是飞机？"

江聿低头在她的额头上盖了个吻，慵懒地说道："我什么时候骗过你？"

林绵轻哼一声，继续盯着星星，方才那个光点消失不见了，原本星星稀少的天空又少了一颗星星。

江聿用指尖绕着她的一缕鬓发，发丝在指间缠绕，让人心痒。

"在你进组之前，我们去山里住几天。"江聿忽然怀念起在半山腰上的小木屋里两个人厮混的那几天，除了亲热就没做别的。

林绵换了个更舒服的姿势枕着他，扬着红唇，说道："好啊。"

两个人看了一会儿，林绵的手机响了。她轻轻地推开江聿，侧身去拿包。

林绵倾身将包拿了过来，打开取出手机，看到乔西发了好几条消息。

乔西：林小姐，不好意思打扰了！今天专访的稿件已经发到您的手机里，您方便的话确认一下，如果没有问题，我们就定稿了。冒昧地再问一个问题，请问对方做过让您最感动的事情是什么？如果您不想回答，也没关系。盼复。

江聿无意看她的手机屏幕，但她把手机拿得低，他一低头就看了个七七八八。

他从后面拥住她，问道："什么专访？"

林绵将乔西发来的专访稿件打开，把手机递给江聿让他自己看："你帮我确认吧，正好我也不想看。"

江聿轻轻地笑着说道："知道使唤人了？"

林绵抿唇笑，江聿也没拿手机，将下巴抵在林绵的肩头上，用手裹着她拿手机的手，轻轻滑动屏幕，两个人一起看。

"绵绵，我什么时候黏人了？"江聿对这条问答颇有微词。

他这是男人对老婆的正常态度好不好？

林绵侧了点儿下巴，弯了弯唇："你现在这样还不黏人？"

话音刚落，她就被江聿一把搂紧，他的气息拂在她的耳后。江聿语气有些欠揍地说道："那我就黏人了，怎么着吧？"

林绵怕痒，江聿就专门挠她痒痒，她抱着双臂无声地躲开。

这时，门被敲响，林绵和江聿对视一眼，江聿起身将林绵拽到自己的身后藏着，拉开门，店长端着托盘站在门口。

"恭喜你们成为本店的幸运顾客，特为二位赠送两杯酒。"

江聿扫了洛行年一眼，揶揄道："洛老板，赠送的酒可不便宜啊！"

洛行年被看穿了，依旧气定神闲，轻启薄唇："小江总光临本店，总不能怠慢。"

两个人你来我往，江聿低声笑了笑，说道："洛老板破费了。"

房门被关上，江聿端着酒杯放到桌子上，始终没动那两杯酒。

两个人突然被打扰，稿子没看完，剩下的部分留到在车上看。

林绵一点点看完后觉得乔西的措辞特别棒，几乎无可挑剔，所以当即回复她可以定稿,同时回复她增加的问题:"等待。"

江聿最让她感动的一点就是守着一件无望的事情等待了三年。

到了家,林绵先给黎漾打了电话。黎漾还跟喻琛在一起,依旧对喻琛骂骂咧咧的,两个人估计在打架。

林绵没敢耽误他们,快速挂了电话,找出香薰蜡烛点燃,然后关掉客厅里的灯,打开巨幕电视,挑选了一部口碑好的电影。

安神的香气淡淡地萦绕在周围,舒缓的法国电影拉开序幕,林绵窝在地毯上,把手机放在脚边,偶尔拿起来回复一下。

江聿洗完澡,换了一身深色的睡衣,潦草地扣了两颗扣子,胸膛和腹肌隐约可见。

他绕到林绵的身旁坐下,沐浴露清淡的香味裹挟着水汽瞬间萦绕过来,与香薰的气息交织在一起。

他懒散地倚在沙发的边缘上,手肘往后压着坐垫,抬了抬下巴,问道:"看的什么电影?"

这是一部法国电影,主角从孩提时用"敢"或者"不敢"打赌,开始了长达十年的赌局。

江聿对电影没多大兴趣,林绵想看,他会陪着看,看困了就拿出手机玩两局游戏解困。

"江聿。"林绵叫他的名字。

光线落在江聿眼皮浅浅的褶皱上,江聿抬眸,慢悠悠地看过来,浅如茶色的眼睛看起来慵懒又深沉,天生会蛊惑人似的。

他没说话,而是用眼神问她"怎么了"。

林绵举起手机,屏幕上的消息赫然映入江聿的眼中,几秒后他的脸上染上一层漫不经心的笑意。

几分钟前,江敛自作主张地添加林绵为微信好友,江敛为了讨好嫂子而做的第一件事就是出卖他的哥哥。

江敛:"嫂子,你们家不是没床,客房里的床都被我哥连夜拆了,废床架子还是我请人运出去的,我倒贴了一百元,我哥还不给我报销。"

林绵看着江聿:"不是大师算的家里床多影响桃花运吗?"

她当时还纳闷儿,这么大的房子,客房里怎么连个床都没有?

他用指尖抵着手机推回去,一点儿也不心虚,用双手垫着后脑勺儿,往床头一靠,说道:"我们来玩个游戏吧?"

"难道你也想玩敢不敢?"

江聿摇头:"我可不敢玩这个,你看主角就是因为打赌,差点儿把老婆玩没了。"

林绵弯了弯唇,不置可否。

"那玩什么?"林绵也没意识到,她的注意力完全被江聿带偏,哪儿还记得什么拆床的事情。

江聿倾身从矮几里抽出本子和笔,撕了两页递给林绵,说道:"真或敢。"

游戏全程靠写,俩人不能出声,也不许狡辩。

林绵饶有兴趣,要先开始,江聿故意伸脚趾勾着她的脚趾干扰她:"别写太难。"

她写了问题后拿给江聿看:"你有没有初恋?"

江聿弯唇,握着笔低头在纸上写:"没有。你现在有没有喜欢我?"

林绵抿着唇,在纸上写:"选敢。"

江聿的表情顿了下,他用舌尖抵着上腭,思索了几秒后,在纸上写下三个字:"涂腮红。"

三个字分得很开,意图明明白白。

林绵看得清清楚楚,睫毛飞快地颤动着。她握紧了笔,在纸上坚定地写下:"不要,换一个。"

江聿带着散漫的笑意,目光锁定在她的身上,指间夹着笔,有一搭没一搭地在纸上敲动。

他闭着唇不说话,像是在等待什么。

林绵瞪了他一眼,又低下头,笔尖在纸面上划拉出"沙沙"的声响:"快点。"

江聿慢条斯理地抬头，懒洋洋的，勾着笔在纸上龙飞凤舞，画了一个叉。

"江太太，怕了？"

林绵挺直了脊背，呼吸放得很轻："谁怕了？"

江聿从喉间溢出轻轻的笑，丢下纸和笔，往沙发上一靠，调整了坐姿，手指搭上睡裤，抬起眼，慢悠悠地开口道："那来吧。"

林绵怕他真在客厅里做出什么不雅的事情，侧身按住他，恳求道："Roy，你别！"

江聿挑着眉，突然松了手："那你自己来。"

林绵如碰了烫手山芋一般，收回手，坐得远远的，打算将这件事情耍赖到底。

两个人的视线对峙片刻。

江聿慢悠悠地起身，忽然拽住林绵的胳膊，把人拉起来，往浴室里带。

不知过了多久，她靠在他的肩膀上，眼睫湿润漆黑，轻轻地垂着，鼻尖和薄唇红润，像是刚从水里捞起来似的。

林绵偏着头，脑子里闪过方才的画面，只觉得脸红心跳，呼吸快得没办法平息。

她的心在"怦怦"地跳。

江聿用指尖拨了拨她濡湿的头发，赶走缠在她脖颈上的几根头发，撩起一团泡沫，点在她的鼻尖上。

林绵往他的怀里躲了一下，她鼻尖上的泡沫一点儿不剩地蹭到他的锁骨上。江聿用手指掐住她的下巴，揶揄道："我都把你惯坏了。"

明明是她要兑现"涂腮红"的赌约，没想到反而是江聿赔了夫人又折兵。

林绵轻轻地抿着薄唇，江聿的指腹在她的唇角上轻轻地按了一下，耳边飘来他漫不经心的声音："喜不喜欢？"

林绵的水眸潋滟，眼角含着无边的春色，又蒙着一层水汽，眼珠如被水洗过，明亮清澈，连瞪人都有种不自知的娇嗔。

江聿爱死了她这副样子。

"这么难回答？"他低头在她的耳边吐气。

呼吸和蒸腾的热气混合到一起，让人心颤，林绵干脆闭上眼睛，抿着唇不说话。

翌日，闻妃来接林绵参加QM杂志举办的酒会。QM杂志在业内风头正盛，林绵第一次上的杂志就是QM的国庆节内刊。她跟主编Sily的关系非常好，所以Sily向她发出邀请时，她没考虑直接同意了。

这种酒会的商业性质很强，闻妃和品牌方一早就谈好了要借的礼服，没想到闻妃昨天跟品牌方联系时，品牌方忽然变卦，直言礼服已经被借走了。

突如其来的变动让闻妃发愁，她忙着打电话周旋，叉着腰在客厅里走来走去，眼看着距离活动开场还有不到四个小时的时间，现在要租借到知名设计师设计的礼服很困难了。

闻妃按着林绵的肩膀，对电话那头的人说："黄姐，你看看能不能想办法借到Vibi的礼服？"

那头的人拖腔带调地说："小妃啊，不是我说你，你早干什么去了呀？Vibi的礼服都被借走了。"

其实这真不是闻妃的错，她谈妥的两套礼服碰巧都在同一时间被告知没办法借出：一件被人借走，另一件胸口掉了一颗珍珠，需要送回让设计师修复。

这很明显是冲着林绵来的，但她还不能发作，只能忍气吞声。

"全被借走了？谁借走的啊？"闻妃强忍着火气问道。

"是祁阮啦，她一下借走Vibi的五套礼服，迟迟没定下穿哪一套。"那人奚落了闻妃两句，"祝你好运喽。"

闻妃挂了电话，被气得咬牙切齿："有他们求着我们的时候。"

林绵摸摸闻妃的手背，宽慰她："闻妃姐，不要生气。"

"祁阮借了五套礼服，走个红毯借那么多礼服打算拿来吃吗？"闻妃气不过，但又没办法——谁都知道祁阮入圈这些年，不管是演出资源还是时尚资源都很好,她的背后有星盛撑腰,高定品牌的商务接到手软。

相较于祁阮,林绵虽说拿了最佳新人奖,但和祁阮比起来,时尚资源少得可怜,影响力有限,一般很难借到高定礼服,更别提首穿。

闻妃几天前谈好的品牌就是高定品牌,是极有可能让林绵在红毯上一拍而红的礼服。

闻妃急得在屋子里转来转去,活动方已经开始走流程。她用手抚着额头,咬着牙沉默了几秒后,和林绵商量道:"要不,咱们找小江总出面帮忙吧?"

林绵连一套礼服都搞不定,代表林绵在圈子里没什么地位,这种事情传出去既尴尬又丢人,林绵是不愿意找江聿帮忙的。

她让闻妃不要找江聿,她直接给黎漾打了电话,说明原委。黎漾被气得拍桌子,并且保证给她借到礼服。

闻妃无论给谁打电话,那边像是商量好的,口径都很一致,不管是高定礼服还是设计师设计的最新款礼服全都被借走。

"真见鬼!"闻妃没忍住骂了一句。

手机突然响起。闻妃回过神来,深吸一口气,脸上的愠怒顿时被职业假笑替代:"你好。"

"请问你是林绵的助理闻妃小姐吗?"对方是个斯文的女孩子。

闻妃愣了一下,警惕性极强地问道:"请问你是……?"

对方的嗓音有些轻,说话慢腾腾的。女孩子客气地说:"我是夏早。"

闻妃的呼吸滞了滞,她呆愣了几秒钟,薄唇抖了一下:"你是设计师夏早?"

"对。"

闻妃激动地捂着嘴,露出夸张的表情,几秒后收敛表情,说道:"你好,请问你突然联系我有什么事情吗?"

夏早淡淡地开口道:"林绵缺一套礼服是吗?我一会儿把我工作室的地址发过去,你看你们怎么过来取比较方便?"

闻妃被她的一番话惊讶得说不出话来——这可是夏早，新锐的服装设计师，前几天刚在国际服装设计大赛上拿了大奖。

而且她目前只有两套参加服装展的高定礼服，而且只展示，不对外租借，所以无数想要穿她设计的礼服的女艺人都望而却步。

不光夏早的作品充满了灵气，她本人也是。她像一个从书里面走出来的女孩儿，身上的气质很独特也很矛盾——既颓废又坚韧，既感性又理性，像烟像云。

所以她设计的礼服，几乎和林绵身上的那种冰冷的气质百分之百地契合。

"你的意思是要把礼服借给林绵吗？"闻妃再三确认道。

"是。"夏早说，"你们想要哪一套？'人鱼'或者'精灵'？还是我刚设计完成的'星月'？"

闻妃被巨大的惊喜冲击得说不出话来，激动得只能跺脚，整个人已经飘了："'人鱼'就行，我现在过去取。"

"不要走过了，工作室就在路口的北边。"夏早淡声强调道。

闻妃一把抱住林绵，激动地说："宝贝，你要火了！夏早把礼服借给咱们了。"

闻妃拿着包，刚准备出门，化妆间的门就被敲响了。闻妃疑惑地问了一句："谁啊？"

外头传来男人的嗓音："林小姐在吗？"

闻妃拉开门。林律站在门口，手里拿着两个巨大的包裹，客气地说道："我是小江总的秘书，林律。这是小江总让我给林小姐送来的首饰和礼服。"

"礼服？"闻妃没想到江聿的执行力这么强，同时有些为难地说，"夏早那边也让我去取礼服。"

林律沉声道："这就是夏早那边借给林小姐的礼服，我顺路取来了。"

"礼服是小江总帮忙借的？"闻妃压低了声音问道。

林律点点头："是的。"

闻妃恍然大悟——难怪夏早不光愿意借礼服，还亲自打电话过来，原来是江聿出面了。林绵有这么好的老公，还发什么愁啊？

闻妃心想：早知道自己就不着急了。

闻妃接过礼服和首饰，对林律道谢，等到对方离开后，用脚踢上房门，兴高采烈地往室内去。

"绵绵，你猜我拿的是什么？"

林绵正在接电话，抬头看了闻妃一眼，对电话里的人说："不用了，闻妃已经帮我想办法借到了。"

挂了电话后，林绵朝闻妃递去眼神，淡声问道："你这么快就拿回来了？"总共才不过五分钟吧。

闻妃将礼服放下，又将首饰盒放到林绵的桌子上，拍了拍，说道："我当然没这么快，你家老公行动很快。"

林绵轻轻地蹙眉——江聿知道她的礼服出问题了？

"你刚刚在给谁打电话？"

"黎漾。"

闻妃点头，打开首饰盒，里面是一套设计精巧的钻石饰品，光彩夺目，看起来就价格不菲。

林绵拿手机拨给江聿，电话响了好几声也没人接，就在林绵快要挂断时，那边传来江聿慵懒的嗓音："老婆，礼服和首饰收到了吗？"

林绵还不适应江聿正儿八经地叫出这个称呼，停顿了一秒钟后，说道："你怎么会知道？"

江聿那边有点儿吵，估计又是在应酬。他换到了一个相对安静的地方，压低了声音，说道："黎漾跟喻琛在一起，如果喻琛不告诉我，你今晚打算怎么办？"

江聿意识到自己的语气有点儿重，顿了顿，又说："绵绵，以后遇到任何问题，我来想办法。"

"好，谢谢你，Roy。"她说。

晚上，林绵乘坐的车停在红毯的一端，车门被打开，无数的闪光灯对着车门，林绵走在地毯上，两条白皙纤细的腿踩着细跟的高跟鞋，小巧的脚踝、白皙透亮的肌肤，瞬间吸引了所有人的注意。

林绵高跟鞋稳稳地踩在红毯上，裙摆曳地。她犹如一尾浮出水面的人鱼，漂亮得让人移不开视线。

闪光灯和快门声此起彼伏，同一时间，傅西池和剧组里的其他工作人员都来到红毯上。傅西池站在林绵的身边，低声夸赞道："你今天很美，好特别的礼服！"

人鱼元素的礼服，搭配她瀑布一般倾泻在颈背上的精致鬈发，眼角闪着一抹细碎的光芒，就连眼下的两颗小钻，都像是为她而生的。

林绵同《京华客》剧组一同在红毯上亮相，签名拍照。主持人采访林绵时，先夸了她今天的造型。

林绵浅笑着感谢了夏早。被主持人问及恋情时，林绵大方地承认道："我们正在交往中。"

大胆的妆造一改林绵往日素净冰冷的造型，加之无可比拟的面容，让人眼前一亮。

不多时，夏早工作室转发了林绵工作室发的照片并且配文："捕获一尾好漂亮的人鱼。"

粉丝这才感到惊讶，本以为林绵身上的这套礼服只是随便一挑，全靠她的漂亮衬托，没想到一查了不得，这套礼服出自设计师夏早。

夏早的这套礼服有价无市，她能跟林绵合作，就是强强联合。

"人鱼"礼服天生属于林绵，独一无二，艳压群芳。

与此同时，《京华客》官方放出第一波花絮，《逐云盛夏》官方正式开通微博，宣布了主演名单。

林绵坐了一会儿，听见场外传来一阵骚动声，紧接着是此起彼伏的尖叫声，想必有当红团体抵达。

"绵绵，你猜谁来了？"闻妃凑到林绵的耳边低语道。

闻妃把手机上的直播递给林绵看，红毯的另一端停了一辆黑色的轿车，只是车内的人还没出来，估计是在等同伴。

几分钟后，并无其他车辆驶来，车门被缓缓地打开，镜头切近，一张近乎完美的、每天晚上会贴在她枕边的脸出现在镜头里。

江聿身材颀长，宽肩窄腰，穿着一身黑色的斜襟西装，又帅又有几分玩世不恭的态度，镶着银白钻的胸针衬托出他矜贵端方的气质，浅色的眼眸让他的身上又多了几分疏离感。

他单手插兜，跟媒体打了个照面儿，从容不迫地踩过红地毯，到接受采访的那一端，低身礼貌地接过笔，在签名板上写下名字。

主持人请江聿留步，先是给大家介绍江聿是星盛娱乐的新任总裁，现场的反响不小。

下一秒，主持人笑着问江聿："请问江总今晚怎么没有邀请女伴出席活动呢？"

江聿从容地回答道："我太太会看直播，我怕她误会。"

连主持人都愣了一下，没想到江聿已婚。她笑着问道："方便透露一下，江总的太太是什么样的人吗？"

江聿思索两秒，嘴角弯出浅浅的弧度，目光不自觉地变得柔和。

他说道："她特别可爱，特别迷人，我永远为她着迷。"

情话信手拈来，主持人发出艳羡的感叹。

"天啊！怎么又是一位早早就结了婚的总裁？感觉他好爱他的老婆！"

"月老，你不要搞差别对待，你看看我！"

"好想知道被江总深爱的女人长什么样啊！"

林绵望着这些飞快闪过的弹幕，心情忽然有些复杂，画面很快被切走，江聿也消失在屏幕中。

他这会儿估计被迎去休息室了，外面的热闹仍在继续，林绵把手机还给闻妃。

闻妃笑着问林绵："小江总好会啊！你有没有被感动到？"

林绵抿唇笑了笑。

酒会正式开始，江聿被人簇拥着，星盛娱乐的新任总裁自然俘获了不少人的视线。

江聿站在人群中，挺拔出众，矜贵的气质浑然天成，身边的人都沦为陪衬。

林绵站得有些累了,绕出会场,在长廊上四处看,忽地被握住手腕,来不及说话,就被江聿拥着拉到暗处。

四周很黑,即使有人经过,也很难发现这个角落。他用双臂拢着她,完全将她置于自己高大的怀抱之中。

"江太太,今天很漂亮。"

"江先生,你也一样,比昨天还帅气。"

两个人相视一笑,林绵说道:"你要参加这个活动,怎么不提前告诉我?"

江聿若有所思,身上的香水味环绕过来,冲淡了酒会上的酒味,让人觉得舒服、放松。

江聿动了动薄唇,气息靠近,也很蛊惑人:"有种预感……"

"嗯?"

他贴在她的耳边低语道:"今晚特别适合接你回家。"

第十三章
灵　感

　　林绵被他呼出的热气碰到了耳朵，一转头鼻尖碰到他的脸颊。林绵愣了一秒钟，随即弯唇，在他的唇角上轻轻地碰了一下。
　　江聿垂眼，害怕路过的人听见动静，将声音压得很低，意味深长地问道："这是什么意思？"
　　什么什么意思？
　　林绵仰头，很轻地眨眼，心思活泛，很快反应过来："谢谢你帮我解围。"
　　江聿意味不明地"嗯"了一声，漫不经心地说道："解围的谢礼晚上回家我找你讨。你涂口红了？"
　　林绵提醒他："不能接吻。"
　　江聿轻轻地笑着说道："谁说要吻你了？江太太最近是不是太主动了？"
　　不知道是不是因为被搂着有些热，她的脸颊浮现出一抹浅浅的红色。江聿用手指在她的脸上蹭了一下："没喝酒吧？"
　　林绵摇头，她的酒早让闻妃换成饮料了。
　　江聿点点头，叮嘱道："不管谁给的酒都不能喝。"
　　这点林绵现在很清楚，之前吃过亏，她和闻妃就很注意："我知道。"

江聿用指腹在她的手腕上轻轻地摩挲，说道："不想应酬。"

江聿身份特殊，今晚又是他第一次公开亮相，想要恭维、拉拢他的人不在少数，应酬起来没完没了。

林绵替他理了理衬衫，拨正胸针，说道："快去吧，少喝酒。"

江聿笑了一下，捏着她的手腕不放，揶揄道："你现在倒有几分江太太的样子。"

林绵让他不要开玩笑了。恰巧这时有人走过来，脚步声越来越近，伴随着低低的议论声。

"小江总去哪里了？"

"刚才还在这儿呢，该不会看上哪个小艺人去要电话号码了吧？"

"人家都结婚了。"

"结婚了怎么了？你以为男人有几个不……"

这些话轻飘飘地传到林绵的耳朵里，下一秒她的耳朵被江聿温热的掌心覆上，隔绝了议论声。

她的头顶上传来江聿的声音："我不是他们说的那样。"

林绵埋在他的怀里，嗅着淡淡的香水味，半开玩笑地说道："小江总现在可不就是吗？"

"你是吗？"

那几个人走远后，江聿放开林绵，准备转身离开。林绵倚靠在墙壁上，侧过半张脸，静静地看着他往外走。

几步之后，江聿忽然转身折返，单手揽住她的肩膀，低声说："再回来确认一件事情。"

林绵眨了眨眼睛，问道："什么？"

江聿低头，将薄唇在她的唇上轻轻地贴了一下，随后直起身，说道："你是我的老婆。"

借着微弱的光线，林绵的心神颤了颤，她伸手替他抹去唇上蹭到的一点儿口红，催促他快些离开。

淡淡的香气飘远，林绵靠在墙壁上，后脑勺儿抵在冰凉的墙面上，狂乱的心跳久久不能平复。

一个高跟鞋踩在地面上发出的声音由远及近地传来，闻妃走出去几步，又猛地退回来，惊讶地看林绵："绵绵，你怎么躲在这儿呢？"

昏暗的光线照不到她的脸上，她微垂着眼睛，轻轻地抿着薄唇，像是在走神。就算是这样，那张侧脸依旧美得让人窒息。

林绵直起身，朝闻妃走来，轻启薄唇，说道："我出来透口气。"

闻妃看了两秒，把她拉到灯光下，从包里取出口红，拧开盖子抬起她的下巴："小江总来找你了？"

闻妃发现林绵的口红的颜色淡了，自然也就猜到了，林绵"嗯"了一声。

"啧，像小江总这样黏人的老公上哪里找？"

闻妃动作很快地替林绵补好口红，又帮她拨了拨头发，低声叮嘱道："今天来的人多，你们两口子注意点儿，别露馅儿！"

林绵淡淡地应了一声："好。"

闻妃收起口红，说道："Sily在找你，待会儿带你见个节目制作人。"

闻妃行动力很强，很快就通过Sily的牵线搭桥认识了那个王牌节目制作人。对方制作了好几档火爆夏天的节目，还是有口皆碑的那种，不少人想上他的节目。

闻妃早就听说祁阮那边在操作了，祁阮虽说是资源咖，但也不是什么节目都能上的。

闻妃领着林绵跟制作人寒暄，制作人是知道林绵的，一开口就夸她的《潮生》拍得不错。

林绵带着浅浅的笑意，听闻妃跟对方客套。

"王叔。"一个声音从背后传来。

林绵侧身，刚好跟江聿的视线撞了个正着。她假装不经意地别开视线看向别处。

林绵总给人一种很冰冷的感觉，偏偏就是这种感觉让她在熙熙攘攘的名利场上，成为绝世独立的存在。她身上那种格格不入的疏离感很特别。

她今晚走红毯的效果也很好。

制作人挺欣赏林绵的,但林绵再好,星盛还有个祁阮呢,更何况祁阮有江玦庇护着,资源无疑更好。

闻妃有意无意地表达想上这个节目的意愿,制作人模棱两可地笑了笑。

大家都是千年的狐狸,玩着聊斋,谁也不应许,但是谁也不得罪。

制作人转头跟江聿攀谈,态度明显热络一些:"小聿,有没有想过来参加节目啊?你的外形很出色,观众会很喜欢你。"

今晚江聿走红毯后的话题度大家有目共睹。

江聿微微弯起薄唇,露出浅笑:"王叔,你真是高看我了。这种机会,还是留给我公司的员工吧。"

制作人这种人精,怎么会听不出江聿话里话外地在暗示他要捧林绵?制作人话锋一转:"林小姐之前没参加过这类节目吧?"

林绵摇头:"没有。"

闻妃补充说:"林绵一直边读书边拍戏,现在时间充裕了想要多尝试。"

制作人点点头,说:"小聿,祁阮也是你们星盛的吧?她的经纪人也找过我。"

江聿面不改色地点点头,知道制作人是什么意思,轻轻地动了动唇角:"王叔,节目也不止一档,对吧?"

制作人跟江聿对视一眼,低头抿了口酒,很快地说:"小聿,你真的不参加吗?"

江聿举起酒杯跟制作人的酒杯碰了一下:"林小姐也不希望跟老板一起工作吧?"

林绵眨了眨清澈的眼睛,抿着薄唇没说话。

制作人没想到江聿三言两语就把自己绕进去了,不由得失笑道:"我这个节目还差一个环节没谈好呢。"

江聿一只手插兜,另一只手执着酒杯,慢腾腾地送到唇边抿了一口,轻描淡写地说道:"王叔还差的东西,我晚点儿让秘书送去。"

"我要的——"他拖着调慢悠悠地说,"王叔也会给吧?"

制作人一听大喜,顿时眉开眼笑,主动去跟他碰杯:"那是自然。"

有江聿在,后面的聊天气氛自然轻松很多,但林绵也没有多兴奋,表情淡淡的,眉宇间染上一层倦意。

林绵的目光无目的地扫动,忽然与不远处祁阮的目光碰上,林绵颔首打招呼,祁阮今天也很漂亮,身着高定礼服,美得明艳、张扬。

祁阮远远地瞪了林绵一眼,不知道她的经纪人在她的耳边说了什么,她拎着裙摆快步地往外走。

她刚走到门口,就放下裙摆,用一副乖巧的样子看着来人。

来人是江玦。

林绵下意识地转身避开,可没想到祁阮迎接江玦的同时,江玦的目光越过众人刚好落在林绵的身上。

这下躲也躲不掉,林绵只好迎上他的目光,微微颔首打招呼。

江玦同时也点点头,不动声色地收回目光,关注着祁阮。不知道祁阮说了什么,江玦用手指在祁阮的头发上拨了一下,祁阮随即扬起灿烂的笑容。

林绵拽了拽闻妃的衣角,提醒她江玦来了,自己想去休息室里待会儿。

闻妃"哇"了一声后,贴在她的耳边幸灾乐祸地说道:"'修罗场'。"

什么"修罗场"啊?

林绵只觉得尴尬,想快点儿远离这个地方。她挽住闻妃的胳膊,低声说:"不许提。"

闻妃幸灾乐祸地说道:"绵绵,江玦过来了。"

林绵的睫毛颤了颤,她撩起眼皮,轻轻地蹙眉,看见江玦用指节分明的手指执着酒杯,缓慢地朝她走来。

林绵淡淡地跟来到跟前的男人打招呼:"江总。"

江玦带着一点儿笑意,整个人显得沉稳又矜贵,藏在金丝镜框眼镜后面的眼睛深沉又明亮。

和上次见面相比,他身上那股运筹帷幄的强势气息越发显露,好像儒雅并不是他真实的样子,而身居高位所带来的压迫感才是。

"林绵,好久不见。"他貌似闲谈,丝毫不提上次的事情,这让林绵舒坦了不少。

"上次那个话剧最后去看了吗?"他的话题跳跃性很强,总有种引导的强势感。

林绵思索了两秒后,应了一句:"看了。"

她怕引起什么误会,还是补充道:"和江聿一起看的。"

江玦露出笑意,只是笑得没什么温度:"他连一部电影都看不完,还有耐心看这个?"

江玦倒是很了解江聿。林绵淡淡地说道:"他中途也睡着了。"

江玦点点头,表情很淡,让人难以分辨他的喜怒。

江聿端着酒杯走过来,站在林绵的身侧,离她稍微近了一些,但也不至于过分亲近:"哥。"

兄弟俩轻轻地碰了碰杯,江聿垂眸,抿了一口酒,在外人看来兄弟俩的关系很好,实则暗流涌动。

"老婆,你们在聊什么?"江聿用低得只有三个人能听见的声音貌似随意地问道。

江玦深深地看了江聿一眼,很快垂下眼眸,神态恢复平静。

祁阮拎着裙摆走过来,在江玦的身侧站定,自来熟地搭话。

林绵对江玦礼貌地说道:"抱歉,我去趟洗手间。"

两位男士绅士地为林绵让路,她放下酒杯,快步朝外面走去,室外的新鲜空气让她长舒了一口气。

方才压抑的气氛快将她的心脏压爆了。

林绵拧开水龙头,掬了一捧冷水浇在手上,抽了纸巾擦完手后,才发觉脚后跟有些痛。

新的高跟鞋不是很合脚,她坚持了一晚上,脚踝酸软发痛,感觉快要站不住了。

林绵对着镜子深吸了一口气，踩着高跟鞋往外走，没想到绕过一个回廊时，碰见江聿站在不远处。

　　他一只手插兜，另一只手拿着手机在看什么，林绵走近了才发现他在看她走红毯的视频。察觉到她的靠近，江聿侧过身，第一时间收起手机。

　　"这儿有个后花园，你想不想出去转转？"

　　林绵摇摇头，说道："不去了，穿高跟鞋不舒服。"

　　江聿垂眸看了一眼，眉头蹙了起来——高跟鞋鞋跟又细又高，林绵一整晚踩着高跟鞋走来走去，脚背都有点儿泛红。

　　江聿的脸色微沉，他弯腰将她腾空抱起。

　　林绵被吓了一跳，抱住江聿的肩膀，稍显惊慌地提醒他："你放我下来，万一有人来怎么办？"

　　江聿垂眸，穿过回廊，从另外一道门去往停车场，不甚在意地说："你藏起来，他们就看不见了。"

　　这要怎么藏啊？她能藏住脸还能藏住衣服吗？

　　林绵的鱼尾裙摆缠在江聿黑色的西裤上，浅淡的颜色与深沉的黑色碰撞出旖旎的火花，光是这一幕，就叫人想入非非。

　　林绵埋在他的胸前，心绪复杂地想了很多。不知道是不是运气好，他们一路上都没碰见任何人。

　　酒会还在继续，停车场里空荡荡的。

　　她被江聿放到后座上侧坐着，裙摆被撩到大腿处，两条细白的腿垂在车门处，钻石面的高跟鞋被头顶的路灯照出细碎的光。她宛如坐在礁石上的人鱼公主。

　　江聿单手解开衣袖，将衣袖拉高了一些后，俯身托着她的脚，动作熟练地脱下高跟鞋。

　　林绵细白的脚趾泛着淡淡的粉色，显得小巧又精致，雪白的脚背两侧印着两道浅痕，是鞋子不合脚造成的，脚后跟比较可怜，红得厉害。

　　"没破皮。"江聿细心地检查了一下后，说道。

林绵取来湿纸巾递给他,拉着他的手指帮他一根根细心地擦拭。她低着头,鬓发散下来,穿插在他的指缝里,头发勾勾缠缠,让人心痒难耐。

林绵细致地帮他擦完手指,用过的湿纸巾被江聿顺手接过去丢进垃圾桶里,动作自然又亲昵。

他一只手扶着车门,低身凑过来,在她的脸颊上亲了亲,轻声蛊惑道:"回家吧。"

"酒会还没结束。"

"那不重要。"

江聿叫来司机,同时拎起林绵的高跟鞋,把高跟鞋扔到后备厢里。

林绵有些累了,给闻妃和Sily发了消息后,靠在舒服的座椅上,眼皮沉沉地落下。

司机开得很快。

林绵一觉醒来,发现自己被放到了家里的大床上。

林绵还没把漂亮的礼服换下来,礼服在身下估计会被压得皱巴巴的。她支起身,江聿刚好推门进来。

江聿脱了斜襟外套,只穿了一件白色的衬衫,解开袖口挽至手肘处,露出一截手臂。他五官越发俊朗,褪去少年气,好看得让人移不开眼。

他将水杯送到林绵的唇边,示意她张嘴:"喝口水。"

林绵有些愣怔,机械地听着他的指挥,含了一点儿水,慢悠悠地咽下去。

他转身放下水杯,摘了腕表放在床头柜上,然后单膝跪在床上,俯身将她拢在身下。

林绵仰面看着他,轻轻地拽着被他的膝盖压住的礼服,心跳得很快,不敢直视他的眼睛,低声抱怨道:"礼服皱了。"

江聿扶住她的腰,掌心滚烫的温度隔着礼服传递到她的肌肤里。他说道:"皱了就皱了。"

这是什么话?!

这套礼服是借来的,本来礼服清洗就很难,要是被弄皱了,她怎么还给夏早?

林绵用双手抵着他的胸膛,推着他起身,说道:"真的皱了。"

她坐起来,下一秒又被江聿按回柔软的被子里,江聿潮湿的呼吸落在她的颈侧,江聿的声音飘进她的耳朵里:"这套礼服本来就是给你设计的,别说皱了,就算撕了都行。"

林绵的呼吸一滞,她定了定神,说道:"你说清楚。"

江聿不肯。林绵这句话的尾音被碾碎在两个人的唇齿间。

江聿倒是手下留情,没有撕礼服,但做了更过分的事情。

林绵陷在他的怀里,脸颊贴在他随着呼吸起伏的胸口上,垂眸看着堆在床尾的礼服,陷入沉思。

江聿掐着她的下巴,抬起来跟她对视:"怎么了?累了?"

"礼服到底是怎么回事?"之前她问了一半,就被他强行扰乱了思路。后来她穿着礼服站在落地窗前,看着窗外的华灯璀璨,脑子是乱的,呼吸也是乱的。

"夏早是我的学妹。"江聿缓声说道,"这套礼服本来就是我让她为你设计的。"

林绵的呼吸暂停了几秒钟,心脏跳得很快,脑子里闪过很多念头,很乱,她一个都捕捉不住。

就是因为这个,夏早设计的这套礼服才无论多少钱也不外借吗?

这是她的礼服?属于她的,独一无二的礼服?

这种感觉就像颁奖时屏幕上滚动着入围者的名单,她做足了陪跑的心理准备,却听到主持人念出了她的名字,好不真实。

呼吸不真实,触碰也不真实。

"我怀疑你让她设计这套礼服,就没想正经的事情。"所以他才会让她穿着礼服做那样的事情。

光是想想,她都觉得暴殄天物,但谁让他是江聿呢!

林绵突然想到那些为难闻妃的品牌方,心里有点儿爽,眉梢染上浅浅的笑意,如初春时的江南笼着一层淡淡水雾的桃花。她伸着手臂起身去吻江聿。

但亲吻是真实的。

"Roy,你怎么这么好?"

江聿扶着她的肩膀,目光变得深沉,眼里的火苗被重新点燃,呼吸变得很重:"知道我这么好,那我这颗药起作用了吗?"

在进组前的最后一个赖床日,林绵是被闻妃强行叫醒的。

她拥着被子坐起来,揉了揉酸痛的额头,闭着眼睛,含混不清地问道:"今天又是为了什么啊?"

闻妃不至于为了昨天的事情这么早吵她吧?

"你看看这张照片,你俩昨晚又被拍了。"闻妃幸灾乐祸地说道,压根儿没有半点儿身为经纪人该有的着急的样子。

闻妃巴不得林绵和江聿官宣,只可惜她家的小祖宗要跟小江总玩地下恋。

闻妃将照片发给林绵,并且评价道:"拍得还挺唯美的!你要不问问小江总要不要把这组照片买回来收藏?"

林绵比闻妃紧张,混沌的脑子在她听到这件事后瞬间清醒。她点开照片,定神看了几秒钟后,松了口气。

照片上的林绵坐在后座上,垂着头看着身前半蹲的男人,男人露出一截手臂,一只手握着她的脚踝,另一只手握着刚脱下的高跟鞋。

画面朦胧唯美,而且江聿身旁的路灯照下一束强光,刚好将他的背影虚化成一团高曝光的光晕,氛围感瞬间拉满。

这是什么人间童话?他俩简直是绝配!

林绵将照片保存到了相册里,才不紧不慢地对闻妃说:"没有人认出是江聿吧?"

闻妃调侃道:"没有。你得给那团光加点儿钱,不然你俩就原地官宣了。"

林绵没闻妃那么坦然,抿唇道:"要管吗?"

闻妃懒洋洋地回应道:"不用,我给你转发了《逐云盛夏》的

·381·

官博。"

"你起床了吗?收拾一下,待会儿我去接你。"闻妃说。

林绵掀开被子,赤脚踩在柔软的地毯上,起身伸了个懒腰。她的柔软的丝绸睡袍松松垮垮的,滑到手臂处慵懒地堆着,露出颈背大片肌肤,蝴蝶骨上一枚暗色的吻痕极为显眼。

江聿推开卧室的门,就看到了这样的盛景。

他抱着双臂倚在门上,漫不经心地欣赏美人打电话,目光一寸寸地将她描绘个遍。

他下意识地摸向肩胛骨,她后背上的红痕像缩小版的枯萎的玫瑰。这也算情侣款吧?

林绵一转身,就看见江聿倚在门上,弯了弯唇,说道:"待会儿闻妃接我去趟寺庙,你要去吗?"

江聿抓着汗湿的T恤衣领,弓背把T恤脱下来拎在手里,胸腹的肌肉上覆着一层薄汗,看起来劲瘦野性。

他肩颈上的汗液迅速地在胸前汇聚,往下蜿蜒,经过凹凸不平的腹肌,没入黑色的裤子里。

他见林绵盯着他,轻佻一笑:"去求子吗?"

林绵一时没反应过来,问道:"求什么子?"

江聿意味深长地扫了一眼她的小腹,弯着唇,说道:"也不是不可以。"

林绵立马反应过来,用水眸瞪着他,裹紧了睡袍,没好气地说:"你别胡说。"

半个小时后,闻妃开着车,驶入前往云禧寺的道路。

《逐云盛夏》没有开机仪式,曲导也不讲究这个,但闻妃讲究,所以就算没有开机仪式,也要拉着林绵去云禧寺拜拜。

林绵用手支着头,捂着嘴唇打第四个哈欠时,闻妃没忍住调笑道:"小江总昨晚是有多兴奋,让你困成这样?"

林绵给她递去一个眼神:"跟他没关系,我失眠。"

"该不会是要进组了紧张吧?"

"不是。"

林绵的情绪不太高，闻妃以为林绵是真困了，就没再问林绵，让林绵把座椅调下来睡会儿。

林绵半躺在座椅上，刷着手机，却看到网上有人质疑她的那套礼服。

SSVY：两张夏早设计的人鱼礼服对比图。本人有两点质疑：第一，夏早设计的礼服和林绵身上穿的这套在领口处稍有不同，夏早设计的这套领口明显偏V，而林绵身上穿的这套礼服的领口明显偏平，她穿的是不是仿品？第二，据我所知，夏早设计的人鱼礼服仍在国外展出。到底是谁在说谎？

林绵觉得无奈，往下滑了几行，憋着一口气怎么也散不了，于是又滑回来，用漂亮的手指在屏幕上点了点，回复道：我的礼服。

四个简简单单的字大家都认识，但合起来就不懂是什么意思了。

夏早工作室几乎同一时间现身，回应这位网友的无理质疑：人鱼礼服是为林绵小姐量身定制的，至于领口处略有调整，是受林绵小姐的爱人所托。

"爱人"这两个字足以震惊众人。

同时夏早工作室晒出两张礼服的成品图，而领口稍平的这套内衬上有个手工绣的"绵"字，并且领口采用的是真钻镶嵌工艺。

这条微博不光让网友们震惊，就连林绵也愣了——她不知道江聿在人鱼礼服上花了那么多心思，否则昨晚说什么也不同意穿着礼服闹了。

林绵礼服这件事情闹得沸沸扬扬，连喻琛这种不关心八卦消息的人都知道了。

喻琛笑着陷在沙发里，揶揄道："小江总，你真是让我刮目相看。"

他想到江聿会给林绵定制各种各样的礼服，但没想到江聿会在礼服里面绣她的名字。

江聿深知从喻琛的嘴里说不出什么好话，表情淡淡的，不搭理他。

"江聿，你是不是从小有个公主梦啊？"

"什么意思？"

"总想把老婆当芭比娃娃养。"

江聿扫了喻琛一眼，笑道："你这么闲，洛行年没找黎漾吗？"

谈到洛行年，喻琛瞬间变了脸色，咬着牙说："那家伙真欠揍，他明知道黎漾是我的……"

喻琛说到后半句忽然收了声。

江聿扬眉看他，漫不经心地调侃道："她是你的什么？我怎么记得黎漾跟你没什么关系啊？"

他这话直击喻琛的命门，毫不留情地揭穿喻琛跟黎漾吵架的症结。

"你说她喜欢小弟弟就算了。"喻琛愤愤不平地说道，"洛行年是什么人啊？她都想去啃一口。"

江聿笑了笑，说道："喻总这块硬骨头还不是被她啃了？"

喻琛的脸色发黑，他端起酒杯，仰头灌下，重重地将杯子放回桌面上。

他见江聿一直在发消息，心里堵得慌，拿手机点开和黎漾的对话框，看到他们的对话还停留在上周。

他问黎漾要不要去他家，黎漾冷淡地回复：不要。

喻琛蹙眉，挣扎了几秒钟，手机忽然被江聿抽走。

"喻总，能屈能伸才是男人。想找黎漾，就联系呗。"江聿擅自帮他打下三个字，问他发不发。

喻琛：在干吗？

喻琛拉不下面子，但又忍受不了他们冷战，更担心洛行年乘虚而入，几番挣扎后，眼睛一闭，咬牙说："发吧。"

江聿用指尖点下发送键，几秒后，嗤笑一声："哦嚯！"

这次吵架怕是严重了。

屏幕上出现一个红红的感叹号，喻琛的消息被拒收了。

喻琛沉着脸，磨着牙，几秒后，捞起外套、手机，气愤地离开。

林绵这次要去剧组待三个月。

曲导对这部戏的要求极高，需要演员全情投入，曲导跟林绵和傅西池明确沟通过，为了培养感情，拍摄期间二人尽量少与其他异性接触，更重要的是——禁欲。

江聿得知后，脸色难看了一下午。

邵悦帮忙收拾要带的行李，经过客厅时，意识到低气压，溜进衣帽间里，悄悄问林绵："绵绵姐，姐夫在不高兴吗？"

林绵开玩笑："男人心，海底针。"

她当然不可能告诉邵悦，江聿是因为得知曲导要求她禁欲而不高兴的。

邵悦按照林绵的穿搭习惯，把衣服一套套配好装进同一个密封袋，然后贴上照片方便拿取。

林绵抱了几套睡衣过来，邵悦从中挑出一件黑色的衬衫。这件衬衫看起来像是江聿的，邵悦问道："绵绵姐，你要带上这件吗？"

林绵一把夺过来，随意地往衣架上放："拿错了。"

她的脑子里浮现出江聿上次穿这件衬衫的样子，那个画面挥之不去。

邵悦将睡衣分类放好，看着收拾得差不多了，赶紧开溜。

江聿陷在沙发里，眼皮都懒得抬一下，脸上写满了不高兴。

林绵趿拉着拖鞋，来到他的身边坐下。她今天穿了一套米色的家居服，头发用抓夹固定，露出长颈和锁骨。她很瘦，穿这种风格的衣服，显得素雅又温柔。

她刚要开口，手机响了，是黎漾打来的电话。

"绵绵，出不出来玩？"黎漾的声音从手机里传出来。江聿缓缓地抬起眼眸看她，眼神深沉，浅色的眼眸具有与生俱来的诱惑力。他直视林绵的时候，总会让她想起他们初遇那天，他也是用这种眼神看她，将她俘获的。

"不了吧。"林绵下意识地回绝道。

"你能有什么事情啊？我过去接你。"黎漾说。

林绵立刻阻止道："漾漾，我今晚要陪江聿。"

对方沉默了几秒后，将她骂了一通，气哼哼地指责道："你见色忘友！"

电话还没挂，江聿就倾身将她扑在沙发上，眼底闪过一丝狡黠的光。她侧着脸看江聿，用手掌抵在他的胸口上，躲避他的靠近。

"漾漾，对不起。"

黎漾也没真生气，说："我原谅你了，你去陪小江总吧。"

电话刚挂，手机就被江聿抽走，随意地丢到一旁。他拖着散漫的语调说："你打算怎么陪我啊？"

林绵干脆躺平，动了动嘴角："你想怎么陪？"

江聿低头吻她。林绵用手捧住他的脸，抿唇没忍住笑道："曲导说要……"

江聿的眸色倏地黯淡下去，他低声骂道："什么破规矩？"

要是曲导听见江聿骂他，会不会被气得吹胡子瞪眼？

江聿嘴里骂着曲导，但还是尊重林绵的意愿，只是静静地抱着她，什么也没做。

两个人难得享受这种温情的时刻，林绵提议找部电影看，江聿翻身倚在沙发上，没发表任何意见，支着头漫不经心地盯着屏幕。

林绵翻来翻去，翻到一部近两年上映的青春题材的英国爱情电影。

林绵按下播放键，坐回江聿的身边，将半个后背靠在他的胸膛上，抱着膝盖看得入神。忽然江聿捏住她的下巴，用指腹在她的下巴上轻蹭，磨着牙道："老婆，你是不是故意的？在我禁食期间挑一部这样的电影？"

林绵望着他的眼睛，他的眼睛深沉如旋涡，吸附着人往下沉。

不知道怎么的，林绵的心弦被拨弄了一下，恐慌感油然而生。

电影进行到暧昧的部分，主角在训练室的长凳上做一些事情，音乐变得旖旎。

林绵的指尖触碰到遥控器，电影的声音戛然而止。她关掉了电视。

江聿顿了一下，林绵仰头，特别认真地说："不想看了。"

江聿收手，林绵往他的怀里靠，拉着他的手指，低声提议道：

"Roy，我们出去走走吧。"

这会儿时间不早了，外面没多少人了。

江聿饶有兴致地看她："真想去？"

林绵点头。

两个人从便利店里出来时，林绵还是感觉到不可思议，心脏"怦怦"地跳个不停，刚刚售货员都快认出她来了。

售货员问林绵是不是演员时，江聿将帽子扣在林绵的头上，漫不经心地说道："你认错了。"

林绵点点头，随便拿了盒口香糖结了账，就快步离开。

林绵将双手扶在栏杆上，感受着江风送来的清爽湿意，张着嘴微微地喘息，侧头去看后背靠在栏杆上的江聿。

他眼眸明亮，嘴角含着笑意，衣领被风吹得立了起来。她忽然像是看到了三年前的江聿。

"Roy，"林绵晃了晃手里的口香糖，又去看他手里刚买的烟，轻弯嘴角，"我们之前是不是也这样过？"

江聿慢条斯理地拆了烟盒，抽了一支烟夹在指间，随后用嘴叼着烟，偏头看了林绵一眼，低头拢着打火机，顿时火苗团簇，火星闪烁了几下，一缕极淡的烟雾飘出。

"我带你采风那晚。"

回忆见缝插针。

在某个傍晚，伦敦刚下过雨，空气十分潮湿，江聿骑着大摩托，将转速提高，车速快得令人发昏，江聿的衣服被吹得鼓了起来，露出一截劲瘦的腰。

她用双手抱紧他的腰，紧贴在他的后背上，又害怕又觉得刺激。她之前十几年从没做过这么惊险、刺激的事情，内心都在尖叫。

狂风在耳边呼啸，因为有了头盔的保护，她根本不担心张牙舞爪的风会刮伤她的脸颊。

他们一路疾驰，发动机的轰鸣声灌满耳朵，势必要跟风声较个高低。

"现在多少转？"林绵大声地喊道。

声音被风吹得七零八落。江聿伏在车身上，黑色的手套箍着手指，像一头伺机而动的狼。

他们到了一座不知名的大桥上，江聿停下车，长腿支在地上，示意林绵到了。他摘掉头盔，往后捋了一把头发，侧过头说："追到风了吗？"

林绵摘下头盔，露出一双漆黑水润的眼睛，摊开手指往江聿的手心里塞："抓到了，送给你。"

江聿握拳假装收下，笑了笑："这是什么风？"

林绵想了两秒，示意江聿靠近她一些，对方照做。她凑过去在江聿的脸颊上亲了一口，说道："林绵……"

江聿的目光轻闪，他松了手，扶着她的腰将她拉进怀里，两个人开始接吻。这一夜，风是热的，舌尖也是热的。

过后，林绵想喝酒，江聿靠在栏杆上，蹙着眉说："在伦敦买酒可不方便。"

林绵没买过，自然也不知道有些店铺需要检查证件，两个人出来得匆忙都没带证件。

下一秒，江聿散漫地笑道："不过，我有办法。"

江聿载着她随便找了一家便利店，推开门拿了酒去结账，售货员一直盯着江聿，要求他提供证件。

他不知道凑到售货员的耳边说了句什么，对方不可思议地看了他一眼。江聿丢下钱，拿起酒就往外跑。

林绵有种做贼心虚、要被人抓起来的感觉，被江聿牵着手腕快步狂奔，心脏在狂跳，呼吸很快，快要喘不过气来了。

他们逃命似的跑到一个无人的角落里，江聿靠在墙壁上弯腰喘气，林绵连连往后看。

林绵的后颈被大掌扣住，她整个人被带到江聿的怀里，两个人的身体紧靠着，唇瓣触碰，舍不得分开，倒真有几分亡命之徒的缠绵意味。

林绵轻喘着，笑出声："他会不会追来？"

"不会。"江聿跑得气息不稳,声音有点儿颤。

"为什么?"

江聿靠在墙上,笑得散漫,晃了晃手里的酒:"我告诉他,我的女朋友过生日想喝酒。"

"他要是不信呢?"

江聿将她拉回来,视线下移,落到被他咬出艳丽色泽的唇瓣上,漫不经心地说:"反正我已经逗我的女人开心了。"

林绵的心脏莫名其妙地一颤,里面仿佛有什么东西在膨胀。

"我家里有很多酒,大不了去我家里喝。"他的声音低低的,蛊惑着人,"喝完了,就留宿一夜。"

说起留宿,林绵问道:"今晚怎么办?"

江聿开玩笑地说道:"露宿街头?"

那可真是太疯狂了。

林绵被风送来的一缕淡淡的烟草味道呛得回过神来,看向江聿,有点儿不解地问道:"烟是什么味道的?"

下一秒,江聿的唇上便空了。

他的烟落入林绵的手指间,一点儿星火闪烁,让他忽然想起她在《逐云盛夏》里扮演的那个女主角。

她白皙的手指、被涂得猩红的指甲,一缕细长而飘忽的烟萦绕在上面。

"我接下来的戏,烟好像是很重要的道具。"她举着烟看了看,又送到鼻尖嗅了嗅,发现这个味道并没有江聿身上那点儿淡淡的味道好闻,"烟真的能解愁吗?"

她的眼神冰冷、迷离,还带着一丝大胆和彷徨,乌黑的眼睛轻轻地眨动,身上突然多了一丝悲凉和被放逐的感觉。

江聿许久才回过神来。他承认这一瞬间,他的心脏莫名其妙地抖了一下。

他轻而易举地拿过烟,林绵的视线恋恋不舍地追逐着烟。

江聿把烟放在唇间抽了一口，然后扣住林绵的后颈，贴上她的唇瓣，将烟一点点送到她的唇边。直到她受不了地轻咳，他才缓慢地退开，用一种稍显凝重的眼神看着她，嗓音低而沉："绵绵，答应我，这次不要入戏。"

林绵在江边吹了大半夜的风，晚上回家就有点儿感冒的迹象。睡前，江聿督促她喝了一袋感冒药预防。没想到的是，第二天她不仅没防住感冒，还有点儿低烧。

林绵拥着被子坐在床上，把自己裹得严严实实的，十分乖巧。

江聿拿了体温计递给她，弯腰将水杯放在床头上，坐下伸手去摸她的额头："先量体温再吃药。"

他语调轻缓地安抚道："我确认了航班时间，你吃完药睡一觉，我再送你去机场。"

林绵先是量了体温，然后把体温计递给江聿，紧接着双手去捧水杯。

"低烧，多喝水，应该不用吃退烧药。"他认认真真地看了体温计的刻度，督促林绵喝了一杯水后，拿着空杯出去。

林绵拉着被子躺下。不一会儿，江聿端着一杯感冒冲剂进来，坐到床上捞她起来，说道："喝了药再睡。"

林绵磨蹭了几下，支起上半身让江聿喂药。林绵一口一口地咽下药，忽然开口道："我还挺喜欢喝感冒冲剂的。"

江聿慢腾腾地收回手，抽纸巾给她擦嘴，哂笑道："这是什么怪癖？"

林绵当然不认为这是怪癖。

"你没喝过感冒冲剂吗？"林绵认真地点评道，"后味回甘，真的还挺好喝的！"

江聿在她的额头上弹了一下，笑着起身："我看你是馋糖了。"

哪里有人会喜欢喝药的？

林绵伸手勾住他的手指，忽然感觉这一幕有点儿似曾相识："那次我感冒了,你真的是去我家找戒指的?"

江聿弯了弯唇,态度模棱两可,没说是也没说不是。

林绵重新躺下,拉过被子盖得严实。没开空调,屋子里有些闷热,江聿打开了一扇窗,让自然风吹进来。

林绵躺了一会儿,药劲儿上来后,眼皮发沉,睫毛轻轻地颤动着,头往蓬松的枕头里埋了埋,找了个舒服的姿势。

江聿回来时,林绵又睡了。他无声地弯了下唇,将外卖员送来的大白兔奶糖放到床头柜上。

她醒了就能看见糖。

闻妃来的时候,林绵刚醒,脸颊浮现不自然的酡红,睫毛耷拉着。

江聿放下手机,来到林绵的身边,拉起林绵的手,摸摸林绵的额头,温度不高。

闻妃有些担心,问林绵:"怎么突然就感冒了?"

江聿俯身递来体温计,示意林绵再量一遍,顺便回复闻妃:"昨晚去大桥上多待了会儿。"

闻妃看向林绵,那眼神分明在问"你俩确定没在大桥上做什么出格的事情?"。

林绵假装没看见,捧着水杯喝了几口水,体温计显示体温正常。

江聿紧皱着的眉头终于舒展开来,他将准备好的药品放进了一个小药箱里,交给闻妃携带。

闻妃对江聿简直刮目相看。

因为林绵生病,江聿没让保姆车送,安排了司机亲自送他们到机场。

一路上林绵都没说话,靠在江聿的肩膀上,睡得昏昏沉沉的。

江聿其实放心不下,几次打开手机软件看票,林绵都给他抢了,不让他搞特殊。江聿只能作罢。

江聿低头拨了拨她额头上的头发,用下巴轻轻地蹭着她的头顶,低声商量道:"我送你过去好不好?"

林绵摇头,细软的头发在江聿的下巴上磨得他心痒。

"不用了,你忘了你明天还要开会?"

她可不想被星盛的股东当作妖颜祸国的苏妲己。

江聿直接在她的脸上蹭了下,用更低的声音说:"送你去了,搭乘下一趟航班回来。"

林绵抓住江聿的手指,稍稍仰头。因为江聿坐得端正,她只能看见他的下颌、喉结,还有那颗小痣。

她的手指在江聿的喉结上戳了戳,他的喉结快速地滚动,在指尖上起起伏伏,几秒后她转而去"攻击"那颗小痣。

江聿拿下她的手指,不知道从哪里变出一颗大白兔奶糖,拆开包装喂到她的嘴里。

奶香瞬间弥漫,甜甜的味道萦绕在两个人的周围。

林绵摊开手心还要糖,江聿将糖纸叠成一个长条套在她的手指上圈着:"全球限量,仅此一颗。"

这个做法既幼稚又甜蜜,林绵举起手指,欣赏了几秒后,配合地评价道:"被我吃掉是不是暴殄天物?"

车子到了机场,停在负一层的停车场里,闻妃和司机一同下车取行李,给小两口留了独处的空间。

车门刚一关上,江聿就将林绵搂到怀里。两个人温热的气息交织,林绵将双手撑在他的胸口上,提醒他:"我感冒了。"

江聿舔过她的唇角,淡淡的奶糖味甜丝丝的。他把手滑到她的后颈上松松地箍着,又像逗她玩似的,在她的唇上一下一下地贴。

"我要是被传染了,正好陪你。"江聿低笑道。

两个人分开时气息都乱了,江聿抽纸巾替她擦了擦嘴角的口红:"这一秒我已经开始想你。"

江聿还有很多话没说,最后只轻轻地抱了一下她。

林绵戴上口罩和帽子,下车随着闻妃往航站楼走。江聿站在车旁,很想抽支烟压下不舍之情。

他咬着烟,点燃火,抬起头追随林绵的背影。抽烟抽得有点儿凶,他舌尖上淡淡的奶糖味被烟草味冲得更淡了。

江聿一口烟没换过来,被呛得猛地咳嗽,眼底一片通红。

江聿再抬头看去,林绵刚好在电梯上侧头看他,他拿下烟,背过身,用舌尖在腮帮上顶了顶,飞快地眨了眨眼睛。

直到她彻底消失在视线中,他才转过身抬眼去人群中寻找。

穿堂风很大,空气中的烟被吹得乱飘,他心烦意乱,直接踩灭了烟,回了车上。

司机看着小江总的眼睛红得像哭过,没敢出声。

江聿闭上眼睛,靠在座椅上,轻声吩咐司机去公司。

林绵在飞机上睡了一觉,醒来后感冒好了一大半。

这次的拍摄,曲导租了两栋民宿供大家居住,几个主要演员住一栋,工作人员住另一栋。

江聿安排的司机直接将他们送到目的地,下了车后,他们才发现住宿的地方是个带院子的三层小楼。

闻妃推着行李箱往里走,林绵摘掉口罩,远远地看见院子里有人在等着了。

"林绵老师。"一个扎着马尾辫的靓丽女孩儿远远地挥手。

林绵还没看清对方的长相,闻妃提醒她:"那是林西西,去年选秀节目出道的女子团体组合里的成员。"

林绵知道林西西是她这部戏的女配角,是一个阳光活泼的学生。不过她没关注过选秀节目,所以一时间对不上号。

林西西人如其名,性格活泼,有点儿古灵精怪,人也过分热情。

林绵淡声跟林西西打招呼,林西西很快就融入了团体中,跟工作人员打成一片。

分房间的工作人员还没到,林绵走到一旁,拨通江聿的电话。

电话响了两声,接起来后是喻琛在说话。

"林绵,江聿他去洗手间了。"

林绵"嗯"了一声后,问道:"你们在外面喝酒?"

喻琛还没开口回答,就被江聿低声训了一句,手机重新回到江聿的

·393·

手里。江聿走到窗边,说道:"我没在外面,在喻琛家里。你到了?"

林绵点头,问江聿:"你想看看这边吗?"

江聿当然想,随即挂了电话,拨了视频电话过去,不远处飘来一句愤愤不平的奚落声:"臭情侣!"

江聿当没听见,唇角含着笑,故意炫耀似的晃了下手机。

没有对比就没有伤害,喻琛受了打击,陷在沙发里一口一口地喝着闷酒。

林绵从镜头里看到了一点儿画面,很浅地笑了笑,说话带着鼻音:"喻琛跟黎漾还没和好?"

江聿弯唇,奚落的意味很明显:"洛行年铁了心撬墙脚,我看挺难的。"

林绵倒是没听黎漾提起洛过行年,抿了抿唇,把手机摄像头对着住的地方拍了拍。

江聿蹙着眉心,问道:"你就住在这儿?曲导是怎么想的?这里安全吗?"

这里应该挺安全的。

林绵将摄像头切回来,江聿又关心她感冒的事情。林绵所在的地方温差大,她已经套了一件薄外套。

忽地,后背被拍了一下,林绵下意识地捂住手机,回头跟林西西碰了个正着。

"林绵姐,你在跟男朋友视频通话吗?"林西西一副天真热情的样子,乌黑的眼睛里含着笑。

林绵问道:"有事吗?"

她不动声色地关了视频通话,然后按熄手机,手心被吓出了一层薄汗。

林西西背着手,笑盈盈地说:"绵绵姐,能不能麻烦你一件事情?我有轻微的神经衰弱,睡觉的时候不能有一点儿声音。所以我能不能拜托你跟我换一下,睡下面这间房?"

说完,她双手合十,睁着无辜的大眼睛看着林绵。

林绵对住在哪里没多大感觉，但是林西西的话让她莫名其妙地觉得疑惑："工作人员已经安排好了房间吗？我的房间是在二楼吗？"

林西西说："没有啊，我猜的。绵绵姐是前辈，肯定会被安排住在二楼。"

这番话虽说没什么，但总让林绵感觉不舒服。

冷风拂过来，林绵拨了拨头发，淡淡地说道："你可以跟工作人员反映，兴许他们还没分好房间。"

林西西犯难地说道："我说的话，他们肯定会认为我抢了绵绵姐的房间。"

林绵叫来工作人员，问道："请问房间安排好了吗？我什么时候能入住？"

工作人员说等其他两位主演到了之后就可以挑房间入住，意思很明显，房间还没定，工作人员这是谁也不想得罪。

林绵告诉林西西："待会儿你先选。"

林西西高兴坏了，连连道谢。林绵站着累了，拉开凉椅坐下，十分钟后，傅西池和另外一位演员抵达现场。

林西西看见傅西池时眼睛都亮了，立刻起身朝他迎过去："傅前辈，你好！我是林西西。"

傅西池一脸倦色，淡淡地扫了她一眼，不咸不淡地应了一句："你好。"

林西西愣了几秒，眼睁睁地看着傅西池推着行李箱走到林绵的身边，拉开椅子坐下。

"几点到的？"傅西池拧开水瓶，灌了一口水，闲谈道。

林绵趴在椅子上，头发被风吹得有些乱，低声说道："比你早二十分钟。"

"这个地方很难找。"傅西池说完后知后觉地意识到什么，"你感冒了？"

林绵点点头，说道："早上有点儿发烧。"

傅西池起身，扶着行李箱说："那你还在外面吹风，你怕感冒会好?"

傅西池看到工作人员走过来,皱眉问道:"我们什么时候能进去?林绵老师病着呢,你们就让她在外面吹凉风?"

工作人员不了解这一点,脸色稍变:"抱歉……抱歉,我不知道林老师生病了。"

林绵低声说:"没事,快点儿分房间吧。"

工作人员大概说了一下,三楼有一间阁楼,二楼有两间卧室,一楼有一间带阳台的主卧,然后大家自己摸钥匙。

林绵让他们先摸,林西西第一个摸到了一楼的房间,脸瞬间垮下来。

另外一个演员摸到了阁楼,高兴坏了。

不出意外,林绵摸到了二楼的房间。林西西朝林绵看过来,林绵也刚好看向林西西。她把钥匙交给林西西:"我们换。"

林西西重新恢复活力,换来钥匙后,激动地看向傅西池:"傅前辈,我们住在一层楼上。"

傅西池依旧反应很淡,对她三番五次的搭讪也不甚在意。

"你要不要跟我换?"傅西池问林绵,"你们女孩儿住在楼上方便一些。"

林绵摇头,抓着钥匙,淡声道:"我不喜欢爬楼梯。"

工作人员宣布半个小时后吃晚餐,现在大家可以回房间里休息半个小时。

林西西高兴地推着行李箱跟在傅西池的后面。

林绵和闻妃走在后面,闻妃不解地问道:"你为什么跟林西西换房间?她这摆明了就是想抢好的卧室。"

林绵没多在意,淡淡地说道:"我要避嫌啊,不住在二楼对我来说是好事。"

闻妃"啧"了一声,感慨道:"也是,你家小江总是个醋坛子精!"

林绵不置可否。

晚餐时气氛有些微妙。林西西像个热情的小火球,负责找话题活跃气氛,但是只有另外一个演员附和;傅西池吃了两口就放筷子了;

林绵感冒了没什么胃口，几乎没怎么动筷子。

接下来几周的拍摄都很顺利，林绵简直就是女主角何皙本人——长裙、长发、颓废的脸，一双无欲无求、空洞的眼眸。

她开着一辆巨大的黑色越野车驰骋在这条路上。都说七级孤独是一个人看海，她没看海，倒是一个人跑到海螺沟看冰川，登上山顶，雾茫茫的一片什么都看不见。

然后她被被堵在了二郎山上。

前路难行，天色渐渐暗下来，气温骤降。

她裹上羊绒毯子，从车上跳下来，冷风呼呼地刮，她身上的薄毯根本不御寒，冷气直往骨头里钻。

四周又黑又安静，何皙的脊背发凉，她猛地一转身，看到一个男人倚在护栏上，手上掠过点点火星，白色的烟雾从男人的唇间溢出。

男人端着一台相机，相机带松垮地缠在男人白皙的手臂上。何皙转身看向他，闪光灯很不礼貌地亮起。

何皙蹙了下眉头，那个男人在拍她，而且还开闪光灯，他绝对是故意的。

她裹紧毯子走到男人的面前，很不客气地伸手，说道："相机拿来。"

男人含着浅笑，用手指在相机上拨动，很快调出方才拍的照片，评价道："你是模特吗？"

何皙的视线落到屏幕上，她裹着毯子回头时，眼底闪过的一丝茫然恰好被捕捉到，加之她的肌肤偏白，驼色的羊毛毯缠在身上，露出一截白皙的手臂和墨绿色的裙摆，真的很像一幅画。

"跟你有什么关系？把相机给我！"何皙冷冰冰地说道。

男人把手臂举起来，相机带顺着手臂滑下。他的目光始终定在照片上，像是在惊叹于捕捉到了这么美的一幕，又像是在感慨美人很凶，不解风情。

"你为什么跑来康定？"他把视线转向了大越野，赞叹道，"很酷！"

何晢彻底不耐烦了，她的烟瘾又犯了，冷冷地回他："我想去死行不行？"

冷风裹着裙摆，她快步回到车里，按亮顶灯找烟，掏出烟塞了一支含在唇间，降下车窗。

男人倚在车旁，微弱的灯光照亮男人的轮廓，眉骨清晰，轮廓分明，是一张很漂亮的脸，是何晢喜欢的脸。

何晢睨了男人一眼，一只手支到车窗上，另一只手慢条斯理地按燃打火机，烟还没凑过去，按燃打火机的手就被男人拉着把打火机送到了他的唇边。

香烟燃烧的声音在格外安静的环境里显得很突兀。

何晢愣了。男人放开她的手，拿下烟扬了一下："抱歉，借个火。"

被男人握过的肌肤温热，温度像是传递到了肌肤里。她把手支在车窗上，忽然伸手扣住男人的后颈，把他拉得往前跟跄了一步。

两个人贴得很近。男人的瞳孔骤然放大，身体僵住，他咬着烟狠狠地咽了一下口水。

何晢咬着烟，意味深长地睨了他一眼，视线从他的眼睛上滑到唇瓣上。她低头凑过去，将烟抵着男人的烟，火星被接了过来。她松开搭在男人后颈上的手，红唇轻启，说出略带恶意的话："我的火不好借。"

在男人恍惚的一瞬间，相机已经到了何晢的手里，她轻车熟路地点开相册，找到她的照片。

"别删！"

何晢瞥了男人一眼，毫不留情地按下删除键，然后把相机塞回男人的怀里，同时按下升窗键。

男人和黑夜一同被关在窗外。

导演喊了一声："Cut——"

四周瞬间亮起灯，如白昼一样。他们也没在二郎山，只是在虚造的一个环境里。

林绵从车上跳下来，只穿着墨绿色的裙子。邵悦给她披上外套，低声说："绵绵姐，你刚刚美哭我了。"

林绵笑笑，伸手揉邵悦的脑袋："就你嘴甜。"

邵悦"嘿嘿"地笑着，打开保温水壶递给她。

曲导过来问她："这场戏感觉怎么样？"

曲导深知她之前入戏的事，所以每次拍完后都会过来跟她聊聊感受。林绵淡笑道："还好，就是烟有点儿呛。"

她虽然没真抽，但是这场戏反复拍了好几次，车内积了一股淡淡的烟味。

很奇怪，江聿抽烟的时候，她会觉得淡淡的烟味不难闻，但她无法忍受江聿不在身边的烟味。

曲导笑笑："难为你了。"

收了工，林绵回到房间里，用双手抓着头发将其随意地绾在脑后，手指探到后背拉下裙子的拉链，露出漂亮的背，轻薄的裙子往下滑落到脚边，堆在脚踝处。

林绵赤着脚踩在地毯上，拿过睡衣换上，然后去浴室里洗漱。

卧室在一楼，唯一的好处就是有个独立的浴室，浴室里有个只能供一个人躺下的浴缸。

林绵放了热水，丢了一个星空沐浴球进去，沐浴球在水里"咕嘟咕嘟"地冒泡。她试了试水温，跨进浴缸，埋进水里。

星空沐浴球梦幻的颜色让她有种被星星拥抱的感觉，她随机点开了Roy歌单里的一首歌。

她找出前几天黎漾发来的照片，估计是大家在一起喝酒玩，江聿只穿了一件黑色的T恤，坐在沙发上，倾着身，肩膀平直，手随意地搭在膝盖上。

一条细细的链子露在衣服的外面，显得他的脖颈白皙、修长，让他颇有几分玩世不恭的样子。

黎漾笑话江聿重回非主流时期，只有林绵知道，那条链子是她的。

她放大看了看，甚至觉得江聿真的很适合戴链子。

林绵：我今天拍戏重来了好几次，找不到感觉，想看你抽烟。

手机轻微地振动了两声。

她缓慢地睁开眼，抬起湿淋淋的手指打开手机，看到江聿发来了照片。

等到照片加载出来，林绵的手一抖，手机差点儿掉进浴缸里。她坐起身来，好好地欣赏他发来的照片。

他身着灰色的家居服，站在落地镜前，叼着衣服的下摆，露出细细的腰线和块垒分明的腹肌，灰色的裤子松垮地挂在腰上，胯骨若隐若现。

R：请问能激发你的灵感了吗？

江聿好犯规啊！

灵感什么的是不能被激发了，但某些坏念头成功地被勾了起来。她好想买个猫耳朵样式的铃铛系在江聿的脖子上，他应该会很适合这些东西。

林绵用湿漉漉的指尖点着屏幕拉大照片，放大再放大，照片里的人赏心悦目，林绵闭上眼睛仿佛就能感受到那种触碰的手感。

果然腹肌才是治愈疲惫的良药。

林绵欣赏了一会儿，保存图片，然后切回来。江聿悄无声息地发来一条消息控诉。

R：只看不回？

林绵翘了翘嘴角——她也没有回复啊，只不过欣赏的时间久了一些。她的指尖裹着泡泡，不小心碰到了视频键，就么把视频通话邀请拨了过去。

视频猝不及防地被接通，林绵没准备好，往浴缸的底部滑了一些，下巴快要碰到水面，手臂撑在浴缸的边缘上举着手机。

江聿慵懒的嗓音响起："在泡澡？"

"我没来得及回复。"

林绵的头发湿了一层，脸上水汽氤氲，猜出她在泡澡不难。

下一秒，江聿轻佻地说道："美人计在我这儿不管用。"

林绵把手机举高一些："当然不是美人计，是我不小心碰到了。"

江聿揶揄道:"看了我的照片这么躁动啊?"

他越说越没正形,林绵伏在浴缸上,支着手托着腮,眨眨眼睛:"你这种照片在网上能找到一大堆。"

"看得着摸不着,再多又有什么用?"江聿不怒,反而漫不经心地笑道,"你说是不是啊……姐姐?"

"姐姐"这两个字被他弱化成气声,但很蛊惑人。

林绵的耳根顿时通红一片。江聿凑近,手指在屏幕上弹了一下:"姐姐,你脸红了。"

要真算起来她比江聿还要小几个月,他喊"姐姐"倒是喊得顺口。

林绵偏过头,把头放在手臂上,眨了眨眼睛,问道:"你泡澡时不会脸红吗?"

江聿从喉间发出轻轻的笑声,仿佛连手机都与他的笑声共鸣。

"我泡澡时不会。"他故意拖长了调子,说道,"不过,看到你会。"

林绵不光脸红,还感觉一股热气从身体里往外涌,指尖都出了一层薄汗。

"Roy,我要看你抽烟。"林绵的眼睛一眨不眨地盯着屏幕。

"你这又是什么时候养成的坏习惯?"

江聿嘴上虽说着坏习惯,但他还是配合地拿出烟盒和打火机,单手抖了根烟放到嘴上,烟盒被随意地丢到桌子上。他单手按着打火机,偏过头把烟点燃。

林绵几乎是以仰视的角度看他咬烟点烟,他的动作行云流水,潇洒恣意。

他一直没动手机,林绵就托着腮看着他线条分明的下颌,阳台上没开灯,屋内透出的一点儿光照在他的侧脸上,他的喉结微动,一缕烟从他的两片薄唇间缓缓地往上飘。

他半眯着眼眸,睨了一眼林绵,咬着烟,嗓音有些含糊地说道:"你看得这么认真,该不会是在录我吧?"

林绵开玩笑地说道:"我录了,你会怎样?"

江聿弯唇，耸了耸肩膀，表示不知道，又有几分纵容，一副认命的样子，嘴里说着不着边际的话："你亲我一口，我再让你多录两段。"

林绵望着他倨傲的眉眼，竟然觉得这样的夜晚也很美好。

林绵在演戏过程中产生的焦虑、疲惫、自我怀疑情绪通通被他悄无声息地抚平。

林绵在床上躺了一会儿，口渴得睡不着，便掀开薄被，换上家居服，拉开房门。

这会儿大家都回房间里休息了，客厅里和厨房里静悄悄的，夜灯发出微弱的光。

她趿拉着拖鞋，脚步有些快，刚走了没几步，听见厨房里似乎有人在说话，便顿住脚步。

她不是有意偷听，但林西西的声音太有辨识度，就算压低了放软了也一下就能听出来。

林绵转身往回走，没走两步，一道刻意压低的男声也从厨房里飘出来。

"抱歉，我现在还不打算交女朋友。"

林绵的呼吸一滞——同林西西说话的是傅西池。

从他们的交谈中，她不难猜出他们在厨房里说了什么。

林绵放轻了脚步，回到卧室里，动作轻柔地推上门，生怕弄出声响惊扰了厨房里的那两位。

她靠在门上，深深地呼了两口气，这才意识到自己听见了什么。

很快，门外传来前后上楼梯的脚步声，尽管脚步声放得很轻，林绵跟那两个人之间还隔着一扇门，但她依然听得一清二楚。

傅西池和林西西一前一后回楼上了。

第二天，林西西依旧是个发光发热的小太阳。

中午突然起风了，天空乌云密布，风雷卷动，像是要下雨的样子，曲导通知大家暂停拍摄，给大家放半天假。

林绵搭车回到住所后，先洗澡换了一身衣服，拉开房门，一缕咖啡的香味弥漫过来。

她循着味道找过去，傅西池正倚在咖啡机旁放空。

"喝咖啡吗？"他直起身点了点咖啡机。

"麻烦给我一杯。"

她绕过吧台，走到玻璃窗边坐下等咖啡煮好，眼睛朝外看了看，不出所料果然下起了大雨，这边据说难得下雨。

过了一会儿，林西西和工作人员从外面走进来。

两个人视线相触，林西西稍愣，随即挥手示意。

林绵扬起手，回应了一下。

林西西拉开门，一股裹着风雨的水汽钻进来。她收了伞放在门旁黄色的置物桶里，抖了抖身上的雨水，抬头看了一眼傅西池，悄无声息地上了楼。

傅西池跟没事人一样，煮咖啡，接咖啡——他就是这样一个把吃喝做到极致的人。他接了一杯咖啡，放到吧台上示意林绵来端。

"你慢慢喝，我有点儿事情先回房间了。"

他说完，端着杯子快步上楼，在楼梯的转角处，与洗完澡一身清爽的林西西碰了个面。

林西西没精打采地喊了声："傅前辈。"

傅西池冷淡地应了一声，错开身，让她先下楼，而后一秒不停地消失在楼梯口。

林西西微微地仰着头，很轻地蹙了蹙眉头。

林西西一扭头发现林绵盯着她，干脆晃到林绵的面前坐下，没精打采地往桌子上一趴，说道："林绵姐。"

林绵怕她被烫，把咖啡杯转移到空椅子上放着，垂眼看着她："怎么了？"

林西西这个小太阳忽然被雨水浇湿，失去了活力。她把半张脸埋在手臂里，嗓音有些闷地说道："昨晚你听见了吧？"

林绵的心脏轻轻地一颤，她不能否认："对不起，我出来喝水，不是故意偷听的。"

"我知道。"林西西说,"我看到你的影子了,傅前辈没看见。"

"我会保密的。"

林西西摇摇头,一只手从桌子上滑下来按着心口,说道:"林绵姐,我好难受啊!我是不是太着急了?"

关于喜欢、告白这种事情,林绵自己都拿捏不准,也给不出什么有参考价值的建议。

林绵伸手摸摸熄灭的"小太阳",安慰她:"时间还长,你不要着急,慢慢来啊。"

"我喜欢他很久了,我是为了他才参加节目争取这个角色……"林西西有些颓废地说道,"可是喜欢就是喜欢,不喜欢就是不喜欢,时间长短根本不会改变什么。"

这番话让林绵的心脏猛地跳动。

可能人在情绪低落的时候,就需要找寻一些相似的经历支撑自己。

林西西抬起头,问道:"林绵姐,你跟你的男朋友是怎么认识的啊?你们从一开始就喜欢彼此吗?"

林绵抿唇,思索几秒后,答道:"我们是在伦敦认识的,一开始算不得互相喜欢。"

他们都是带着某种目的接近彼此的,她单方面地迷恋和欣赏江聿,这些姑且能当成喜欢,但江聿那会儿肯定没有。

"啊?那你们是怎么在一起的?是谁先告白的?"林西西的眼里重新燃起希望。

林绵弯了弯唇,摇头。

"是不好说吗?还是你们没有告白就在一起了?"

"他先告白的。"

林绵回想当时他们是自然而然地在一起的,吃饭、睡觉,谁也没提过"喜欢"二字,也没提过要一直在一起,后来是江聿先告白的,虽然她逃避了,但也是他先告白的。

林西西露出羡慕的表情:"林绵姐,我好羡慕你。"

林绵端过咖啡杯抿了一口咖啡,听到自己的手机铃声响起,向林西西示意了一下,端着咖啡杯起身回房间。

屏幕上显示来电之人是曲导。

"曲导?"林绵淡淡地开口道。

"老婆。"江聿懒散的嗓音骤然响起。林绵恍惚了一下,确认自己没接错电话。

"Roy,你跟曲导在一起?"林绵的心跳有些加快。

江聿笑了,说道:"曲导不让我来探你的班,我只好来探他的班。"

电话里隐约传来曲导的数落声,江聿轻轻地笑了一声,问道:"你要不要过来?"

林绵"嗯"了一声,拿起雨伞出门,刚好碰见从楼上下来的傅西池。傅西池挑了挑眉:"这么大的雨你要出去?"

林绵一心想见江聿,忽略了大雨。她撒谎道:"曲导叫我过去说戏,我去去就回。"

傅西池顺手拿伞:"我送你过去。"

"不用了,我自己去吧。"林绵拒绝道。

傅西池迟疑了一秒钟,忽然扯出一抹笑:"是江聿来了吧?"

林绵抿唇,又听傅西池说:"你表现得太明显了。"

"明显吗?"

傅西池点了点头:"你把欢喜都写在脸上了,还不明显吗?"

林绵的脑子里一直回响着傅西池的话,直到她穿过大雨,撑着伞站在曲导的住所门口,还久久不能回过神来。

风雨太大了,她的裙摆被浸湿,粘在小腿上,有些冰凉难受。

大门被拉开,屋子里暖烘烘的,空气中飘浮着浓郁、甜腻的奶香味,好像有人在烤蛋糕。

客厅内无人,林绵把伞竖到墙角,牵了一下裙子,往厨房里看了一眼,低头打开手机。

屏幕上被浇了几滴雨,她用手指擦掉,看到江聿在几分钟之前发了消息。

R:来厨房。

江聿在厨房里？

林绵忽然想起他们在高斯嘉的家里做点心的事情，于是收起手机，脚步轻盈地走向厨房。

越靠近厨房，奶油烘焙的香味越浓郁，她仿佛一头扎进了甜腻的海洋里，被勾得食欲大开。

半开放式的厨房里，江聿穿着黑色的T恤、黑色的裤子站在岛台旁，正弯着腰盯着烤箱内，手上戴着一副宽大的防烫手套。

林绵倚在门框上，看了他几秒钟，屈指在玻璃门上轻叩，姿态慵懒又优雅。

对方听见声音后，直起腰，转过身，快步来到她的面前，双手敞开，将她抱了个满怀。他的手臂充满力量，将她抱起来腾空转了一圈。

林绵按着江聿的肩膀，稳稳地落在地上，他低身在她的唇瓣上轻轻地咬了一下，很快松开。

林绵只觉得空气里充满了甜腻的香味，呼吸都变得沉重起来。

一个吻不够热烈，却足够让人心动。

她的心跳莫名其妙地加速。

"在做什么？"林绵撩起一缕垂落的发丝压到耳后，视线飘到他背后的烤箱上。

"蝴蝶酥。"江聿垂眼看着她，问道，"要不要自己做？"

上次两个人做糕点，她揉了面团，也刷了蛋液。林绵没信心做好，江聿取来围裙替她系上，拉着她来到岛台前。

他将已经处理好的面团交给林绵："你随意发挥，我负责教你步骤。"

林绵有样学样，站在岛台后处理面团。

江聿垂眸，心里突然烧起一股火，有些后悔让她来处理。

江聿高大的身躯从林绵的背后贴上来，将她困在岛台和胸膛之间。江聿把头放在她的肩膀上，清淡的香水味进入他的鼻腔，让人身心放松。

"Roy。"

林绵停下动作，放下面团，双手撑在岛台上，侧过头去看他，被他冰凉的手指捏住下巴。

　　林绵缓缓地转过身，用漂亮的眼睛瞧着他，用手指去拨他的衣领。

　　项链松垮地藏在他的衣服下，被她用细长的手指勾出来，淡淡的金色与他的脖颈的颜色对比鲜明，他这样倨傲张扬的人，戴项链一点儿也不俗气，反而有些勾人。

　　她拽着项链轻轻地用力，江聿随着她的动作前倾，弯起薄唇，略微挑了下眉，说道："你真把它当狗链啊？"

　　她的长发滑下来，缠在他的手臂上，发尾轻轻地扫过他的手臂，让他感觉又酥又痒。

　　他伸手勾住她的一缕发丝，夹在指缝间缠绕摩挲，笑意更浓。

　　她的腰被重重地抵在岛台上，她拉着他往下沉，冰冷的嗓音软了几分："不是吗？"

　　他漫不经心地说："主人现在高兴吗？"

　　一簇烟火在胸腔炸开，熊熊燃烧的火苗蔓延到了两个人的身上。

　　江聿的视线越来越低，薄唇贴近，试探地触碰又放开。两个人的呼吸交织在一起，分不清是谁先主动，呼吸滚烫，带着一缕香甜的气息。

　　烤箱发出"叮——"的一声。

　　两个人同时分开，林绵伏在他的胸口上，气息微喘，心脏疯狂地跳动着。

　　在随时都可能被其他人发现的厨房里，他们接了一个缠绵悱恻的吻，林绵光是想想，都觉得疯狂。

　　她撑着岛台从他的怀里逃离，假装若无其事地站到一旁。

　　江聿来不及收拾露在衣服外的项链，重新戴上手套，打开烤箱，香味瞬间扑鼻而来。

　　曲导垮着脸从楼上下来，江聿装了一盘蝴蝶酥给他，曲导心情不错地消失了。晚些时候，江聿把蝴蝶酥分给了其他人。

　　林绵所在的这栋房子里，只有傅西池是知道真相的，他默不作声地跟江聿打了个招呼。

其他人真信了曲导的说辞——江聿是作为资方来探班的。

林西西吃着蝴蝶酥高兴坏了，眼神一个劲儿地朝江聿瞄。少女欣赏帅哥的那种星星眼藏不住，林西西叫江聿："小江总，你学过做点心吗？好好吃！"

傅西池不动声色地看了林西西一眼。

"学过，我老婆喜欢吃点心。"江聿单手打开一瓶可乐，慢条斯理地在沙发上落座。

江聿今天穿得很休闲，态度散漫亲和，与身边的这几个演员无异。他陷在沙发里，听着大家闲聊，笑容懒倦，偶尔在林绵开口时才说一两句话。

屋外的雨势转小，屋檐上的一串串水珠砸在地面上，溅起一连串的水花。

江聿往屋外看了一眼，回头就听见林西西提议玩游戏。

林西西的视线从傅西池的身上扫过，她问另外一位男生："要玩吗？"

男生的年纪跟林西西的年纪相仿，他点点头，说道："好啊。"

林绵倒无所谓，但江聿表现出兴趣同意参加。江聿不经意地看向林绵，林绵思索两秒后表示也要参加。

傅西池在这群人里面年龄稍大，性格沉稳，加之前一天林西西刚跟他告白，便表现得冷淡疏离了一些。大家都同意了，傅西池没办法也只能参加。

林西西一边起身分发号码牌，一边说道："每个人都有固定的数字，这个游戏叫'心跳陷阱'，顾名思义，玩的就是心跳，赌的就是敢不敢。在我的手里的这些卡片上，有的写着惩罚，有的写着奖励，大家全凭运气。"

林西西坐下后，游戏正式开始。游戏很简单，大家轮流报数字，拿到'3'的倍数的人就沉默，出错的人抽取卡片接受心跳考验。

第一圈时大家有条不紊地报数，江聿懒懒地笑了一下，没想到第二圈时，有个男生出错了，他自愿起立，抽卡。

男生屏息凝神，祷告了一下，抽了一张卡片，眯着眼翻开卡片。林西西率先看到卡面上的文字，"扑哧"一声，笑得眉眼弯弯。

"请大声读出你的卡面上的文字。"林西西说。

男生哀叹一声，然后清了清嗓，大声朗读道："此卡针对在场游戏的全员，群发一个两百元的红包。"

大家没想到还有这种惩罚，男生撇着嘴，调侃第一次玩游戏就倒贴钱。

男生临时建了个群，群发了红包，大家领取了以后，他坐回去开始第二轮。因为第一轮的损失，男生变得小心翼翼。

林绵走了几秒神，念出了3的倍数还没察觉。大家忽然停下看她，她才意识到自己出错了。

她弯唇淡淡地一笑，起身去摸卡，江聿倚在懒人沙发里，目光定在她的身上，手指有一搭没一搭地转着卡片。

薄薄的一张卡片，在他修长的手指间，像是充满了魔力似的。

林绵抽到卡片后顿了两秒，念出卡片上的文字："和拿到数字6的嘉宾，手拉手对视三分钟。"

林西西和男生起哄，傅西池偷看了一眼自己的卡面，一脸平静地问道："谁拿到了数字6？"

卡片在江聿的指间转了个圈，他将卡片放在桌上，然后起身，薄唇带笑。

他慢条斯理地开口道："乔·赫伯特说过——观其眼神，知其心机。这个奖励挺有意思。"

林西西听见"奖励"这两个字时愣了愣，随后起哄似的盯着二人。

为避免不必要的猜测，江聿提议道："就不用牵手了，坐着吧。"

说完，他拉了两把椅子面对面放着，跟林绵依次落座。林西西倒计时开始，他们看着彼此。

江聿玩世不恭地倚着椅背，目光直白坦荡，浅色的瞳孔里闪烁着光，还有一些旁人不易察觉的侵略性。

时间刚过十秒，林绵就有些对视不下去，眼神变得飘忽不定，心跳一点点地加快，胸口有些饱胀又有些紧缩。

他的眼神犹如深沉的海水，汹涌恣意，浮波下又藏匿着缱绻的深情。

林绵微微蜷着手指，冰冷的眼神越来越不安，眼睛眨得很快，不如江聿那般冷静。她的心脏从没跳得这么快过，她抿着唇，期待着时间过得再快一些。

直到林西西宣布时间到时，她犹如去雨里面淋了一次。她在松了一口气的同时，起身往门外走，让雨水吹拂在脸上。

遇到了凉丝丝的雨水，林绵的偏高的体温终于降了下来。

刚刚，她的心脏莫名其妙地在发抖，好像有什么东西在江聿的对视下，呼之欲出。

是的，她不敢承认。她差点儿失控去吻江聿。

江聿出来，将她拉到屋檐下，避开了雨水，压低声音，说道："跑什么？"

他一靠近，林绵的心跳就不自觉地加快。她挣开他的手臂，往后退了一步，摇头说道："有点儿热。"

屋内的人看不到外面的情形，他俯身在她的耳边说道："姐姐，你刚刚暴露了。"

林绵整个人几乎被江聿挡住，若是这时候有人来一定会觉得他俩抱在一起。江聿靠得很近，他身上淡淡的奶香与他温热的呼吸编织成一张捕获林绵的密网。

周围的风像是被赶走了，她的体温逐渐上升。

"什么？"林绵的声音很小，也很弱。

她不知道暴露了什么。

江聿低着头凝视着她。像有什么东西正在入侵她，比他们刚刚玩的对视游戏更让她心慌，更让她想要逃离。

江聿用指尖在她的眼角上轻轻地按了一下，笑着说道："你刚刚对我动心了。"

第十四章
着 迷

江聿走后,林绵按着胸口靠在门上缓了很久——她的心跳很快,心跳声很大,她可能被一种名叫"江聿"的多巴胺蛊惑了。

晚上,林绵去洗手间里洗手,林西西跟了进来,倚在门上,压低了声音问道:"绵绵姐,我们是不是朋友?"

林绵点点头,抽出纸巾慢条斯理地擦着指节。

林西西大胆了一些,眼睛亮晶晶的,把声音压得更低,凑近了问道:"小江总……是不是喜欢你啊?"

林绵的动作一顿,湿了的纸巾贴在指节上,她慌忙地摘掉纸巾随手丢进垃圾桶里。

她语气淡淡地说道:"你怎么会这么觉得?"

林西西往门上轻轻一靠,语气随意,不带任何敌意地说道:"你们对视的时候,他看你的眼神不对劲。"

林西西没明说,林绵却知道,那会儿他俩对视超过三分钟后,江聿的眼神犹如旋涡,深深地吸附着她的心神。

而她早已溃不成军,只能虚张声势地坚持着。

林西西又问:"那你呢?绵绵姐,你跟小江总对视有什么感觉?"

"你刚刚对我动心了。"江聿的话适时地闯入林绵的脑海里,轻轻地敲击她的神经。

林绵定了定神,说道:"你也说那个游戏叫'心跳陷阱',既然是陷阱,对视的迷惑性极高,有真有假对吧?"

"你说得好像也不是没有道理。"林西西偏头看了几秒,轻松地笑了笑,"那这么说,傅前辈还是有可能喜欢我的。"

林绵不知道怎么评价,但林西西瞬间乐观了起来。

两个人一前一后往外走,客厅里没人,林绵心想:大概江聿也回曲导那边了。林西西不甚在意,打了个哈欠,捂着嘴说:"困死了,我先去洗澡。"

林绵点点头,也回了房间。

林绵打开房门,屋子里亮着一盏灯,飘窗的窗帘全部放下,灯光昏黄,屋内静谧温馨。

林绵看过去,江聿竟然靠在她的床头上,双腿交叠着支在床边,一只手垫在脑后,另一只手拿着剧本看。

灯光照在他的半边侧脸上,使他的眉目更加勾人。

江聿抬起头看向她,很轻地说道:"林西西跟你说什么了?"

林绵没想到他躲进自己的房间里了,快速地进门,推上房门又扣上反锁。林绵还没收回手,江聿来到她的身后,将她带入怀中拥抱着。

江聿高大的影子将她一点点笼罩。

两个人脸颊贴着脸颊,双臂交叉于腹部,林绵贴着他的胸膛,沉默了几秒钟。

窗外细雨"滴滴答答",像是协奏曲。

"她好像看出我们的关系了。"林绵回答他。

"嗯。"江聿慢条斯理地开口道,"我们是什么关系?"

他们是夫妻也是情侣。

但夫妻是真的,情侣呢?

只有相爱的人才是吧?那她呢?

林绵眨了眨眼睛,难以分辨这段感情。

· 412 ·

他身上的热气化作细细的线，拽着她的心脏，忽地收拢细线，缠得她的心尖发麻。

"你说呢？"

他没出声，林绵还以为他不高兴了，刚想转身看他。忽地，她被腾空抱了起来。

林绵双手缠住他的脖颈，吸了口气，压低声音提醒道："这屋子不隔音。"

上楼下楼的动静能被人听得一清二楚。

江聿挑眉，去吻她的耳朵，说道："你以为我要干什么？"

林绵瞧着他不回答。

林绵被放在飘窗上。之前这儿就垫了一层长毛垫子，所以她躺上去的那一刻不冷，后来也不冷。

江聿抬起头，项链在脖子上晃，她伸手去拽。下一秒，她的手就被他叼在嘴里，他再次俯身。

窗外的雨下个不停，砸在玻璃上"噼啪"作响，风卷动窗户发出轻微的呜咽。

这样风雨狂啸的夜晚，本该很可怕，但因为江聿突然的造访、细心的照顾，变得甜腻。

直到眼角的绯色消失，她才在林西西的再三邀请下，换了身衣服，去客厅里一起玩。

江聿还没走，陷在沙发里，跟傅西池有一搭没一搭地聊天。

他懒散地抓着酒杯，指节微微泛红，手背青筋凸起，有种别样的骨感。

林西西观察得极细，低声说："林绵姐，你又换衣服了啊？"

林绵趿拉着拖鞋，软绵绵地坐下，眼角湿漉漉的，像是困极了："刚睡了一会儿，随便穿的。"

她拿起一个抱枕抱着。

傅西池笑着转移话题道："小江总给两位女士调了饮品。"

桌上准备好了两杯女士的饮品，颜色清爽漂亮，不像是即时饮品。

林绵抿了一口饮品。饮品里加了冰,杯子外面蒙着一层水雾,冰冰凉凉的,入口有点儿酸,还有点儿香茅的味道,很特别。

"这是什么?"饮品喝到嘴里,还有"扑哧"的声音,很奇妙。

"手打香茅柠檬汁,加了一点儿跳跳糖。"

林绵意外地看向江聿。江聿笑着,气定神闲地放下杯子,拿起手机旁若无人地打字。

他漂亮的手指在屏幕上敲动,一点点光映在眼底,他的瞳孔越发清亮。

林西西正在跟江聿说话。只见江聿停下动作,掀起睫毛,林绵的手机在同一时间振动了一下。

林绵放下酒杯,拿起手机滑开锁屏。

毫不意外,江聿的消息赫然出现。

R:姐姐,今晚能借宿吗?

他还叫上瘾了呢!

林绵将视线转向正在跟林西西说话的江聿,盯了几秒钟,薄唇露出点儿笑,低头在屏幕上打字。

林绵:不行啊,哥哥。

林绵收起手机,江聿的手机屏幕亮了,他停下与林西西的交谈,看了一眼手机,轻轻地笑了笑。

林西西露出狐疑的神色,江聿的薄唇弯着弧度,语气轻快地说道:"我老婆跟我闹着玩呢。"

闹着玩什么他没说,但意味深长地扫了一眼林绵。

林西西这个单方面失恋的人,受不了甜蜜的暴击,摆摆手,说道:"小江总,你快去陪你老婆吧。别羡杀我们了。"

江聿往沙发上一靠,懒人沙发很软,几乎半个身子都陷了进去,显得整个人懒散又恣意。

江聿没说陪,也没说不陪,就坐着也没再玩手机。

傅西池很轻地笑了笑,举杯跟江聿碰杯,两个人无声地喝酒。男生洗完澡下楼来,问林西西:"你们在玩什么游戏?"

林西西抱出自己的宝藏，对林绵说："雷诺牌，本人愿意给在座的嘉宾免费体验一次。"

男生倾身，伸手拨了拨牌面，笑着问道："雷诺牌是什么？"

林西西拍开男生的手，喜滋滋地说道："塔罗牌知道吗？跟塔罗牌差不多吧，要玩吗？"

男生对这些不了解，摇摇头，退回到座位上。林西西看向林绵："绵绵姐，你要来玩一下吗？"

林绵对塔罗牌也是一知半解，雷诺牌也是第一次听说。她现在很累，全身疲乏，双腿交叠地陷在椅子里，支着头，露出一截白藕段般的手臂，小巧的手腕下有一枚若隐若现的暗红痕迹，很小，很漂亮。

大家不想玩，林西西不高兴了，非要拉着男生玩，男生随便问了一个问题，林西西像煞有介事地帮他起牌、解牌。

看着林西西认真的模样，男生顿时来了兴趣，还想算算感情，林西西却说："一个人只能玩一次。"

男生只得作罢，江聿用手指拈着酒杯，表现出几分兴致，目光一直定在牌面上，不知道在想什么。

几秒后，林绵的手机亮了。

R：你信吗？

林绵懒懒地敲字：不太信，你呢？

江聿轻抬嘴角，眼底有光在跃动。他慢条斯理地收起手机，倾身凑到桌前，用手指翻动牌面，说道："我玩一次。"

林西西当然愿意，笑得眼睛都弯了："小江总，要问什么啊？"

江聿思索两秒后，用手指压着一张牌轻点，慢悠悠又意味深长地说道："感情。"

江聿的指尖点在桌上时，林绵的心脏颤了颤，像被无形的线牵动着。

林西西怔了几秒，见江聿表情认真，随即笑了："小江总，你在感情中也没安全感吗？"

江聿的喉结滚了滚："嗯，患得患失。"

江聿的这句话倒是让在场的人大跌眼镜——要知道江聿是什么身

份啊,矜贵倨傲的一个人,居然也会为了感情患得患失。

"你是要问自己的还是对方的?"林西西眨眨眼睛,说道,"感情未来的发展对吗?"

江聿点头,回答道:"嗯,对方的。"

林绵的手指蓦地收紧。

林西西突然好羡慕,开始更加认真起来。

雷诺牌分三种:积极牌、中性牌以及消极牌。根据牌面可以预测好与坏,比塔罗牌更直接。

林西西让江聿依次抽取三张牌,分别揭开放在桌面上。林西西一眼扫过牌面,顿时喜上眉梢,露出笑意。

江聿抽的三张牌分别为鞭子、山、狗。

江聿不知其意,但见林西西一脸笑意,心情也不错,静静地等着她解牌。

林西西拿起三张牌,依次解牌:"鞭子是争吵,山是阻碍,但是狗代表了这件事情的结果,狗是友好和爱。

"所以她的这段感情虽然有阻碍,但结果是好的。"

江聿的眉头舒展,眼角眉梢染上笑意,他扫了一眼林绵,眼里多少有几分得意之情。

林西西高高兴兴地喝了口水,开始重新吆喝。她见林绵半垂着眼皮,拉了拉林绵:"绵绵姐,玩一次吧。"

林绵的手肘懒懒地垂下来,肌肤白得晃眼。手指被林西西攥着,她微微起身,淡淡地说:"那就玩一次吧。"

终于说服了林绵,林西西高兴得摇头晃脑,托着腮问林绵:"绵绵姐,你想问什么呢?"

林绵不动声色地抬了抬下巴:"跟他一样,问对方的感情走向。"

江聿掀起薄薄的眼皮,毫不避讳地直视着她。

他挑着眉,好像在揶揄她对他着迷那件事情。

林绵若无其事地看向桌面,林西西重新洗牌,让林绵抽取三张,摆到桌面上。

三张并排的牌面分别为幸运草、戒指、镰刀。

林西西看看牌面，久久不说话，露出为难的神色。

林绵的薄唇抿成一条线。

随着时间的推移，江聿的笑意弱了几分，他微微倾身坐端正，目光跟林绵的目光刚一相触，便各自移开。

气氛有点儿冷，男生催促林西西："西西，你就别卖关子了。"

林西西一一解牌："幸运草是祝福，戒指和镰刀代表了不太好或者……"她顿了几秒钟，"忽然结束。"

说完，林西西的睫毛颤了颤，她抬起头来观察林绵的神色。

林绵的情绪好像没什么起伏，表情很淡。林绵对林西西说："我知道了。"

大家都知道林绵前段时间刚单方面承认了恋情。

林西西说出"对方的感情未来不好"这种话，着实让人尴尬。

林西西没说什么话，男生见状，笑着说："林西西也是个半吊子，谁知道准不准呢？林绵姐，你别放在心上。"

林绵说道："谢谢你。"

林绵默默地想：她的走向是好的，江聿的走向是不好的，但他们问的其实是同一段感情。

那么她的好走向能改变江聿的不好走向吗？

不知道为什么，林绵的心里隐隐担忧着。

林绵靠在沙发上，情绪比较低落。江聿抵着懒人沙发往后移了一截，在别人看不到的地方，用手指戳林绵的背。

忽然，他的手指被林绵的掌心握住。

江聿的薄唇弯出上扬的弧度，他用手指挠挠她的手心。

他在她的手心上一个字一个字地写：不要信。

林西西又给自己测了一个，结果更差，被气得都差点儿哭了。

为此傅西池不光没安慰，还借口接电话离开了客厅。

林西西望着傅西池远去的背影，撇着嘴掉眼泪。

大家都忙着安慰她，暂时也就把这段小插曲忘了。

江聿显然对这个雷诺牌的预测结果没多上心，过后也没提。

其间，喻琛打了个电话来，江聿去窗边接电话，大家都各自散了，傅西池和林西西前后脚上楼。

一楼只剩下林绵和江聿，她坐在沙发上，跟黎漾发消息。

林绵：剧组里的小姑娘用雷诺牌预测出江聿的感情走向不好。

黎漾：你现在信这个？绵绵，你想过跟江聿怎么办吗？

林绵陷入沉思中，还没来得及回复，江聿就打完电话回来了。她赶紧翻出和黎漾之前的聊天记录，并且放大照片。

黎漾偷拍了一张洛行年将手肘撑在吧台上的照片，黑色衬衣、黑裤，宽肩窄腰，挺拔周正，露在外面的一截手臂，劲瘦有力。

林绵放大了照片，忽然手里一空，手机被抽走。

林绵循着手机看去，江聿半眯着眼眸，欣赏着洛行年的照片。他轻轻地"啧"了一声，问道："你喜欢他的腰，还是喜欢他的背？"

林绵说："我又不喜欢。"

江聿用手指捏住她的下巴，可能是他刚抽了烟洗了手，洗手液的柠檬香气很浓郁。

他咬着牙说："你要敢喜欢，我就……"

后半截话没说完，他就撒开手，留给林绵一个自己领会的表情，将手机重新塞进她的手里。

林绵被他的前半句话挑起了兴致，拉住他的手腕，问道："你就怎么样？"

江聿俯身，在她的唇瓣上盖了一个吻，拉着她的手按在自己的腹肌上，含糊地警告道："亲到你看不了别人。"

浅尝辄止的触碰变成深吻，男人弯着腰亲吻仰着细颈的女人，灯光照在两个人的侧脸上，动作轻柔缱绻，美得像是一幅画。

林绵揪着他的T恤，收拢手指，T恤在她的手心里被揉皱。

江聿蛊惑道："姐姐，可以让我留宿了吗？"

林绵的睫毛颤了颤，脑子里不知道怎么又浮现出林西西说的话。她推开他，手指勾着他垂在衣服外的项链，拉着他往卧室走去。

"曲导那边……？"她被他抵在门板上，房门合上时发出巨大的声响。

林绵的眼睛眨了眨，她一把握住门把手，拨锁反锁。

"他什么不知道？"江聿失笑，抱着林绵躺回床上。

意识到江聿的意图后，她出声阻止道："曲导说要禁食。"

江聿弯着背，亲吻她，手指拨开她耳边的头发，低声说："那你拉我来你的房里做什么？"

林绵拨弄他的项链，说道："当然是借宿啊，哥哥。"

江聿激动地支起上半身，垂眸看着她，喉结滚了又滚。

"怎么这么热情？"

"不好吗？"

"我又不是演员，借宿也是有代价的。"

潜台词是曲导的那套约束不了他。

这纯粹是强词夺理了，曲导听见了非被气死不可。

半夜，江聿慢慢地托着林绵的头将其移到枕头上，轻手轻脚地下床，穿上睡衣。

她今晚累坏了，虽然她什么都没做。林绵陷在被子里睡得安稳，江聿将膝盖抵在床上，替她拉了拉被子，又将她探出被子边缘的手塞回被子里。

江聿低头亲了下她的额头，也不管对方听不听得见，低声说："我去接杯水。"

江聿穿戴整齐，接了一杯水喝下。因为怕呛着林绵，他忍着没怎么抽烟，这会儿倒是有点儿想抽。他大剌剌地坐在椅子上，手肘随意地搭着，抽出一支烟放到嘴里，咬着烟慢条斯理地抽着。

白色的烟雾从唇间飘出，圆圈似的，变淡然后消失，他坐在暗处，如此反复，乐此不疲。

"小江总……"林西西穿着长袖睡衣站在不远处，揉了揉眼睛。

"你怎么还没回去啊？"她面露惊讶之色地说道。

江聿在烟灰缸里按灭了烟，起身，动作轻柔地拖开椅子给林西西让路,偏过身,他的脖颈和衣领交界处那枚浅浅的吻痕暴露在她的视野中。

林西西愣了几秒钟,之前玩游戏的时候都没有的痕迹,不用想也知道怎么来的。

江聿丝毫不介意,亦不遮掩自己是从谁的房里出来的。

林西西厘清头绪,大胆地求证道:"小江总,绵绵姐今天是替你占卜的对吗?"

江聿故作神秘,压低了声音说:"我老婆最近热衷于和我扮演陌生人,你要保密,知道吗?"

"啊?"林西西茫然地睁大了乌黑的眼睛,江聿说的话每个字她都懂,为什么合成一句话,她就不明白了呢?!

足足怔了十几秒,林西西的大脑终于运转,却又觉得哪里不对劲,喃喃自语道:"老婆?陌生人?我没听错吧。"

江聿定定地看着她,目光还算柔和。她却有种知道了天大的秘密,刀已经架在脖子上,随时可能被斩首的错觉。

林西西下意识地去摸后颈,无形的压力让脑子又丧失了运转能力,费劲地眨了眨眼睛。

江聿双手插兜,手肘微屈,姿态懒散,也没有要将她灭口的迹象,说道:"嗯,你没听错。"

林西西却有种没睡醒的错觉:"我该不会是在做梦吧?小江总的合法妻子是绵绵姐?"

她简直无法从震惊中回过神来,这比听见她的偶像明天要出家更离谱儿,但细想一下,江聿和林绵的互动也有迹可循。

"你没有做梦,你现在知道了一个秘密。"江聿郑重其事地说道,"你要替林绵保守秘密。"

林西西木讷地点点头,忽然转身,走了几步才想起来自己要去找水,折返时,只看见从林绵的房间里漏出来一缕光线,随着轻微的关门声,那缕光线也被隔绝在门内。

第二天一早,林西西顶着黑眼圈下楼,见男生和傅西池在客厅里喝咖啡,懒懒地打了声招呼后,歪歪斜斜地陷进沙发里。

男生笑着问林西西:"你昨晚做贼去了,这么困?"

提起昨晚,林西西几乎条件反射般地从沙发上站起来,迟钝地揉了揉脸,说道:"我昨晚梦见了一件很可怕的事情。"

"什么事情?"傅西池忽然搭了腔。

林西西先是惊讶,但很快就被转移了注意力。男生问她是什么事情,她不知道怎么形容,而且知道那不是梦,最后讪笑了两声,说道:"我忘了。"

"嘁!"男生说,"那你跟试看六分钟然后充值购买影片才能继续看有什么区别?"

被男生控诉,林西西瞪大了眼睛,捞起一个抱枕丢过去,谁知道男生一躲,抱枕准确无误地砸到了傅西池的怀里。

傅西池单手扣住抱枕,撩起薄薄的眼皮。林西西被吓了一跳,低着头连声道歉:"傅前辈,对不起!我不是故意的。"

"我知道。"傅西池说了今早的第二句话,然后将抱枕放到了身后。

林西西眨了眨眼睛,乖巧地坐下。

几分钟后,林西西不停地朝一楼看,脸上逐渐露出焦急的神色,林绵他们睡得这么晚还没起床,待会儿要是江聿从房间里走出来,岂不是大家都能看见?

她要怎么办呢?

林西西像煞有介事地问道:"今天你们都没事吗?"

男生摇头,四仰八叉地靠在沙发上,展开长手长脚,说道:"没事啊,导演不在家。"

林西西:"林绵姐还没起床啊?"

"林绵姐早起床了。"男生低头看了一眼手表,"这会儿他们估计都该到了。"

"去哪里了?"

林西西怎么感觉睡了一觉,就看不懂这个世界了呢,还是林绵和江聿的关系已经尽人皆知了?

傅西池解释道:"导演他们去塔公草原、新都桥那边踩点,林绵和小江总也跟着去了。"

林西西露出遗憾的表情，说道："啊，怎么不告诉我啊！我也想去。"

傅西池欲言又止，淡淡地看了林西西一眼。

天空有些阴霾，乌云没有完全散开，光线昏沉。

曲导和工作人员乘坐一辆车。

林绵坐在副驾驶座位上，江聿悠闲地开着车，车窗被打开了一半，微凉的风直往车里钻。

林绵的头发被风吹起来，她伸手把头发拨到耳后，然后将车窗升起来。

车内安静了片刻，江聿淡淡地开口道："昨晚我从你的房间里出来去喝水，被林西西碰见了。"

林绵本来昏昏欲睡的，听见他的话后，睫毛颤了颤，睡意顿时全无："她说什么了吗？"

江聿回想昨晚，笑了笑："她好像还没睡醒，也可能被吓到了。不过她答应保密。"

林绵点点头，说道："她早就看出来了，应该不会乱说。"

江聿根本不在意林西西会不会乱说，在他看来，传出去更好，大家都知道他的老婆是林绵最好。

车驶出一段距离后，路两边的牛群、羊群便多了起来，牦牛在路边悠闲地散步吃草，林绵叮嘱江聿开得慢一些。

江聿放慢了速度，牦牛似乎很有礼貌，不会在马路上占着车道。好几次他都以为牦牛要冲过来了，结果牦牛慢悠悠地低头走开，有惊无险地躲过。

这条道路上最不缺的就是自驾的游客，车辆往来不绝，慢慢地他们驶入塔公草原。

绿色的草滩被雨水浇洗冲刷，一片碧绿，草原上的低洼处，还积着雨水，倒映着白云，牛群、羊群在草原上觅食。

不远处有几辆车停了下来，好几个人在草原上又拍又放无人机录视频。

林绵把胳膊支在车窗上，没下车。江聿下车，站在草地上点了支烟，风将烟吹得飘忽不定，顺着手指萦绕，很快消失在风里。

林绵细白的手臂搭在车窗上，手指探出来抓了抓湿润的、裹着青草香气的风，凉丝丝的风从指缝间穿过。

曲导和工作人员下了车往草原深处去看，又给牧民递了烟，吞云吐雾时还不忘拿手比画，不知道在聊什么。

江聿抽完一支烟，弯下腰按在湿草里。外面没有丢垃圾的地方，他将烟蒂丢回车里的烟灰盒里，跺了跺脚震掉身上的湿气，坐回车里时，身上的烟味被青草的气味冲淡，气味有些特别。

林绵扭头看着他，江聿的唇弯出浅浅的弧度。他勾着她的后颈，凑过来在她的脸颊上亲了一口。

"要不要下去？"

林绵摇头，前面有游客，以防万一还是不要下去了，只坐了会儿。

曲导慢悠悠地走过来。江聿降下车窗，曲导探头说："我们中午就在这边吃饭，你们呢？"

江聿想跟林绵单独相处，说道："难得来一趟，我们往前转转去，你们不用管我们。"

曲导他们的本意也是带江聿和林绵出来放风，看来人家不需要他们陪。曲导哼哼两声，说道："早去早回，注意安全。"

江聿笑着应了一声："知道了。"

曲导走远，江聿重新启动车子，继续往前开，路边的风景越来越开阔。

像是进入了一片无人之境，天很高，四周静谧，一切都慢了下来，水雾弥漫，空气自带了滤镜。

林绵拿手机拍了几张照片发给黎漾和闻妃。

闻妃顺势提醒林绵可以发两张照片到微博上，她这才记起：从她进组开始，她都没怎么看微博。她便编辑了几张照片发了微博。

很快，网友们便在评论区里热闹地讨论起来。

林绵反正也没事，就等着看大家的评论，评论的数量肉眼可见地暴增。

"啊啊啊，实景拍摄就是最厉害的，好美啊！"

"是塔公草原吗？我去过那里，牦牛会让车，特别可爱。"

"车窗上那是老公的手臂吗？呜呜呜，老公去探班了吗？"

"姐妹好眼力啊！果然是同一只手表，看来老公开着车。"

林绵用指尖在屏幕上滑来滑去，脸上渐渐浮现笑容，很淡，像是水雾弥漫的塔公草原的风，淡雅却又勾人心神。

"你说他们的眼神怎么那么厉害？"她将微博上的评论告诉江聿。

江聿歪着头笑了笑，说道："因为他们喜欢你。"

这是一句特别有分量的话——因为他们喜欢你，所以他们愿意发现和你有关的一切，想要通过细枝末节离你近一些。

林绵觉得他们大概也是喜欢江聿的，于是林绵很大方地拍了拍江聿抓着方向盘的手，指节分明，手背肌肤白皙，皮下青色血管清晰可见。男人握着方向盘，即便什么都不做，也有一种说不出的性感。

"我要把这张发到微博上，可以吗？"林绵拍的是他没戴表的那一只手。

江聿轻启薄唇，说道："行啊，那江太太顺便把出场费结一下。"

林绵漫不经心地说："麻烦你去找我的经纪人或者老板。"

车子在路边停下，江聿掐住林绵的下巴，迫使她从手机上移开视线，分他一星半点儿。他动了动唇，说道："老板要是不给结呢？"

林绵抬起下巴，轻轻松松地挣开他的手指："那得看你想要多少。"

"你觉得呢？"

林绵想了想，手臂缠着他的脖颈，双唇很轻地压上他的唇："这个数够吗？"

江聿垂眸看着她。

林绵的唇瓣柔软，带着唇膏的淡淡香气，如风一般轻抚，明明很温柔，却犹如一颗火种被丢进了荒原里，燃起一片火海。

江津的手从林绵的头滑向脖颈,松松地扣着,他反客为主地将吻加深,风从车窗送进来,吻都带着一丝香草气。

吻了一会儿,两个人重新上路。

江津打开音乐播放器,这首歌的前奏特别空灵,慵懒的男声缓缓哼唱。

林绵支着头,听着歌,头随着节奏轻轻地晃动,江津慢慢地哼唱着,嗓音清亮,和上男歌手的嗓音,竟然有点儿让人上瘾。

林绵侧过头,手抵着鬓角欣赏江津。男人轮廓硬朗,下颌线分明,和之前相比,戴着耳钉的他是张扬的小狮子,那现在的他就是猎豹,身上有种抓人视线的魔力。

路边的牦牛、藏舍越来越多,成片的草原蔓延到视野尽头,油画般的景色在眼前铺开,连相机都无法记录草原的美。再往前,路两边生长着胡杨树,漫山遍野的格桑花在树下随风摇曳。

林绵忽然想起来之前在哪里看过一句关于格桑花的描述:"我听过一句话。"

"嗯?"江津漫不经心地应了一声。

"如果你不能带走我,那就带走一朵格桑花。"她的嗓音让这句话听起来有些伤感。

"我以前来过藏区拍戏,很喜欢这边的酥油茶。"林绵喃喃自语道,"你呢?来过吗?"

江津下意识地看了她一眼:"来过一次。"

是一年多前。

从塔公草原到丹巴耗时两个小时,林绵浅睡了一会儿,再次睁开眼时车子已经驶入丹巴县。

车在甲居藏寨停下,林绵伸了个懒腰,下了车,迎面而来的空气太清新,反而让她有一丝丝不舒服。

林绵拉开椅子坐下,缓了会儿,高原反应才没那么明显。

亚拉雪山矗立在不远处,彩旗猎猎,在空中翻出彩色的浪花。林绵抬手挡在眼上,往雪山上看。

雪白的山尖折射了大部分光线，白得夺目。

"Roy。"她回头叫江聿，江聿拿着两瓶矿泉水，拧开一瓶递给她，自己随手拧开另一瓶往嘴里灌，喉结滚动。

"什么？"

林绵盯着江聿的喉结。他伸手刮她的眉心："小色佬看什么呢？"

"你叫我什么？"林绵用乌眸瞧着他。

江聿散漫地笑着："你刚想说什么？"

被一打岔，她差点儿忘了，指了指雪山上招展的旗帜，问道："那是什么？"

江聿还没开口，旁边一个游客大哥热情地说："经幡，又叫风马旗，是祈福消灾的，在这边很常见。"

大哥朝林绵看了一眼，忽然问道："你看着好眼熟，是不是明星啊？"

江聿把林绵外套的帽子拉起来戴上，掌心在她的头上揉了一把，挡着她低声笑着回应道："哪有那么多明星啊。"

大哥"呵呵"一笑，说道："也是，主要是你们长得太好看了，不比明星差。"

江聿没再回话，而是垂着眼，对林绵说："你不是想挂经幡吗？要爬上山去。"

林绵跟着江聿起身，两个人拿着矿泉水离开。等到离人远了点儿，林绵拽了拽帽子："被吓死了，你说他真认出来了吗？"

江聿拿着矿泉水瓶晃了晃，含了一口水在嘴里慢慢吞咽，半眯着眸望着雪山，过了半晌才回道："应该没有。"

两个人顺着路人的指引，爬到了半山上，经幡被风吹得"猎猎"作响，风过有声，是成串的好听的声音。

一面面彩色的旗帜上有文字图案，密密麻麻的。

林绵提出想要经幡，江聿双手插兜，摇了摇头，只是笑着让她挂。

她以为他忌讳着什么，想要问明白时，他缓缓开口，嗓音被"猎猎"的风吹得很淡："我挂过了。"

"什么时候？"林绵忽然想起来，他方才在车上说他来过一次这边。

"你第一次来这边拍戏的时候。"他转过身迎着风，薄薄的外套被风吹得微微鼓起。

林绵沉默着没说话。她伸手试图抓一抓风，微凉的风从指尖扫过，除了凉丝丝的感觉，什么都留不下。

但她的心里很热，掌心也很热，呼吸有点儿不畅。

江聿那么倨傲矜贵的一个人，在她看不见的地方，默默做了那么多。他藏得很好，从不肯主动提起，也不邀功。

林绵的眼眶被吹得有些热，她拢了拢被风卷起的头发，声音被风带过去，变得很轻："你是为了我来的？"

江聿浅色的瞳孔看向她，薄唇弯起弧度，分明在说"你觉得呢"。

"那你看到我了吗？"

江聿回忆着说道："你们剧组点了一堆篝火，你坐在人群中，托着腮看他们聊天。那时候你太安静了。"

他回想了一下，林绵那时候很瘦，安静得有些孤僻，在一堆热闹的人中间显得格格不入，在她的眼里看不见一点儿快乐。

她也许是快乐的，她那双冰冷的眼眸惯会迷惑人，所以他在车内，点了支烟看着她，等到一支烟燃完。如果他再抽下去，肯定会下车去搭讪，所以他按灭了烟，驱车离开。

林绵往他的身边靠了一步，伸手揣进他的外套口袋里，垂眸看着两个人并在一起的脚，问道："你当时求了什么？"

在信奉藏传佛教的人看来，经幡过，神明在，风吹动经幡一次，诵经一次，也就是向神明祈求一次。

林绵本以为江聿不想说，直到两个人驱车回住所时，路上突然下起了冰雹，硬邦邦的冰雹打在车上，"噼啪"作响。

林绵打开窗，伸手接了一颗，被凭空砸下来的冰雹砸得手心发痛。她用掌心裹着冰雹，递给江聿。

江聿看了一眼接过来，在手心里来回搓。车内温度高，小小的冰雹很快在温度偏高的手心里融化成水。

林绵抽了纸巾给他擦手。她貌似闲聊，随口说："江聿，我们试试吧。"

单方面的等待太苦了，我们试试相爱吧。

她不是临时起意，是长久的思考，她战胜了自己。

我承认我也为你着迷。

车骤然停下，江聿动作很快地把车停到路边，伸手将她捞进怀里。

没有风的吹拂，他的怀抱很热，两颗心触碰时让她感受到了"怦怦"跳动的震感。

林绵把头放在他的脖颈间，感受着爱人的温度，眷恋地在他的脖颈间蹭了蹭，轻轻地闭上眼睛。

林绵的脑子里浮现出在半山上江聿说到她心尖上的话。

"不求福泽绵延。

"不求无病无灾。

"只愿我太太，无惧无泣，余生有我。"

江聿的怀抱很宽阔，他的身体几乎将她完全包裹，他把头抵在她的颈间，半天没出声。

林绵以为他不满意自己的回答，退后一些去看他的脸，脸颊忽然被大手捂住不让看。

她轻易地挣开了他的手，对上一双通红的眼睛，心脏狠狠地颤了颤，喉咙里堵得说不出话来。

江聿被她看得极不自在，低着头转开视线。

下一秒，林绵捧着他的脸，凑上去吻他的眼角。

江聿的身体僵着，舌尖抵着舌根隐忍着，眼睛反而红得更厉害，湿润的眼球上布满了红血丝。

林绵的心脏被狠狠地牵动，她从不知道回应一份感情，会如此让人动容。

她的情绪情不自禁地被影响，她把薄唇轻轻地盖在他的眼皮上，停留了几秒钟后,缓缓退开。

江聿用指腹在她的脸上蹭:"不害怕了吗?"

"怕也没有关系。"她用手指去蹭他的眼角,"你会一直在,对吗?"

江聿轻启薄唇,喉间发出低低的笑声,明明和之前没什么区别,林绵却有种被纵容的错觉。

林绵松开了手,倚靠在他的怀里,听着逐渐变小的冰雹声,按下车窗,露出一条小缝隙,把细长的手指探出去,风凉飕飕的。

"降温了。"她说。

江聿单手拿起手机点了点,说道:"天气预报没说会下冰雹。这边天气还是这么古怪,上次我来的时候,半夜突然下起了雪。"

林绵回忆了一下,她上次来这儿拍戏时好像已经入秋了,到处都是秋天的景象,颜色错落,深浅交织,比油画的用色还要大胆。

江聿的手机忽然响了,他把手掌贴在她的头发上揉了揉,有些无奈地说道:"曲导打来的。"

江聿用指尖撩着她的头发玩,等了几秒后按下通话键,望着车外缓缓移动的牦牛,缓声说道:"嗯,这边下冰雹了。"

他切出通话,点开导航看了一眼,说道:"大概还有一个小时的车程到塔公。"

对方不知道说了什么,他懒散地应了一句:"你再多喝两杯,慢点儿喝,我们就到了。"

挂了电话后,江聿用勾着她的头发缠绕的那只手去拍她的头,示意她往外看:"你看,它像不像走丢了?"

林绵降下车窗探出半个头,看了一眼,被江聿勾着衣领拽了回来按在座位上。他倾身顺手升起车窗。

"走了。"他启动车子,与走丢的牦牛擦身而过。

林绵用手肘支着头,一直盯着后视镜看那头牦牛。牦牛还挺贵重的吧?而且牦牛都是成群结队的,它怎么会走丢呢?

林绵陷入沉思的时候,眉心蹙着,红唇抿成一道平直的线条。她用手肘撑累了，换了个姿势，继续看，长长的路在后视镜里延伸，再平直的道路，也很快被甩在身后。

"别担心了。"江聿转头瞧她认真的模样，"它的主人会来找它。"

林绵心不在焉地"嗯"了一声，该想什么还想什么。

林绵失神地望着窗外，卷翘的睫毛犹如扇子，她想得入神时，眨眼的动作像是被按下了降速键，间隔几秒眼皮才闭合一下。

天色越来越暗，沿路的车逐渐变少，牛群、羊群已经归家，不如早上来时那般热闹。

江聿侧头看了一眼林绵，伸手拽她的帽子，她转过头来和他对视。他开口道："你跟我说说话。"

"你困了吗？"

江聿貌似漫不经心地说道："我感觉被冷落了。"

林绵怔了一秒钟，红唇弯出浅浅的弧度，往座位上靠了靠调整坐姿："你想听什么？"

"随便说点儿什么。"

林绵陷入思索中，想了几秒钟后，缓缓开口道："那我给你说我拍戏吧。前年，闻妃给我接了一部港片，我演女配角，化妆师把我化得很丑。"

提起这件事情，林绵觉得好笑，继续说："后来这片子不知道为什么没有如期上映，不然你可能会认不出我。"

"是吗？我突然来了兴趣，你保存剧照了吗？"

"闻妃给我拍了，被我逼着都删了。"

江聿表示遗憾，说道："那还真可惜，看大美女扮丑不容易！"

两个人有一搭没一搭，漫无目的地聊着，终于在天黑尽时，安安全全地抵达塔公草原。

江聿把车开到曲导的车旁边停下，按了几下喇叭，降下车窗，用手肘压着窗沿往外看。

草原温差大，白天还温和的风这会儿裹挟着寒气，从车窗外往车内钻。

林绵身上穿着的薄薄的一层外套并不御寒。江聿的外套被丢在后座上，这会儿他身上就穿了一件黑色的T恤，凉风吹得手臂冰凉，他也察觉不到冷。

"咔嗒"一声，林绵解开安全带，江聿侧头看了一眼，按住她的肩膀。

"做什么？"江聿的眉眼都被风刮得冷了几分。

"我不下车。"

江聿收了手，林绵转过身伸手够过后座上的外套，丢到江聿的怀里："你穿上，冷。"

江聿略微挑眉。趁着黑灯瞎火，曲导在牧民家门口磨磨蹭蹭的工夫，江聿倾身过来在她的唇角上偷亲一口，懒懒地拖着调子，说道："心疼我啊？"

林绵推开他，也笑着："不行吗？"

江聿简直爱死了林绵撩拨他，只要三言两语，心就被勾得发痒。

"行啊。"江聿抖开外套，没有急往身上套，说道，"我要是多冻上几分钟，你是不是就多心疼我一会儿？"

"你好无聊！"林绵压着他的手，给他套上外套。

曲导过来敲车窗，江聿抓着拉链一拉到顶，黑色冲锋衣竖起衣领，颇有几分冷酷的样子。

"你们要不要下来坐会儿？"曲导说牧民很热情，用酥油茶招待他们。林绵和江聿没喝过酥油茶，曲导问他们要不要下去尝尝。

江聿看了一眼时间，直接回绝道："不了，天晚了不好走。"

曲导跟牧民打完招呼后，上车，两辆车前后上路，明亮的远光灯照亮道路。

他们回到住所时，时间不早了，随便吃了一顿晚餐，曲导和工作人员准备回去休息。

"今晚还不在这边住吗？"

他在楼上单独给江聿准备了一间房，谁知道江聿看都没看，把行李往客厅里一丢，就跑到林绵那边去了。

·431·

江聿懒懒地丢下一句:"不用。"

现在林绵那边几个人都知道他们的关系,江聿也不用避讳什么,光明正大地回到林绵的住所。

两个人进门的时候,林西西正坐在沙发上玩游戏,听见动静后,从沙发上弹起来,乖巧地打招呼。

江聿颔首回应,然后挽着林绵的手腕,快步往卧室走去。

这是他们第一个心意相通的夜晚,室内的温度理所当然地高。

林绵的真丝睡裙被扯坏,薄薄的一层,狼狈地散在地板上。

林绵用手臂推拒着江聿,压低的冰冷的嗓音更是勾人,抱怨着:"这是黎漾送给我的生日礼物。"

江聿扣紧她的手指,亲吻她湿漉漉的眼睛,说道:"改天补给你。"

林律打了好几通电话,江聿却赖在剧组里不肯走。

林绵笑话他:"没人像你这么探班的。"

江聿无所谓,散漫地笑着,陷在椅子里,说道:"我这不叫探班。"

林绵看他:"那叫什么?"

江聿用指尖拨弄着打火机,一晃一顿,忽然捏住打火机,回她:"家属随组。要是非要找个名头,那就当我是你的粉丝。"

林绵不知怎的,忽然想起江聿找她的粉丝要照片的事情,红唇张了张,说道:"喜欢我和傅西池两个人的那种粉丝吗?"

被笑话了,江聿也不恼,抬起漆黑的眼睛,意味深长地盯着她。

林绵化好妆,换好服装,江聿放下手机,视线在她的身上上下扫,眉头紧蹙着问道:"今天拍什么?"

他的语气淡而沉,他似乎是不高兴了。

"在草原上跳舞的一场戏。"林绵犹豫了一下,没有细说。

江聿紧绷着脸,点点下巴:"所以才穿成这样?"

林绵今天穿的服装是一条墨绿色的吊带长裙,细长的肩带挂在肩上,衬得她的漂亮的锁骨越发诱人。

墨绿的色调将她的白皙衬托到了极致,黑色长发披散在她的颈背上，纤薄的肩胛骨如枯蝶一般若隐若现。

她扮演的何皙是芭蕾舞者，清醒又独立，还有一点儿孤僻。她这副样子，不用扮演，就入木三分。

邵悦抖开一张薄毯，裹在林绵的肩上，将漂亮的风光遮掩一两分。

今天这场戏，是何皙和男人的第一场暧昧戏。

白天的塔公草原气温稍微高点儿，林绵脱掉薄毯，肩头裸露，也不怎么冷。

裙摆被风轻轻地抬起，她每走一步，就露出一次漂亮的脚踝。她赤着脚，边走边跳，脚步越来越轻快，脚尖绷直立起来，细长的手臂在空中虚动，在广阔无垠的草原上做了一个阿拉贝斯舞姿。

裙摆被风卷起，头发被吹散在脸侧，她回头看向手持相机的男人，漂亮的眼眉一挑，转过身继续旁若无人地起舞。

何皙把塔公草原当成维也纳金色大厅，闭上眼睛舞蹈，这是她答应男人的。

男人坐在地上，举着相机，不断按下快门。伴随着快门的声响，他拍得热血沸腾。

他甚至无法理解，这么漂亮的本该属于金色大厅的何皙，为什么会想去无人区寻死？

何皙越是漂亮，他越是惋惜，越是渴望抓住一些什么。

何皙跳累了，往草地上轻轻一躺，纤薄而苍白的她仿佛要融于凉风和草原里。

男人放下相机，走到何皙的身边，撑着地，在她的身旁平躺下，望着天默不作声。

像心有所感似的，两个人忽然同时侧头，何皙跟男人对视了几秒钟后，忽然支起上半身，勾着男人的衣领。

她漂亮的眼睛里的侵略性和目的性太过直白，她红唇如火，眼睫低垂，呼吸一寸寸地靠近男人。

男人相较而言冷静许多，目光在她的脸上定格，在她靠近时，喉结动了动。

· 433 ·

何晢忽然笑了。

她松开男人的衣领，留下心绪被搅成一团乱麻的男人，起身，赤脚踩在翠绿的青草上，轻飘飘地离开。

男人看了几秒，就在何晢刚要爬上大越野车时，从后面将她腾空抱起。

何晢惊叫了一声，被男人放到越野车的引擎盖上。冰凉的车盖贴上后背，她挣扎着起身。

男人将她按了回去，双手撑着车盖，俯身靠近，将她禁锢在自己的怀中。她显得那么娇小，颈背因为冰凉的车盖而微微颤抖，单薄得像一张纸。

他以为他无礼的举动会让何晢恼羞成怒，给他一巴掌，或者骂他两句，抑或推开他，然后跳下车沉默着去点一支烟。

令他没想到的是，何晢不仅没推开他，墨绿色长裙包裹着的白皙长腿还抬起来，缠在他的黑裤上。

黑与白的碰撞带来的诱惑，却远不如她那张惹火的唇。

男人俯身低颈，何晢细白的手指再次抓住他的衬衫，他的脸逼近一寸，就要吻上那张红唇。

何晢侧过脸，男人的呼吸停在距离她的脸颊一寸的地方。

"Cut——"

导演一声令下，打板师收板，傅西池扶着林绵从车上跳下来。她扯了扯裙子，听见傅西池低声说："小江总那眼神想暗杀我。"

林绵笑笑，接过邵悦递来的毯子和拖鞋穿上，裹着手臂走到曲导的身边，从监视器里看拍的这段。

大家的注意力都在机器上，都被这段戏美到了，江聿没看，懒散地坐着。林绵从毯子下探出一只手，悄悄伸过去勾着他的手。

忽地，江聿的掌心将她的手指攥住，不轻不重地捏了一把，以示不满。

大家对这段拍摄很满意，曲导让大家休息，然后把傅西池留下说戏。

林绵看了一眼江聿，朝临时休息室走去，邵悦心知肚明地在外面守着。刚进临时休息室里，江聿就缠了上来。

他揉搓着墨绿的长裙，看起来轻飘飘的长裙远比他想象的要柔软。

方才江聿明知道是在演戏，但亲眼看着她的腿去缠别人，江聿的心里仍醋意翻涌，他连着抽了两支烟，才强压下层层不爽。

江聿的眼里写满了控诉，林绵忽然笑了笑，学着戏中那样，用手指勾着江聿的衣领。

他的冲锋衣拉链没有被拉满，敞开的领口轻而易举地被林绵抓在手里，素链贴上她的指节，带着他的温热体温。

"会有人进来吗？"江聿明知故问道。

林绵凑到他的耳边，一只手去碰他的腹肌，低声说道："这是我的休息室，你想做什么都可以。"

江聿的目光闪了闪，在他还没做出反应时，林绵贴上去亲住他的唇瓣，主动献吻。

她笑着推开江聿，被他牢牢地扣住后颈，带回怀里加深这个吻。

吻了一会儿后，她用手指去碰他的唇角，说道："别吃醋了。"

"你在哄我？"

她觉得有时候江聿笨拙的样子还挺可爱，捏捏他的耳朵："不然呢？"

江聿虽说是跟组家属，但公事在身，逗留了三天就回了京城。

林绵他们的拍摄按照进度有条不紊地进行着。

当天拍完最后一幕，曲导给了大家三天时间收拾行李，然后前往下一个拍摄地点。

曲导的助理看了天气预报，最近这几天可能都有大暴雨。在318国道这条路上最怕的莫过于雨季，滑坡泥石流是很常见的。曲导经过慎重考量，决定大家赶在暴雨之前抵达下一个拍摄地。这样就算下暴雨，大家也能安稳地在住所里休息，所以他临时决定，将三天休整时间缩短到一天。

· 435 ·

出发这天早上，林绵和邵悦、林西西坐一辆车，司机是个中年人，很和蔼可亲。他把口香糖分给大家，又问大家带好了氧气瓶没有，他们今天要行驶的这段路，海拔很高，对没上过高原的人来说是个考验。

大家各自检查，带齐了装备，这才出发。

"今天这天气太怪了，我们今天要过垭口，温差大，你们多穿点儿，估计海拔高的地方会结冰。"

林绵的身上穿着江聿留下的冲锋衣，虽然很薄但是很保暖。她靠在车窗上看着窗外。

不知道开了多久，车外下起了小雨，地面湿漉漉的。

窗外的风景迅速地掠过，林绵感觉眼皮越来越沉，侧头靠在邵悦的肩膀上，闭上眼睡了过去。

她做了个梦，梦见她和江聿站在一片白色的湖边，天地一色。

不知怎么的，她感觉呼吸越来越沉，白色的湖面让她觉得压抑，心脏像是被挤压似的，喘不过气来。

"嘭——"

巨大的响声伴随着强烈的冲击力，林绵整个人往前倾，额头重重地撞在座椅上，眼冒金星，又被安全带狠狠地拉回来磕在座椅上。

安全气囊忽然弹出来，挡住她的视线，她被撞得头晕眼花，伸手去抓邵悦。

尖叫声和哭泣声顿时涌入耳朵，林绵来不及反应，他们的车又晃了晃，像是要滑走。

林西西哭着喊司机，司机半晌没反应，车子里乱成一团。

紧接着耳边传来喧嚣的吵闹声，林绵除了额头外没觉得哪儿疼，只是感觉呼吸困难，胸腔里像是塞了团棉花。

她被供上氧气送上救护车时，头昏脑涨，胸腔被挤压得想吐，浑身也疼，隐约听见有人在说："她们的司机因为高原反应，车子冲出了马路撞树上了。"

林绵吸着氧，薄唇缓缓地碰了一下，说出一个名字："Roy。"

闻妃打电话来的时候，被吓得嗓音都带着哭腔，声音颤抖着说道："绵绵，你伤着哪儿了没啊？"

曲导助理通知她，林绵乘坐的车发生车祸时，她的脑子一空，差点儿昏厥过去。

幸好，助理告诉她，林绵没受伤，只是高原反应了。

她狠狠揪着的心才松缓一些。

"你别害怕啊，我现在就买机票过去。"她急切地说。

林绵吸了氧气，高原反应的症状缓解了不少，不过还有点儿耳鸣头晕，医生说这都是正常反应。

她的嗓音有些飘："我没事，邵悦也没事。"

"真的没事吗？"闻妃没经历过高原反应，自然想得很严重，"你们待在医院里别动，我现在就过去。"

林绵让闻妃不要来，但是闻妃那个性格，这种时候她绝对不会听劝。闻妃那边又问："小江总知道了吗？"

提起这个，林绵叮嘱闻妃："闻妃姐，你帮我个忙，不要告诉江聿。"

"为什么？"

林绵淡声道："我们都没受伤，他要是知道了，往这边赶，万一他也高原反应了呢？"

林绵觉得这种痛苦她一个人承受就够了。而且她们现在所在的医院很偏僻难找，她不想让江聿再因为担心来冒险。

"你可真心疼小江总！"闻妃这种时候还忍不住打趣林绵，"不过，这么大的事情你不告诉他，你确定他不会生气？"

林绵沉默了几秒后，缓缓开口道："闻妃姐，这件事情会上新闻吗？"

闻妃说："这件事情曲导那边已经想办法压下来了，估计不会报道出去。"

林绵若有所思地说道："那就行。"

闻妃说快到机场了,在挂电话之前,再次确认道:"你确定不告诉江聿?"

林绵从鼻腔里挤出一声"嗯"。

"闻妃姐,你在干吗?"林绵问了一句。

闻妃用手指在屏幕上轻点,很快将她们的对话录音录屏保存到相册里,说:"我保存个记录,万一小江总追责,可跟我没关系。"

林绵完全没想到闻妃这么谨慎,笑了笑。

曲导推门进来探望,林绵放下手机,坐起身。其实她吸过氧后逐渐适应,都不用住院。但曲导过意不去,非要安排她在医院里卧床休息。

"司机怎么样了?"林绵回想起车祸的那一瞬,脑子里"嗡"的一声,头皮发麻。

曲导面色忧愁地叹了口气,说道:"醒了,幸好车速不快,只是撞树,没伤到骨头。"

这算是不幸中的万幸了,曲导搓了搓大腿,显然有些不安地说道:"可能拍摄需要延期,你们刚才受到了惊吓,需要调整一下情绪。"

林绵点头同意。她还算好,林西西估计被吓坏了,听说林西西下了车吸着氧还在哭,情绪波动很大。

曲导又坐了一会儿,告诉林绵剧组在县城里定了酒店,要是林绵实在不想在医院里待着,就去酒店,反正这几天暂时不赶路了。

"你跟江聿说了车祸的事情没?"曲导试探道。

林绵拿不准曲导的想法,摇摇头,说道:"没有说,曲导也不希望他知道是吗?"

曲导"嗯"了一声,拍了拍大腿,起身说:"先不要说。"

晚些时候,林绵下床活动了一圈。她实在不喜欢高浓度的消毒水的味道,便和邵悦坐曲导安排的车回到酒店。

酒店不大,一共五层,民宿性质的,全被曲导包了下来。林绵办理完入住手续后睡了一觉,醒来时天都黑了,傅西池过来敲门送水果。

林绵接过来道谢,傅西池看她黑发遮着半张脸,面色苍白,关切地问道:"你是不是又不舒服?我看你的脸色不太好。"

林绵拢着头发往耳后压,对他挤出一个淡淡的笑:"我没事,可能是睡久了的缘故。"

傅西池若有所思,提醒她:"你的房间里氧气瓶够不够?要是不舒服就吸上。"

林绵淡声应道:"我知道了,谢谢你。"

傅西池什么都没说,手里还多拿了一份水果。林绵轻轻地靠在门上,张了张嘴,问道:"送给林西西的?"

傅西池的面色如常,他犹豫了几秒后将水果递给林绵,说道:"你帮我给她吧。"

林绵不接,看戏似的说道:"你要送自己去送。我去送给她算怎么回事啊?"

"算了。"傅西池说了句,然后拿着水果快步下楼,他的房间在楼下,他的背影很快消失在楼梯口。

没过一会儿,隔壁房间响起了敲门声,林西西的道谢声一并传了过来。

林绵拉开房门,看见林西西在和老板说话。

林西西看见林绵,眼睛一下子就红了,冲过来抱住林绵:"绵绵姐,我差点儿被吓死了。"

小姑娘说哭就哭,眼泪跟不要钱似的往外掉,林绵又心疼又好笑,把人带到房间里,安置在沙发上,边安慰边递纸巾。

林西西哭累了,靠在沙发上,把水果拆了吃了,腮帮子鼓鼓的,问道:"这水果是酒店提供的吗?"

水果还挺新鲜,而且清洗干净了,不像是酒店服务员随便搭配的。

林绵不知道该不该让她知道是傅西池送的,过了一会儿,还是坦白地说道:"是傅西池买的。"

林西西忽然顿住,乌黑的眼睛瞪圆,像是偷食的小仓鼠忽然被逮住。静止了几秒钟后,她张嘴说道:"傅前辈买的?我的也是吗?"

林绵打算帮林西西一把:"是啊,就是你的傅前辈送的。"

439

林西西破涕为笑,忽然羞涩地埋头,娇声娇气地说:"哎呀,绵绵姐,你好讨厌!"

闻妃敲门时,林西西跑去开门:"嘿,我是林西西。"

闻妃笑着说:"我是闻妃,绵绵的经纪人,进组那天我见过你。"

林西西点点头,捧着她那盘水果,悻悻地说:"那我先回去了。"

闻妃放下包,送林西西离开,然后反锁上门,问道:"你什么时候跟她关系这么好了?"

闻妃脱掉风衣,丢在沙发上,双手抓着头发随便绾了一下,身上穿着一件米色衬衫,颇有几分女强人的样子。

"你看微博了吗?"闻妃接过林绵递来的水杯说道。

"没有,怎么了?"

闻妃喝了口水,说:"你跟江聿被游客拍了,发到了视频平台上,不过幸好他们没有拍到你们的正面。"

林绵伸出手指,长按视频,点击保存按钮,然后对闻妃说:"你把视频发给我。"

闻妃:"你要做什么?"

林绵漆黑的睫毛抬起来,不笑的时候就很认真:"我自己看。"

闻妃"扑哧"一声,笑了,剜了她一眼,用手指在屏幕上轻点,说道:"行行行,不光发给你,还发给小江总。"

说着,她就将视频分享给了江聿。

晚些时候江聿打视频电话过来,林绵刚洗漱完,穿着睡衣,头发和脸颊蒙着一层水汽,指尖有些湿,碰了几下才接通。

一幅漂亮的美人出浴图赫然闯入江聿的视野里,他愣了几秒钟,嗓音有些低沉地说道:"你故意勾引我?"

林绵停下擦头发的手,才发现自己把手机放得太低,自己抬着双手擦头发时,衣领往下垮,露出纤细的锁骨和脖颈大片的肌肤。

林绵刚洗过澡,白皙的肌肤被水汽蒸得微微泛着绯色,被柔软的丝绸睡衣包裹着,勾人而不自知。

林绵拉了拉衣领,端正地坐在床上,当江聿问及今天顺不顺利时，她的眼神有些飘忽。

她很快转移话题，说道："江聿，闻妃发给你的视频，你看了吗？"

江聿的嘴角含着漫不经心的笑，一双眼睛被顶灯照得明亮，他懒懒地回道："我忙着看老婆，没时间。"

林绵习惯了他偶尔的嘴贫，见他今天穿着一件黑色衬衫，领带摘了，但金属的领角夹没取，平直地垂着，透着寒光。

林绵很少见江聿穿着正式，他解释道："今晚跟世伯一起吃饭，商量我哥的婚事。"

"婚事？江玦吗？"林绵感到很意外。

江聿揉揉眉心，说道："我哥跟世伯家的女儿联姻，两家现在忙着挑选订婚的日子。"

江玦订婚这件事情，跟林绵没多大关系，听了也没多大波动，只是想到了祁阮："对方不是祁阮吗？"

江聿哂笑道："当然不是。今晚饭后，祁阮还打电话给江玦，哭着闹了半个小时，把江玦闹烦了，说了几句重话。"

后面怎么样江聿没说，估计也没什么好的结果，毕竟江玦这种身份，商业联姻再正常不过。

若不是在伦敦，她跟江聿误打误撞，江聿会联姻吗？

林绵的心沉了下去，薄唇轻轻地抿成一条直线。

江聿凑近了几分，俊朗的面容被清晰地传送过来，连他的睫毛根数都能数得一清二楚。

"怎么不说话了？"他敲敲屏幕，问道。

林绵回过神来，勉强挤出一个笑容，说道："没事啊，就是替祁阮可惜。"

"你可惜什么？不记得祁阮欺负你的时候了？"江聿低声揶揄道。

林绵的眼眸动了动。她直视着江聿，本来想问他怎么知道，话到了嘴边咽了回去。她沉默了一会儿后，说道："如果……我没有跟你领证，你会不会联姻？"

江聿意外地挑眉，笑着不说话，瞧着林绵，视线直白又强势，仿佛叫她脸上的神情无处藏匿。

林绵一把按住摄像头，她的画面突然黑了："你别这么看我。要是你觉得难回答，就不要回答。"

江聿换了个姿势，他的浅瞳看过来时带了几分重量，薄唇说出一句："你希望我会还是不会？"

江聿三言两语就将主动权交到了林绵的手里，她回答或者不回答，都陷入了他设置的话语圈套里。

林绵皱起眉，说道："我先问的你。"

"是你说要是我觉得难回答，就不要回答。"他开始耍赖。

"好吧。既然你不回答，我也不会回答这个问题。"

要耍赖谁不会啊？林绵抱着枕头，轻轻地靠在床头上，柔软的软包床头不硌骨头，靠着还算舒服。

江聿眼尖，忽然眯起眸，嗓音略沉地说道："你的后颈怎么了？"

林绵也疑惑地说道："没怎么啊？"

她用手顺着后颈探下去，从镜头里看到后颈到肩膀这块红了一道，突然想起估计是发生车祸时磕到的。

按着不痛不痒，真的没感觉，面对江聿审视的目光，林绵放下头发，貌似随意地说道："可能是拍戏的时候弄的，没事。"

江聿紧绷着脸，蹙着眉，语气沉闷地说道："绵绵，你没骗我？"

林绵的脸上露出点儿笑容："真的，没骗你。"

"我也没骗你。"

林绵刚想问没骗什么，听见江聿缓缓说道："我不会联姻。"

很快他换上痞痞的语气，轻撩眼皮，目光摄人心魄地说道："我在等命定之人。"

林绵的指尖在屏幕上戳了戳，她问道："那你等到了吗？"

江聿微微俯身，拍摄视角略变，说："你是不是想骗我说情话？"

林绵没作声，江聿抬了抬下巴，说道："把镜头拿上去，让我看你的后颈。"

怎么又回到这个话题上了？！

林绵往床头上一靠，浅笑着摇头，说道："真的没事，你看我这样都没感觉。"

为了证明自己真的没事，她捂着嘴打了个哈欠，说道："我困了，江聿。"

江聿正要挂电话，林绵忽然想起点儿事，叫住他："Roy，你信那次林西西说的结果吗？"

原本都起身准备换衣服洗漱的江聿，放下睡衣，重新坐下，思考着她的问题，几秒后说："信，也不信。"

林绵抿了抿唇，问道："怎么说？"

江聿坦言道："分什么事吧。怎么突然问这个？"

林绵提起林西西又给她自己问了牌，结果不如人意，江聿反倒笑了，笑声很轻，却很蛊惑人："她跟傅西池啊？"

林绵微微睁大眼，问道："你怎么也知道？"

"只要傅西池在场，林西西的眼神就没离开过他的身上。喜欢一个人的眼神很容易露出马脚。"他想说林西西那么直白，但凡是个人都看得出来。

下一秒，江聿毫无预兆地压低嗓音，说道："好想你。"

林绵逐渐习惯江聿突然的黏人。她半垂着眼皮，睫毛在鼻根两侧刷下两道阴影，薄唇被灯光照得红润，弯唇挑衅道："那你想，反正又做不了什么。"

江聿睨了她几秒，轻佻地笑了笑，伸出长臂关掉了顶灯，只剩下一盏壁灯，昏黄的灯光将他包裹。

他往下移了移，背贴着枕头，头抵着床头，身体微微仰着，目不转睛地盯着林绵，绷着的指节十分分明，手背的青筋尽显，指尖慢条斯理地抓着纽扣。

林绵的耳根有些热，但两个人刚过招，她要是害羞就认输了，干脆将手机放在床头上，整个人趴在床上，单手撑着下巴盯着他，像在认真观摩一场视觉盛宴。

江聿用手指一颗颗地解纽扣，还故意放慢动作，折磨她似的，解开衬衫脱掉丢在床尾上,手又往下,停在黑裤上。

林绵的视线飘忽,耳朵烧得通红,她故意把手机放平,不去看他快速滚动的喉结。

江聿看不见人就喊她的名字,用低哑的嗓音哄着她:"想不想我?"

林绵把脸埋进被子里,嗓音有些闷,有种重回伦敦的错觉,当初江聿也是这么逗她,让她上瘾。

"想……"尾音被被子收走一半。

也不知道过了多久,屋子里布满了潮气,被子有了温度。

林绵像是被从水里面捞起来似的,浑身浸润着绯色的潮气,白皙如玉的身体横陈在蓬松的被子里。

漂亮的睡衣被随意地丢在床尾上,她赤足轻快地踩过地板,苗条的身影快速地进入了浴室里。

或许是觉得自己瞒过了江聿,林绵睡了个好觉,一夜无梦。

第二天,闻妃十点多来敲门。

外面"哗哗啦啦"地下着雨,刮着风,有些细的沙子刮在窗子上,弄出动静。

林绵还没彻底清醒,陷在蓬松的被子里捂着眼,忍受着闻妃敲门的声音,指尖从被子里探出去摸索到手机,解锁,拨给闻妃。

"闻妃姐,我不吃早餐。"林绵困倦地说道。

"吃什么早餐啊?绵绵,你快起来吧,你们出车祸的事情上新闻了。"闻妃急切地说。

林绵怔了两秒钟,掀开被子坐起来,确认刚刚不是在做梦,她和闻妃的通话仍在继续。

来不及挂电话,林绵下了床,光着脚去开门。

门一打开,林绵就看见闻妃一副"大事不好"的表情,闻妃的身上胡乱地裹着浴袍,看来是一看见新闻,第一时间就来敲门。

"什么时候放出去的?曲导那边不知道吗?"林绵让闻妃进门,顺手推上房门,皱着眉一脸不解地问道。

闻妃拢了拢浴袍,在沙发上坐下,双腿交叠着,揉了一把头发,说:"凌晨的时候。不是媒体放的,是当时路人拍的视频。"

林绵不确定这条视频会发酵到什么程度,但这对她来说是非常可怕的。

闻妃将视频找出来,把手机递给林绵。

令她没想到的是,视频已经被大量转发。视频里最后一帧闪过林绵被送上救护车的画面,哪怕只有短短一秒,也足以证明事件的真实性。

林绵遍体生寒,睫毛颤动得厉害,手指不自觉地握紧手机,由于太过用力,指节微微泛白。

"曲导没联系上传的人吗?"林绵低声问道。

"曲导本来想压着,没想到热度这么高,也不是什么大事,曲导就随他去了。"

林绵抿着唇,沉默着。

剧组出车祸这种事情,本来也不是不能爆的新闻,只是对她来说,这件事情曝光的后果比较严重。

林绵定了定神,跟闻妃商量办法。

闻妃也没想到意外来得这么快,还没跟林绵商量出结果,房门就被叩响。

两个人同时看向房门,不疾不徐的敲门声伴随着曲导的声音响起:"林绵,起床了吗?"

是曲导啊,林绵忽地松了口气。

"曲导,我在换衣服,稍等。"林绵起身,说道。

曲导应了一声:"那你换好了叫上闻妃来我的房间里一趟。"

门口的脚步声远去,林绵简单地换了套衣服。她眉如远黛,无须上妆就清丽漂亮,一双眼睛像三四月的江南烟雨,含烟笼雾。

闻妃临时接到一个媒体记者打来的电话,被缠着脱不开身,用口型示意林绵先去找曲导。

曲导的房门敞开,林绵停在门口,屈手叩门。听见曲导叫她进去,她才缓步踩上地毯,脚步无声无息。

"曲导。"林绵礼貌地打招呼道。

曲导举着手机站在窗边，接电话，见她来了，点头示意。

窗帘敞开，屋内一片明亮，林绵将视线慢悠悠地转向在窗户下坐着的男人，两个人猝不及防地对视。她目光轻闪，心虚得想转身离开。

江聿面色阴沉地盯着她，薄唇抿成一条线，只是在她看向他时，缓慢地眨了眨眼睛。

他的身上还穿着昨晚那件衬衫，只是领带夹被摘了，衬衫有些皱，整个人冷冰冰的。

曲导挂了电话，然后快步离开了房间，不忘丢下一句："好好说，不要吵。"他顺带贴心地带上了房门。

江聿指节微屈虚虚地扣在扶手上，林绵感知到了无形的压迫感。

林绵根据以往的经验判断，江聿越是平静，越是他气急了的伪装。

她站在原地没动。

江聿懒懒地看了一眼手表，说道："给你三分钟。"

他微张薄唇，冷冰冰地说道："你想想有什么要对我说的？"

第十五章
心动频率

气氛危险而压抑。

"只给三分钟吗？"林绵定了定神，自认为问了个不合时宜也会让江聿不高兴的问题。

果然，江聿撩起眼皮看向她，眸色越发沉了，仿佛酝酿着一场风暴。

林绵踩着悄无声息的步子走到江聿的身前，微微俯身，黑眸一寸寸逼近他的脸，红唇停在离他的薄唇一厘米的距离处，轻声说道："可是，这三分钟我只想用来吻你。"

她用的是陈述句，语气十分笃定。

在林绵的注视下，江聿缓慢地眨了一下眼睛，不为所动。

她再次靠近一些，垂下潋滟的眼眸，盯着他的唇，轻轻地盖了上去。

江聿摆出一副无动于衷的样子，甚至连眼睛都没闭，也没反应。

林绵把手探过去，捉住他的手，用她的指尖沿着他的掌心一路摸到手腕。

他的手腕，皮下青筋脉络分明，光是触碰，就让人心旌摇曳。

江聿挣扎了一下，被林绵按了回去。

紧接着她用细长的手指动作生涩地去解他的表带，可是越是着急，表带越不好解。

林绵有些喘不过气来，稍稍退开，试图专心跟表带做斗争，下一秒江聿温度偏高的手心压向她的后颈，将她带了回去，紧紧地抱住。

"受伤了吗？"

林绵摇头，说道："没有，我坐在后座上，只是出现高原反应了。"

男人仰头，薄唇寻上来贴住她的唇。

她想退开，却被他牢牢地扣住，吻得越来越深。

在她一心坚持的情况下，表带终于被解开，男人支着手让她轻而易举地摘下手表，随手扔到曲导的床上。

林绵用柔软的手按住他的肩膀，随即跨坐在他的腿上，双手顺势缠到他的后背上搂着，含糊地说道："手表被我丢了，计时也不管用了。"

她俯身去吻他的耳朵，低低唤他："老公。"

这个称呼果然具有杀伤力，林绵看着江聿的眼皮动了动，重新抱着他吻上去。

两个人的气息交织，相较于以往温和的亲吻，这次更像角逐，谁也不相让，非得一较高低。

吻毕，她把头抵在他的耳边轻轻地喘气，身体软得不可思议，眼睛浸润着潮气，微垂的睫毛盖住了眼底氤氲的水汽。

"绵绵，美人计没用。"他的双手滑下来扣住她的细腰，迫使她挺直脊背，绷紧神经。

江聿的嗓音丝毫不受影响，清亮颇具有压迫感，宛如细小的锤子在林绵的心尖上轻轻地敲动。

林绵的心跳得很快，她伏在他的怀里，心只会跳得越来越快。

美人计真的没用吗？

她眨眨眼睛，平复气息，说道："一次没用，多用几次行不行？"

换作以往，江聿就被她迷惑性的行为糊弄过去了，但对于她发生车祸瞒着他这件事，他仍然心有余悸。

江聿用双手托着她的腰,将人往后推了一下,确保她不会耍赖,当然耍赖也不是不可以。

但他未必会受用。

热烈的场面随着江聿的一句话骤然冷却,林绵脸上的潮红褪去,变成愧疚浮在眉眼间。

她深知江聿从京城到这个地方要辗转乘坐飞机、火车、汽车,要忍受崎岖险峻的路况,还要忍受高原反应带来的不适。中间需要耗费的时间自然不必说,江聿能在这个时间出现在酒店里,途中的奔波辛苦可想而知。

"你几点出发的?"她低声问道。

江聿望着她,薄唇轻轻地合着,眼神分明在说"我在跟你谈比我几点出发更重要的事情"。

"对不起,Roy。"林绵去碰他的肩膀,放低了姿态真诚地道歉,"我不是故意瞒着你的,我是怕你担心。"

沉默了片刻后,江聿终于出声:"明知道我会担心,你、闻妃还有曲导合起伙来瞒我?"

他的语气又沉又重,连呼吸都变得粗重。

林绵的手指按住他的后背,被他捉着手腕拉下来。

他撩起眼皮,一脸冷漠的样子,讥嘲道:"林绵,这就是你说的试试吗?"

林绵的心神一震,她倏地抬头看向他的眼睛,浅色的瞳孔里情绪复杂,但每一种情绪都直白地排斥着她的靠近,把她往外推。

他的目光黯淡,不再热烈。

这种眼神很陌生。

"因为只是试试,所以你才会在必要的时候把我推开?让你的经纪人瞒着老板,你瞒着你老公?"

江聿看她的眼神越发冷厉:"因为只是试试,所以你从没想过靠近我,让我成为你生活的一部分是吗?"

林绵的呼吸一滞,她像是被什么东西拉着心脏似的,直直地往下坠,连呼吸都变得困难。

"我没有要推开你。闻妃姐是因为我才没告诉你的。"她没告诉他,闻妃留了证据。

江聿会错意,轻嗤一声。

他轻轻地扶着林绵的腰,将她从自己的身上推开,同时起身,摸出烟盒走到窗边。

江聿用拇指压着窗锁,轻轻地掰出"咔嗒"的声音,将窗户推开一道缝隙,马路上的熙攘声透过缝隙往房里钻。

他抽出一支烟,含到唇间叼着,低头点火,但想到林绵在房间里,强忍着烟瘾按灭了打火机,齿尖狠狠地咬着烟,吸取那点儿若有若无的气味。

林绵看着江聿疲惫的身影许久,久到他摘下烟,烟蒂洇着一圈潮湿。他烦躁地将烟按在窗台上碾碎,烟丝从指缝间漏出。

屋子里的气压很低,像是有什么东西在挤压着胸腔,林绵的呼吸变得沉重,难以喘息。

江聿用拇指捏着打火机,轻轻地摩挲了几下,嘴唇动了动,做出艰难的决定:"你让我先冷静一下,再跟你谈。"

说完,他双手插兜,踩着绒布地毯,逃跑似的离开房间。

房门"咔嗒"一声被合上的时候,林绵后知后觉地轻颤睫毛。

房间里的压迫感随着他的离去一并消失,然而这种突然的安静让林绵感到不舒服,像是心里被挖空,空落落的。

她扶着椅子坐下,脑子里将江聿出现后的细枝末节复盘。

她不善于表达情感,而江聿过于发散的思维将她的本意曲解。

林绵站在安全通道的门口,里面浓郁的烟味顺着门缝飘了一缕出来,轻而易举地缠到她的心口上。

林绵用手指扶住门框,冰凉的触感让她深吸一口气,脑子里有个声音催促着她去找江聿。

几秒后,她用掌心贴着铁门,用力地推开,喊道:"Roy。"

浓重的烟雾顺势扑了过来,呛得她闭了闭眼睛,江聿快步迎过来,扶着门拉她到身边。

地上堆了不少烟头,他刚才抽得有点儿凶,无意识地一支接一支地抽,这会儿清醒过来,看到那堆烟头,面色不豫地皱着眉。

"你不是说要冷静一下吗?你就是躲来抽烟的吗?"林绵质问他。

江聿表现得无所谓,语气平淡地开玩笑道:"烟也不让抽了?"

他不问她找来做什么,她见他又要抽烟,夺走烟盒,攥在手心里。

手里空了,他也就没找她要回,垂下薄薄的眼皮,看她。

半晌,他缓缓开口道:"你呢?你想好了吗?只想试试吗?"

江聿的嗓音很低很哑,像是被砂纸磨过,有一点儿无可奈何的意味。

林绵的心脏像被狠狠地抓了一把,有点儿像高原反应的感觉汹涌来袭,但她知道,这不是高原反应。

江聿低垂着眼,光线照在他的半张脸上,眼神十分黯淡。

他收了手,插进裤袋里,走到窗台旁站着。他的背影落拓又寂寥,悲伤得让人心疼。

忽然,林绵纤细的手臂绕着他的腰紧箍着,闷而冰冷的嗓音从背后响起:"江聿,不要吵架。"

江聿浑身绷紧,半眯着眼眸望着窗外,神色复杂。

"绵绵,我很生气。"

"我没有想把你推开。我真的做错了,你别生气了。"林绵吸了口气,说道,"Roy,三分钟我不想用来解释,只想用来挽留你。"

江聿一声不吭,又静下来。

江聿很高,他的背很宽阔,让她莫名其妙地有安全感。

她贴着他的背,伸手去碰他的手。

他穿得单薄,又站在窗口吹冷风,手背冰凉,尽管这样,林绵还是握住他的手臂,指尖在他的手背上轻轻地勾了一下。

"绵绵,一直以来你都不需要我。"江聿平静却也颓然,像是被灌进来的凉风吹的。

"哪怕练习恋爱也是我单方面地缠着你,你从来都没有真正地接受,对吗?"

明明两个人离得很近，他却有种始终被她排斥在外的感觉，即便她在丹巴抱着他说试试，但那种感觉虚无缥缈，落不到实处。

他想抓，用尽全力，却抓不住。

他喉结滚动，想说的话在嗓子里挤压，如同被扯碎了一般："你不是想离婚吗？我同意了。"

江聿紧紧地闭上了眼睛，话语仍然在继续："等你拍完戏回去后，我们就……"

林绵收紧双手，呼吸有些急促，想随便找什么来打断他的话："江聿，我不同意。"

江聿的呼吸滞了滞，脊背僵直。他转过身来，捏着林绵的下巴抬起来，迫使她与自己对视。

江聿两片薄唇轻碰，语气很淡地说道："什么意思？"

林绵稍仰下巴，看着他的眼睛一字一句地说："我想明白了，不管你是江聿还是Roy，我都没办法拒绝你，没办法拒绝靠近你。"

我没办法拒绝喜欢你，没办法拒绝为你着迷。

两个人蓦地陷入长久的沉默中，久到让林绵以为江聿灵魂出窍了。

半响后，江聿的睫毛动了动，喉结滚了滚，他仍然不敢相信，声音微微发颤地说道："你说清楚。"

林绵的眼角含着泪水，她抬起下巴，凑上去吻了下他的下巴，嗓音很低，近乎呢喃道："江聿，你帮帮我吧，我不能没有你。我不想跟你分开。我不想离婚。"

在昏迷的前一刻，她脑子里只闪过一个念头——她舍不得江聿。

她舍不得他心疼，舍不得他担心。

林绵的心脏"怦怦"地跳动着，胸口剧烈地鼓动着，有什么东西在迅速地膨胀。

她第一次鼓足勇气，将试图回避的情绪直白地表达出来。

很奇怪的是，她并没有像之前那么难受，也没有像之前那么惊慌失措。

江聿足足怔了几秒钟，缓缓地低下头，来确认这一刻是不是真实存在的。

林绵抱住他,他那么高,她在他的怀里,显得娇小瘦弱。她明明脑子里背过那么多台词,说过那么多情话,随便借用一条她就能哄得江聿开心,偏偏那些话堵在嗓子里,她什么都说不出来。

"是我理解的意思吗?"

江聿的这句话,一下子把画面拉回到她第一次挽留他的时候,他问过同样的问题。

仿佛时间没变,她和江聿也没变。她还是那个胆怯却又想要离经叛道的人。

她从喉间挤出一句:"是。"

"你在跟我表白吗?"江聿再次追问道。

林绵松开手,用手指勾着他的肩膀,眨了眨眼睛,说道:"我在向你求爱啊,Roy。"

江聿的眼睛眨了眨,身体在微微发抖。

"你低一点儿,我吻不到你。"林绵低声抱怨道。

话音刚落,她被圈着抱离地面。江聿将她放到窗台上坐着,双手撑在她的身侧,俯下身吻她。

林绵的后背贴在玻璃上。她蓦地瞪大眼睛,睫毛如蝉翼般轻颤,几秒后很快闭上眼睛,双手缠上他的脖子,安安静静地张开唇瓣,任由他温柔地亲吻。

吻了一会儿,铁门外传来被刻意压低的说话声。

"你说这两个人会不会吵起来?"

"不至于吧,江聿难道会家暴?"

"那怎么没动静啊?"

林绵的眼尾泛着水光,脸色烧得通红,耳根也烫。她将脸埋在江聿的胸口上,隔着薄薄的衬衫,听着他心脏跳动的声音。

她却觉得好听。

江聿摸摸她的耳朵,低声说:"不想见人了?"

"不见了。"林绵干脆破罐子破摔。

江聿无声地笑了，他的心跳和呼吸都未平复，胸口因为急促的呼吸剧烈地起伏，脖颈的青筋绷了起来。

林绵却感觉他性感极了，伸手去碰，被他捉着手腕，拉了下来。

"男人的脖子别瞎摸。"

林绵收回手，被他触碰过的肌肤微微发烫，蓦地，她的眼前一片黑暗，江聿的衬衫落到了她的头顶上。

下一秒，林绵被勾着膝弯抱了起来。她下意识地抓住江聿身上仅剩的T恤，攥得紧紧的。

江聿用脚踢开门，说道："我老婆不想见人，麻烦两位回避一下。"

"江聿，你的眼睛好红，困不困？"林绵被摔进了柔软的被子里，掀开衬衫时，对上了一双布满血丝的眼睛。

林绵想到他为了赶来一路舟车劳顿，以及担惊受怕的心情，她的心脏猛烈地收缩，被挤压得发疼。

"对不起，我答应你，以后任何事情都不会瞒着你了。"

"你还有一件事情瞒着我，你打算什么时候告诉我，你喜欢我？"他捏了下她的手臂。

林绵乖顺如猫，在他的臂弯上蹭："我喜欢你，这还不明显吗？"

江聿紧绷的脸色终于好转，火气缓缓散去。他去碰她的后颈，用指腹触碰那块颜色暗淡的肌肤，问道："疼不疼？"

林绵摇头，觉得自己在江聿的面前适当地示弱也未尝不可："我当时被吓死了。"

江聿光是想象，就害怕到发抖。他把脸埋在她的颈窝里，声音又弱又低："以前我不畏惧生死，但听见你出车祸的那一秒，我害怕了。"

这比自己三年前醒来，身边的人一声不吭地消失还要可怕。

他收紧了双臂，眼睛微红，声音哽咽："绵绵，不要出事。"

他明明知道车上的人没事，林绵晕倒只是因为高原反应，但他的心脏犹如被撕裂般地疼了很久，疼到一度让他怀疑自己有潜在的心脏疾病。

他承受不住。

林绵抚摩着他的背,贴在他的耳边低语道:"这次是我错了,随你怎么惩罚。但是,你以后也不能随便提离婚。"

江聿应了一声:"好。"

江聿从得知林绵发生车祸之后,一刻不停地从京城赶往这里,一路上提心吊胆没合眼。

江聿本不想吵架,可看到她的那一刻,积压的情绪犹如火山喷发,耗费了他所剩无几的体力。

江聿沉沉地睡了一觉,醒来时天色黑透,雨水停歇。

屋子里只点了一盏阅读灯,林绵坐在书桌前,捧着剧本翻动,暖融融的灯光照在她的侧脸上,有缕光线跑到她卷翘的睫毛上,亮亮的。

江聿没出声,头枕着手盯着林绵许久,直到她转过头,对上他一双困倦却充满笑意的眼睛。

她放下剧本,走到床边,弯腰埋进他的怀里,被子里被体温烘得暖暖的,他身上沐浴露的香气被体温熏热萦绕在周身。

"饿了吗?"林绵问他。

江聿恢复散漫的样子,弯唇一笑,说道:"你说的'饿'是指……?"

林绵撑着他的胸脯挣开他的怀抱,直起身,说道:"我建议你的思想不要不纯洁。"

江聿撩起眼皮:"你知道我想的是什么?我怎么就思想不纯洁了?"

他扣住她的手腕,用指腹在她的手腕上轻动,揶揄道:"小色佬。"

经过了一整天的发酵,沉默的《逐云盛夏》剧组在官方微博上正式发文承认林绵发生了车祸并且澄清了一些因为车祸引发的谣言。

工作室转发了剧组官方发的微博,并且附了一张林绵确诊高原反应的病检报告。

几分钟后,林绵登录微博,发了一张两只手交握的照片,并且配文:他只是我普通的爱人。

江聿洗漱完,换了身衣服出来,用毛巾擦着头发,撩起眼皮看到她一脸的凝重，便问道："怎么了？"

林绵晃了晃手机，说道："我发了我们的照片。"

江聿饶有兴致地来到她的身边："哪一张？我看看，不帅要重发。"

林绵弯唇，把照片展示给江聿看，江聿的眼睛里燃起一簇光。他稍显意外地挑眉问道："你什么时候拍的？"

他压根不记得林绵和他拍过牵手的照片。

"就刚刚啊，你睡觉的时候。"林绵用干净细白的手指在屏幕上滑动，挑着好玩的评论看。

偶尔林绵的互动心很强，她会悄悄地评论来吓网友们，很有意思。

江聿放下毛巾，用手指抓了一把头发，忽然低身凑近，不怀好意地问道："你不会还偷拍了我别的照片吧？"

林绵正在回复一条好玩的评论，没注意听他说话，头也没抬地随口问道："什么？"

江聿用手指捏住她的下巴抬起来，笑得散漫又勾人，从薄唇里说出耐人寻味的话："裸照。"

林绵的目光闪了闪，她撩起睫毛，不可思议地看向他，控诉道："你穿着睡衣睡的。"

江聿誓不罢休，看着她通红的耳郭，恶劣的心思更甚："我睡得太死，万一你给我脱了，拍完又给我穿上，我也不知道。"

林绵的第一反应是她除非有毛病了才这样做，但她很快意识到江聿在捉弄自己。

她捞起抱枕丢过去，江聿用手肘虚虚地挡了一下，双手抓住抱枕夺过来。

"你是我的老公，我不能拍吗？"林绵把手支在沙发上，理直气壮地说道。

江聿略挑眉，整个人看起来懒懒的，就连撩眼皮的动作都有种迷人的魅力。

"当然能。"他弯着唇角,双手搭在深色的裤腰上,拇指探进裤子的边缘里,哂笑一声,"要我现在脱给你拍吗?"

林绵一把按住他的手,说道:"你还叫我小色佬,你才是。"

江聿反驳道:"我是不是你难道不知道吗?"

在这种事情上斗嘴,林绵根本不是江聿的对手。

她选择沉默,目光直直地在他的腰腹上扫了扫,只需几秒,江聿的眼底燃起一簇火苗,轻而易举地越演越烈。

倏地,湿润的毛巾盖在林绵的头上,江聿湿漉漉的发尖撩过林绵白生生的脸颊,勾起林绵一阵阵的痒意。

她的薄唇被他含着吮,而后她被撬开牙关,他滚烫的唇舌在她的口腔里游走,她感觉呼吸越来越困难。

林绵赶紧叫停,把头放在他的肩上,张着唇急促地换气,漂亮的颈背微微地颤抖。

两个人只是接吻,她却像是死了一回。她的灵魂飘到云端,轻飘飘的。

江聿用手上下抚摩她的脊背,像安抚小孩儿似的,然后轻啄她泛红的耳尖,悄声说:"你这样,我还怎么在你的身上'出生入死'?"

半个小时后,闻妃叫人送来两碗牛肉米粉,这是这个时候唯一能买到的热食。

江聿其实不随便吃外面的食物,但奔波了一个晚上,到了之后又和林绵吵架睡觉,这会儿闻到香味顾不得那么多。

解开包装袋,香味飘了出来,他动作很急地拆了方便筷,搅动米粉。

林绵本来不算饿,但禁不住香味的诱惑,坐到江聿的身边拆方便筷。

江聿夹起一片牛肉,送到林绵的唇边,示意她张嘴。

林绵轻轻地叼走牛肉,慢慢地咀嚼着。

忽然,她想起在伦敦的那间小公寓里,他们经常坐在一起分吃一碗食物，当然这些食物有些是江聿骑车跑很远买来的，有些是他自己在家里做的。

两个人在一起时，江聿很多次都一口一口地喂她，像喂宠物那般耐心。

她有点儿想伦敦了。

林绵思索几秒后提议道："Roy，等我休假，我们去伦敦吧？"

江聿没理解她为什么突然提伦敦，顿了顿手指，说道："好。"

之后两个人闲谈，林绵避重就轻地说了些网上发酵的内容，虽然明知道是媒体在炒作，但她还是觉得气不过。

她发两个人牵手的照片，也只不过是一时生气。

江聿听了皱着眉，拿过林绵的手机看了看消息，表现还算平和，只是打了个电话，让闻妃把那些造谣的号码全保存下来。

紧接着，他拿起手机，去洗手间里关上门跟律师打了一通很长的电话，隐隐约约的声音断断续续地传出来。

林绵懒得听。

她现在是江聿名正言顺的太太，可以生气。

大约半个小时后，江聿拉开洗手间的门，拿着手机出来，脸上并无愠色，反而带着一抹喜色。

他在林绵的身边坐下，沙发微微凹陷。他伸手将她捞入怀中："你在想什么？"

林绵把头抵在他的肩膀上，望着天花板眨了眨眼，弯唇一笑："我在想当江太太挺好的。有人诽谤我，你会给我找律师……"

江聿哂笑一声，捏着她的下巴，像逗猫似的，将她的头转过来与他对视："就这点儿好处吗？"

林绵笑了笑，没说话——好处当然不止这些，做江太太还能得到江聿无条件的偏爱。

即使她来不及回应他，他的感情依旧浓烈。

晚些时候，雨歇，道路被雨水冲刷得干净明亮。绿叶轻轻地摇晃，空气中弥漫着雨后的泥土和植物混合的味道。

林绵提议出去走走，两个人在人数不多的小县城里，手牵着手闲逛。

微凉的风钻过指缝，交握的手便扣紧几分，掌心相贴，热度源源不断地从掌心弥漫开来。

小县城里的人很少，晚上小县城里的人更是寥寥无几，就连灯火都稀稀落落的。

林绵忽然想起一些事情："你之前来藏区会出现高原反应吗？"

江聿点点头，慢悠悠地回道："我第一次来时什么都不知道，也没带氧气瓶，路上头晕想吐喘不上来气，把司机吓坏了。"

林绵深知那种感受，远比他轻描淡写的描述更加难受，问道："然后呢？"

"司机要送我去医院，我没让。"

"那你不舒服缺氧了怎么办？"林绵想到那场景，蹙起眉头。

江聿低笑道："我们很幸运，路上恰好碰见一个当地的医生外出。医生当场给我开了一点儿红景天，还送了一瓶氧气。"

自从林绵出车祸并且出现高原反应之后，江聿便让林律把工作全变成远程办公，在剧组里寸步不离地跟着林绵。

林律为此叫苦不迭。

这件事情传到了林绵的耳朵里，江聿对此淡定地说道："我在家里坐班，又没偷懒。我只扣掉了自己的全勤奖。"

林绵说："你是老板你说了算。"

江聿在膝盖上放着笔记本电脑，往沙发上一靠，双手支在沙发上，眉毛微挑，散漫地笑道："我可不是老板。"

"嗯？"

"我的家产都是林绵的，我在给你打工啊，绵绵。"

"那请你好好打工。"林绵凑过去，亲了亲他的脸颊。

下一秒，她就被江聿抓着按回怀里，她的鼻尖抵在他浮着淡香的外套上，双手顺势滑到他的背后，搂住他的腰。

"干什么？"江聿低头，下巴抵着她的头顶，手指拨弄着她的头发。

林绵不说话，又往他的怀里深埋了一些，脸颊在他的衣服上蹭，过后又蹭过去吻他的喉结。

江聿抓住她的肩膀，低笑声从胸腔里传出。他拖着散漫的调子，说道："江太太，光天化日之下只点火不管熄，不太好吧？"

林绵失笑，声音拖得长长的："我在充电啊，你在想什么？"

江聿推开电脑，拉着她坐在自己的腿上，看着她骤然泛红的耳尖，贴在她的耳边低语道："你现在知道，我在想什么了吗？"

林绵挣脱起身，眨了眨眼睛，避开他直白的视线，说道："我要去忙了。"

忽然，她被江聿捉着手腕，重新坐回他的腿上，对上他满是戏谑的眼神。

江聿直视着她。

"我知道另一种充电的办法。"江聿压低的声音近乎蛊惑。

危险藏在暗处蓄势待发。

林绵别过视线，声音发颤地说道："我不想知道。"

林绵的双手被交叉放到腰后，江聿一只大手便能轻易地捉住。他拿来放在床头上的领带，指尖缠绕拽着顶端，打了个难以挣脱的结。

林绵有些心慌地说道："Roy。"

江聿用手压着她的后背去吻她，低声命令道："叫老公。"

温柔和凶悍是捕食猎物的手段，他深谙猎物的致命弱点，日夜观摩，无须费功夫，便能轻易地拿捏猎物的弱点。

漂亮的猎物卸下防备，林绵从嗓子里喊出一句"老公"。

她再也不要充电了。

《逐云盛夏》结束拍摄是半个月后的事情了。

林绵的戏份结束，她和江聿终于在夜晚抵达京城。

这次江敛没来接，是林律开车过来接的。

上了车,江聿刚坐下没五分钟,喻琛就闻讯打来电话:"听说'望妻石'回来了?"

江聿不接他的揶揄,半张薄唇,说道:"黎漾原谅你了?"

"什么叫原谅我?我本来也没做错事。"喻琛极力辩驳道,"你少在黎漾的面前提啊。人我刚哄好呢,洛行年还不死心。"

江聿笑笑,说道:"我不当面提,录下来给她听。"

喻琛被拿捏了命脉,瞬间失了气势,压低了声音警告江聿:"你别以为你没把柄在我的手里。"

江聿缓慢地眨眼,漫不经心地说道:"什么?"

他都不记得自己有什么把柄值得喻琛说道。

因为林绵坐得近,车内没放音乐,过于安静,喻琛稍大的声音就从手机里传出来,林绵听得一清二楚。

喻琛知道江聿跟林绵一起回京城,大概也猜得到林绵这会儿还在车上,于是更大声地说:"你家不是有间常年锁着的客房吗?"

他的话还没说完,江聿忽然想起一点儿事情,匆忙地挂了喻琛的电话。

"胡说八道!"他轻描淡写地哼了一声,点开喻琛的微信,用长指在屏幕上轻敲。

R:你是不是有病?

没等喻琛回复,江聿便收起了手机。

林绵偏头看了江聿一眼,默不作声。

吃完晚饭后,两个人做了会儿晚间运动。

宽大的屋子、床、长羊绒地毯和落地窗再适合运动不过,他们到处留下痕迹。

林绵懒倦地躺在柔软的被子里,累得手指都抬不起来,睨了一眼躺在床上把玩着烟的江聿。

她爬起来,支着上半身去拿床头柜里的东西。江聿倾身缠过来,搂住她的腰轻轻地揉捏,问道:"你在找什么?"

林绵在床头柜里拨了拨,除了好几盒没开封的生活用品,什么都没有。

奇了怪了,她明明之前看到在这里的。

林绵摇头,靠回床上。

第二天,长期不露面的江聿终于去了公司,林绵在家里睡到自然醒。

下午,保洁阿姨过来做清洁,林绵就在客厅里看电视。

过了一会儿,保洁阿姨过来客气地询问道:"太太,锁着的那间房还是不需要打扫吗?"

之前保洁阿姨是直接征询江聿的意见的,如今家里有了女主人,保洁阿姨自然以为林绵能做主。

林绵稍顿,才想起那间离得远,而且一直被锁着的客房。

她起身,问道:"你知道那个房间里放着什么吗?"

保洁阿姨笑着摇头,说道:"我不知道。每次我打扫时,先生都不让我打扫那间屋子,估计里面放着什么贵重的物品。"

什么贵重的物品需要放在家里单独锁起来?

林绵告诉保洁阿姨暂时不用打扫那间屋子,保洁阿姨很快就离开了。

家里只剩林绵一个人,她对那间屋子越发好奇,思来想去擅自打开还是不太好。

她想了想,于是给江聿发消息。

林绵:Roy,我想在家里改个影音室,你觉得怎么样?

江聿回复得很快:可以,你想怎么改都行。

林绵顺势问他:任何房间都可以吗?

江聿:可以。

既然得了他的允诺,她就算打开那间房间,也不算擅闯,不算偷看他人的隐私。

床头柜和书房里都没有钥匙。

林绵断定,江聿肯定是在昨天和喻琛通话之后,将钥匙收了起来。

林绵只能找江敛求助。江敛在出卖他哥这件事情上得心应手,林

462

绵只用几张签名照就换来了江敛的通风报信。

江敛：嫂子，我哥喜欢把钥匙藏在花瓶里，你找找，肯定有。对了，你别告诉我哥是我说的。

林绵果不其然在花瓶里找到了一串钥匙。她捏着冰凉的钥匙站在门口犹豫着要不要打开房门。

钥匙被体温焐热，她深吸了一口气，转动锁芯，打开了屋门。

屋子里厚重的遮光窗帘紧闭着，光线透不进来，屋里显得暗沉沉的，但屋里被打扫得很干净，没有灰尘，甚至有股淡淡的香味浮动着。

屋内装修得不像是个房间，更像是个陈列室。

林绵按亮灯，等到眼前的一切变得清晰，她的心神被眼前的画面震撼住了。

这不是一个普通的客房，房间里也没有床。

墙上挂着巨幅海报，地上、屋子的中间，能放置东西的地方都摆满了各种尺寸的相框，每一个相框里都是同一个人——林绵。

相框里的照片，有的是她在伦敦的时候江聿偷拍的，有的是她在《潮生》里的剧照、海报，还有的是她出席活动时拍的照片。

每一张照片都能唤醒她的某一段回忆。

那种感觉很神奇，那段时间两个人明明没见过，她却有种他时刻陪伴在身边的感觉。

这就是他的秘密吗？

江聿回来时，见紧闭的客房内有光线射出，呼吸一滞，来不及换鞋快步走过去。

林绵蹲在相框之间，红着眼睛微微仰着头看他。江聿顿了一下，被吓坏了，蹲下问她，伸手去碰她的眼角。她的眼角有着一抹浅红，睫毛是潮湿的，应该是刚哭过。

他的指尖刚碰上林绵的眼角，一滴眼泪就从她的眼眶中滑出，浸湿他的指尖。

江聿的一颗心被揉得稀巴烂，又被林绵的眼泪狠狠地烫到。

林绵抓着他的手臂，扑到他的怀里，紧紧地扣住他的后背，闭了闭眼睛，问道："Roy，你究竟还有多少事情瞒着我？"

江聿干脆坐在地上，抱住她的背轻拍，低声安抚道："我没有瞒着你，我让你随便挑房间，就预料到你可能发现了这个房间的秘密。"

"早知道这个房间能让你投怀送抱，我就该在你搬进来的第一天打开让你随便参观。"江聿的语调不疾不徐，夹着几分揶揄之意。

林绵湿漉漉的脸在他的脖颈间蹭了蹭。她真的很少哭，以前她总觉得哭显得很矫情，可是江聿瞒着她爱了她这么久，他的爱对她来说是恩赐，是宝藏，所以她偶尔哭一下又有什么丢人的？

没有拍摄工作的日子，闻妃给林绵放了个假。

小两口从结婚之后，还没正儿八经地在一起过。《逐云盛夏》开机前，他们计划着要去山里玩，也一直没去，现在倒是有了空闲。江聿计划着去山里住几天，过几天没人打扰的日子。

林绵却担心他的公司，会不会被他这么三天两头地不在公司玩垮了？

没想到，傍晚林绵在财经节目里看到了她年轻有为的老公西装革履、风度翩翩地在跟主持人侃侃而谈。

他从容自信，面对主持人抛来的比较尖锐的问题，拆解合理，回答得游刃有余，不疾不徐的态度让主持人露出了欣赏的表情。

江聿进门时，正好看见林绵盯着电视里的自己发愣。他弯腰换鞋，脱掉外套，放在椅子上，走到林绵的身边抱住她，吻了下她的额头。

"很帅！"林绵侧过头看他，赞叹道。

"我哪天不帅？"

林绵摸摸他的鬓角："可是我喜欢你穿T恤和工装裤。"

"穿给你看。"虽然她的老公西装革履的样子堪比男模特，还经常上热搜，但毕竟不是她心里的样子。

江聿咬住她的手指，舌尖温柔地扫过她的指尖，她的脸颊一下就红了。

江聿处理完公务，组织的山里小住也提上日程。喻琛得知后也吵着要带上黎漾。

江敛也跟着凑热闹，这件事情不知怎的传到了江玦的未婚妻那边，江玦的未婚妻也表现出浓厚的兴趣。

也不知道江玦是对往事耿耿于怀，还是对新的未婚妻无兴趣，总之在对方提出来之后，他几乎想也没想就否决了。

出发前一天，喻琛又跟黎漾吵架了。喻琛整个人悒悒的，对山里之行也没那么向往，倚在车门上，跟江聿借了火抽烟。

"黎漾怎么还没到？"

喻琛咬着烟摇头："不知道。"他说的话里多少存在赌气的成分，语气有些重。

指尖袅绕的烟雾笼罩在眼前有些模糊，喻琛半眯着眼眸，瞥见两道人影缓缓地走过来。

喻琛摘了烟，冷不丁地盯着不远处，手拂开挡在眼前的烟雾，终于看清了两个人，火气"噌"的一下冒了上来。

喻琛丢了烟，用不大不小的声音低骂了一句："他来做什么？"

江聿背对着他们，听了喻琛的话后，转身看过去。黎漾和洛行年刚好走近，黎漾先开口道："不介意我多带个朋友吧？"

喻琛恶狠狠地盯着黎漾，眼睛里冒着怒火。

黎漾却仿若未闻，有说有笑地跟江聿闲聊，过后介绍洛行年和江聿认识。

林绵闻声下车，看到洛行年也意外了几秒，礼貌地跟他打招呼。

洛行年这人很高，身上有种粗犷的气质，与喻琛他们完全不同，所以他的压迫感也是从骨子里透出来的，无形中与喻琛较量着。

喻琛面色不悦，眸色沉沉，盯着黎漾不快地说道："这是家庭聚会，你没提前打招呼，我们没准备那么多车。"

其实这话说得有点儿假，江聿和喻琛放在车库里的存车谁不知道？喻琛不过是不想给洛行年机会。

洛行年的面色始终淡淡的，他可能还没意识到自己正处于风暴的中心，但也不是全无意识。他开口道："不用麻烦了，你们在前面带路，我开车。"

洛行年铁了心要掺一脚。

喻琛紧绷着下颌，面有愠色，深深地看了一眼黎漾，便回了车里。

林绵跟江聿对视一眼，黎漾扶着林绵的肩膀，把她往车里推。林绵捉住她的手低声问道："你真的不会玩翻车吗？"

黎漾眨眨眼睛，视线不经意地往车内瞥了一眼，凑到林绵的耳边说："我翻什么车？喻琛又不是我的什么人。"

"你们不是……？"不是情侣吗？

林绵在脑子里过了一遍，他们的关系好像比情侣的关系还复杂，她很难界定。

黎漾看了林绵一眼，没说话，将林绵塞进车里，然后转身走到洛行年的身边，说道："走吧。"

有了这段小插曲，一路上车内的气压极低，江聿用双手握着方向盘，沉默了一会儿后，打开了车载音乐。

喻琛的脸色并没有因为音乐而好转，他靠在座椅上，双目微合，眉心紧蹙，周身散发着冷冽的气息。

江聿也觉得黎漾叫上洛行年挺离谱儿，无声地笑了笑。

好事多磨。喻琛这人平时缺德的事做多了，走夜路撞鬼了吧。

车子进山里后，空气就变得清新很多，潮湿的空气里弥漫着植物的气息。

一个半小时后，他们抵达了喻琛家的度假山庄。

山庄常年交给经理打理，喻琛只有在每年年底才过来一趟，对下面这些管理人员很陌生。

经理得知大老板和朋友们要来玩，提前就准备好，早早地候在大门口。

欧式的大喷泉镶嵌在矮小的灌木丛中，山庄内摆放着浮夸的雕塑，造型各异的植物，行人远远地就能瞧见欧式城堡般的主楼。

车子缓缓驶入，四周的植物交错，他们仿佛进入了一个植物迷宫里。

洛行年的车紧随其后，高大的越野车跟它的主人一样充满压迫感，犹如一个巨型的猛兽。

他们泊了车，由经理领着上楼，拿到了房卡。

本来是二人世界，黎漾和喻琛非要把事情弄复杂，江聿不想再掺和奇怪的三角关系。他现在很困，想要抱着香香软软的老婆温存一下。

他懒散地跟喻琛打完招呼后，拉着林绵直奔房间。

等到远离那三个人，林绵才低声感慨道："喻总好惨啊！"

江聿用倦怠的眼神看她："哪里惨？"

林绵笑道："喻总不光要生洛行年的气，还要给洛行年提供住处，不惨吗？"

林绵这就是还不够了解喻琛，他是不会吃瘪占下风的。江聿捏捏她的手背，放低了声音，说道："不许想别人。"

江聿的醋劲就是这么大。

林绵牵住江聿的手指，不轻不重地捏着，回复他："没想。"

两个人回房间里睡了一觉，江聿醒来时，林绵穿着睡衣，盘腿坐在沙发上，头发松垮地绾在脑后，可能因睡觉而松散，几缕头发飘至脖颈处勾缠着，衬得她的雪颈修长。

她压低了声音讲着电话，手指无意识地抠着抱枕。

对方说了什么，她轻微弯唇，点头连连"嗯"了两声，道谢。

江聿醒来后，不见身旁的人，恍惚了几秒，才记起自己是在度假山庄里。耳边传来林绵的轻声细语，他重重地吐了口气，跌回被子里，闭上眼睛养神。

将醒未醒的那一瞬，他以为又被梦魇住，回到三年前那个昏暗的早晨，醒来时怀里的人不知道什么时候不见了。

往后三年，他每天睡醒时都没感受过抱着人睡觉的温度，却在重复着失去的痛感，心脏像被撕裂，痛感是那么清晰。

后来，他便不敢轻易地入睡，害怕睡着醒来时，再体会一次失去的痛感。

林绵回到他的身边后，他的睡眠才慢慢地恢复正常。

江聿迷瞪了会儿，身边的床垫微微凹陷，林绵在床边坐下，抓着他的双臂晃了晃："Roy，还不起床吗？我们要错过晚餐了。"

林绵软绵绵的掌心贴在他的手臂上，他故意不睁眼，假装熟睡。

"我刚看到你醒了，不要装睡了。"林绵俯身晃他。

两个人离得近，气息交错间，他蓦地睁开眼，对上林绵水润的双眸，用手掌勾着林绵的脖颈往下沉，他的薄唇寻到她的唇瓣，用力地压了上去。

须臾之间，两个人便变换了位置，他用手肘撑在林绵的身侧，低身弓着背与林绵接了个缠绵悱恻的吻。

"绵绵，别走了。"江聿垂下脖颈，颓然地喘气，声音很低，显得压抑又无力。

林绵的心跳加快，身体被拉扯得酸涩发疼。她急于抓住他，笃定地承诺道："我没走，我不会走。你是不是做噩梦了？"

一滴泪悄无声息地滑入她的颈间。

半个小时后，喻琛打内线电话，叫他们下去吃饭。

两个人又磨蹭了一会儿，才换衣服下楼。

三个人已经落座，气氛古怪得很，林绵挨着黎漾坐下，在桌子上捏她的手，用眼神交流着。

黎漾一副心情不错的样子，打趣江聿："小江总，眼睛这么红，是没睡好吗？"

江聿往椅子上一靠，懒倦地垂着眼，"嗯"了一声。

洛行年从口袋里拿出一盒薄荷糖，递给江聿，说道："这个醒神的效果不错，你试试。"

江聿意外地挑眉，洛行年的眼神太过真诚，自己不好拂了人家的面子，便接过来倒了一颗放进嘴里。

冰凉透顶的感觉瞬间袭击神经，浓郁的薄荷气息直冲天灵盖。他咬着牙齿,差点儿叫出声,过了好几秒才缓过神来,心想:洛行年真变态,薄荷糖都吃高浓度的。

"怎么样?"洛行年见江聿面上没什么表情,倾身问了一句。

江聿强忍住那股冰凉的刺激感,评价道:"够劲!"

黎漾笑了一下,说道:"他那个薄荷糖,真不是正常人能吃的。"

洛行年的眼角有道疤,但不影响他帅气的五官,反倒是那一道疤痕显得他的面部更加有魅力,轮廓更加分明硬朗。

洛行年撩起眼皮看黎漾时,目光却是柔和的。

黎漾没看洛行年,视线从喻琛的身上飘过去,落到江聿那儿,开玩笑地说道:"小江总吃得惯?"

喻琛在桌上翻扣手机,弄出不大不小的声响,阴沉地看向黎漾,薄唇抿成一条直线。

江聿心不在焉地摇了摇头。

这顿饭的气氛古怪,谁也没又主动交谈的欲望。饭后,林绵和江聿相约去运动馆打壁球,黎漾瞟了一眼洛行年,洛行年淡声开口道:"我先回房间。"

黎漾也跟着起身,拿过链条包,说道:"我去趟洗手间。"

她身上的香水味道清淡,经过喻琛的身边时犹如携来一阵温柔的香风,从四面八方缠住喻琛的呼吸。

黎漾的裙摆轻轻地扬起,像有意识般拂过他的裤腿,随后又放下,欲擒故纵似的,消失在墙角。

喻琛的眸色转深,他静静地坐了一会儿,屈起手指在椅子的扶手上无意识地敲着,随着时间的推移,去洗手间的人还没有回来,他的目光渐渐冷下去。

黎漾站在宽大明亮的镜子前,慢条斯理地擦干指节,看了一眼时间。手机霎时响起,是洛行年打来的电话。

她等待了几秒,然后按下接听键,一只手拿着手机,另一只手解开包包,取出口红拧开盖子。

盖子一不小心掉到地上,洛行年听到后低沉地开口道:"什么动静？"

他的嗓音低而沉，犹如醇厚的红酒，叫人忍不住迷恋。

"口红掉地上了。"黎漾仰起脖子，望着镜子去涂唇。

鲜艳的红将她偏白的面容装点得更浓烈，她的五官本就偏浓颜系，眉目富有攻击性，若是不涂口红，气场没那么强。

她偏偏爱红色，而且是重红色。她像一枝带刺的红玫瑰，把喻琛扎得浑身是伤口，他偏不怕，还要往她的眼前凑。

"掉了就不要了，再给你买。"洛行年强势的做派，和他这么多年的经历密不可分。

黎漾扬起红唇，口红停在距离薄唇一厘米的地方，轻轻地笑着说道："你倒是会哄女人。"

洛行年低笑，说道："这不是你教的吗？"

黎漾落下唇角，抿得笔直。她随手将口红丢进垃圾桶里，又听见洛行年说："今晚我住下，明天一早就回去。"

洛行年也不知道是哪句话让黎漾不高兴了，听见她说："随你。"

黎漾挂了电话，扣上包就往外走，细长的高跟鞋刚踩上走廊的地面，整个人便被一股力道揽住肩膀，被推到了墙壁上。

她的后脑勺儿磕在墙壁上发痛，肩膀上那双大手的力道大得惊人，像是要将她捏碎了似的，她越挣扎越疼。

男人黑沉沉的视线如暴风雨前的乌云，压在上方让黎漾透不过气来，黎漾在他的面前，显得娇小无助，仿佛一朵只要他想随时可以捏碎的小白花。

"你发什么疯啊？！"黎漾瞪大乌眸，眼底燃着一团怒火。

男人的双臂如钳，几乎将她钳住不得动弹。他扣着她的腰，她毫无还手之力地跌入男人的怀里。

一道声音在黎漾的头顶上响起："你怎么知道他的薄荷糖不是正常人吃的？你吃过？"

黎漾撩起眼皮，不敢相信地看着喻琛，为了一盒薄荷糖至于吗？喻琛什么时候这么不理智？

她认识的喻琛可是拎得清轻重，拿得起，放得下的。

黎漾微动红唇，挑着一抹笑，挑衅般的说："没吃过。"

喻琛捏着黎漾的腰的手松了几分力气，她却忽然不解气，明知道他误会了，还是故意地说："吻过，当然知道了。"

喻琛危险的气息一寸一寸地逼近，他紧绷着下颌，额头上的青筋因为隐忍而鼓起，收紧手心的力道的同时，灼热又凶狠地吻住了她。

他的怒气在她抵触时达到了顶峰，又在她丢盔弃甲时消失，她的余音被他吞入嗓子里。喻琛放在她的腰间的手缓缓放到她的后背上，紧贴着她。

喻琛手心灼热的温度隔着黎漾的衣服，源源不断地传递到黎漾的后背，黎漾快要呼吸不过来，身体有些发颤。

黎漾的眼前雾茫茫一片，好像有灯火闪过，快到无法捕捉，在雾气中化为乌有。

"洛行年见多识广，就你这样他不嫌弃？"

黎漾大口呼吸着，眼角沾着潮意，眼睫垂下，说道："关你屁事！"

薄唇艳丽的色泽被吞掉一些，露出原本浅淡的唇色，黎漾的气场瞬间弱了几分，她作势要推开他。

喻琛一只手箍着她的腰，将她圈住，另一只手去抚弄她的唇瓣，指腹施力压着唇瓣，擦走仅剩的一抹艳色。

指腹被染红，喻琛送到唇边吻了吻，动作轻佻。

黎漾轻哂一声，扬起头瞪他："你现在这是什么意思？又后悔了是吗？"

喻琛不疾不徐地将目光凝在她雪白的脖颈上，突然没头没脑地说："我就该给你留个记号。"

"你说什么？"黎漾蹙着眉，说道。

忽然，一阵温软的热意从脖颈上蔓延开，她怔了几秒才意识到喻琛在做什么，扶着他的双臂将他推开。

喻琛的目光停留在黎漾雪白脖颈上的红印上。他露出满足的笑容，他倒要让洛行年看看，是他的墙脚厚，还是洛行年的锄头挥得好。

他喻琛的人什么时候轮到别人挖墙脚？

"漾漾，别跟我闹了。"喻琛少有地说软话。

一直以来喻琛跟黎漾都是针锋相对，就算在被窝里也得争个高低，除了深夜，喻琛就没把她当女人看过。

就连情到浓时，他也不见得能说上两句好听的，今儿倒是破天荒，低声下气地哄了一会儿。

他低头捉住黎漾纤细的手腕，指腹在黎漾细嫩的手腕上摩挲，铁了心将姿态放到最低："晚上来我的房里。"

黎漾轻飘飘地抽走手，抿了抿唇，冷冷地说道："不去。"

喻琛再次抓住她的手腕，虎口温柔地贴着她的手腕，热意灼人："那我去找你。"

黎漾没挣开，而是抬起眸直视他："我有约。"

黎漾的手腕被捏痛，耳边拂来喻琛的气息。他的声音显得低沉又危险："你敢去？"

黎漾忽然笑了，漂亮的眼睛里写满了疏离和讥嘲："我凭什么不敢？你是谁啊？"

喻琛的脸色低沉，他不疾不徐地说道："你别闹了！"

说完，他拽着她趔趄地往前走，见她穿高跟鞋走得吃力，干脆将人抱起来，不顾她的挣扎，抱着人上了电梯。

林绵和江聿坐在地板上，她拿毛巾擦了擦脖颈上的汗，转头对上江聿明亮的双眼，淡淡一笑。

林绵用手撑着地面，倾身凑过去，接了一个维持几秒的吻，相视一眼后，坐回原位。

"还打吗？"

林绵累得汗涔涔的，很久没这么运动过了，浑身酸痛疲惫。她拿毛巾擦了下脖颈，笑着摇头。

江聿起身，把手递给林绵，他的手掌宽厚，泛着红，林绵抬手，借着他的力道起身。

走出电梯后,林绵才想起来:"啊,房卡我放在黎漾的包里了。"

吃完饭林绵把这件事给忘了。

"我去找她拿。"林绵想了想,还是先拨了一个电话给黎漾。电话打通了,铃声却在林绵的耳边响起。

林绵几乎本能地循着铃声寻找,声音好像是从喻琛的房里传出来的,而且手机好像就在门口。

林绵跟江聿对视一眼。

林绵刚要挂断电话,电话被接通,黎漾气息不稳地说道:"绵绵,什么事?"

林绵的呼吸一滞,她不自然地说道:"我的房卡在你那儿,你要是在忙,我们去楼下的咖啡厅里坐会儿。"

她愣是没把"等你们"三个字说出来。

黎漾"啊"了一声,说:"你等下。"

大概意识到林绵在门口,黎漾很迅速地拉开一道门缝,雪白的胳膊从门内探出来,指间捏着一张房卡。

黑色的卡片和细白的手指形成鲜明的对比,衬得黎漾的肌肤如玉,只是此时她的肌肤上染着一层淡淡的绯色。

林绵还没拿到房卡,黎漾细长的手指一松,被喻琛捞了回去,房门应声被锁上,卡片飘落到地毯上。

江聿可能被黎漾他们刺激到了,林绵是被江聿推着进房间里的。林绵前脚刚进去,江聿后脚贴上来,不过两个人只是闹着玩,并没有真的想做什么。

江聿丢下毛巾,捞起桌上的烟和打火机,来到吸烟室里抽烟,咬着烟还没点燃,唇上便空了。

江聿顺着细白的手指看过去,他咬过的烟此时正被林绵塞在嘴里,口红洇出一点儿红印子。

"又想学抽烟?"他想起那次在大桥上,她也要了一支烟,捏在手里玩,后来非要看看烟的构造,把烟丝剥出来玩。

经过《逐云盛夏》何皙的角色的塑造,林绵对烟多少有点儿情结,甚至觉得拿着烟夹在指间,她就变回了何皙。

幸好这样的感觉并不明显,她还是爱着江聿,反复爱着他。

她用手指捏着烟送回他的嘴里,眨了眨眼睛,问他:"吃饭之前,你梦见什么了?"

过了这么久的事情忽然被提起,江聿的面上也有一瞬间的尴尬,毕竟他刚才是真哭了。要知道当时林绵消失了,他都没哭过一次。

她直白地望着他,叫他说不出谎话,他咬着烟快速地点燃,含混不清地说道:"我怕你对我的喜欢是假的。"

她沉默了一会儿后,再次伸手夺过他唇上的烟,这一次没有把玩,而是送到嘴里吸了一口,熟悉的尼古丁味道散开,她的内心却感到更空虚了。

她不是何皙,烟草安抚不了她。一口烟来不及吐,她被呛得眼眶都红了,她勾着他的脖颈贴上去吻他的唇角。

"我喜欢你,Roy。你可以反复跟我确认。"

窗外细风穿梭,枝杈摇曳,窗户上映出拥抱的人影。

她推着他的肩膀,手机适时地响起声音,差点儿从指缝中掉落。

当江聿看到她的手机屏幕上显示"宋连笙"三个字时,脸色急转直下。

缠绵旖旎的气氛被风吹散。

"他打电话来做什么?"江聿皱着眉,脸色渐冷,语气冷硬不善地问道。

林绵摇头,坦白道:"自从上次见面之后我们就没联系过。我也不知道。"

这些日子江聿都跟林绵缠绵在一起,她说没联系过宋连笙江聿是信的。但毕竟当初林绵暗恋过宋连笙,虽然现在林绵一心一意地喜欢他,宋连笙也已婚,但潜在的情敌是不容忽视的,他随时保持警惕。

林绵看穿了他的心思,谁叫她的老公是个醋坛子呢?她把手机给江聿,示意他接:"你说我不在,去洗手间了。"

江聿意外地挑眉，长指接过手机按下接听键。

"林绵，在忙吗？"宋连笙含笑的嗓音有种亲切感，但江聿不喜欢他这样，总觉得像装出来的。

"我是江聿，林绵，她……"江聿往下瞥了一眼林绵，不疾不徐地说道，"她去洗手间了，怎么了？"

他用手指去碰她被呛红的眼角，那一点点红色，像是晴天傍晚天空中的火烧云。

林绵往后仰，避开江聿的触碰，他心神荡漾，将人拉回来接吻。

林绵挣扎了一下，没躲掉他的吻。江聿故意捣乱似的逗着，林绵短促地出了一声，尾音被他咬进嗓子里。电话仍在继续，宋连笙温润的嗓音一字不落地从电话里传出来。

林绵的后腰抵在墙壁上，不知是因为这个行为太过疯狂，还是因为江聿太缠人，林绵的双睫不停地颤动。

几秒后，江聿松开林绵，后知后觉地意识到错过了宋连笙说的一句话，轻扯嘴角，问道："你刚说什么？"

宋连笙不知道这头江聿在做什么，只当江聿没听清，于是好脾气地重复一遍："我和妙妙来京了，有空的话我们一起吃顿饭。"

原来是他们来京了。江聿垂下眼眸，冷淡地说道："行，明晚有空吗？"

宋连笙短暂地沉默了几秒，估计在跟苏妙妙商量。他没让江聿多等，回复道："明天晚上有空。"

江聿再次确认道："一整晚都有空吗？"

宋连笙不明白江聿这么问的意图，笑了笑，问道："你是有什么安排吗？要是不方便的话，后天也可以。"

江聿把玩着打火机，垂着头，下颌线硬朗分明，不笑的时候有点儿难以亲近，就比如此刻，对宋连笙客气，其实脸上并无善意。

"明天我让司机去接你们。"

江聿又聊了几句，才挂了电话，他的半截烟悄无声息地燃完，只剩下一堆灰白色的灰烬。

林绵面露犹豫地说道:"明天我们有空跟他们吃饭吗?"

其实她不想见宋连笙,也不想见苏妙妙,更不想跟他们虚情假意地吃饭。

"让司机接他们过来。"说话的间隙,江聿又点燃了一支烟,白烟萦绕在指间。他喜欢用拇指和食指一起捏着烟,这个漫不经心的动作莫名其妙地让人上瘾。

林绵这才注意到江聿抽的烟包装很特别,与剧组提供的烟不同,抽在嘴里的味道也不相同。

剧组提供的烟味道对于她这种不抽烟的人来说呛鼻,而且有些苦。

"你抽的是女士烟吗?"烟盒被浅灰色的五角星覆盖,大色块的星星和明黄色的背景组成一个数字"7",犹如群星拱月,有种朦胧的美感。

江聿将烟盒给林绵看,不疾不徐地解释道:"不是女士烟。"

林绵点点头,默默地记下他喜欢抽的烟,这个名字很特别,如果她下次去外地拍戏,或许可以给他买来当礼物。

江聿会随身携带,只要抽烟就会想起她。

晚上,林绵意外地收到乔西发来的消息,对方发来几张修好的照片,将作为杂志的内刊照片刊登。

乔西心情激动,又把内刊的排版发给林绵看。

林绵将照片保存下来,乔西又说,她有预感这一期的杂志会火爆,还附赠一个俏皮的"猫猫摇头"的表情包。

林绵客气地回了一个"送你小花"的表情包。

林绵侧过身去捏江聿的鼻子。江聿垂着头看微博,几缕碎发遮在额前挡住眼睛,他忽然抬起头,浅色的眼里闪过一丝迷茫。

"你可能要火了。"

"什么?"刚才江聿的注意力被微博吸引,他没关注林绵跟乔西的聊天内容。

"我的黏人男朋友,"林绵语调轻快地调侃江聿,"很快就要在杂志上刊登了。"

江聿放下手机，将她捞进怀里抱着，下巴在她的头顶上轻蹭，晃了晃说："你让我想起了一件事情。"

林绵仰头，从她的角度只能看到他的黑发，柔软蓬松地搭在额头上，她没忍住伸手抓了一把，说道："你还瞒着我的事情，通通交代。"

江聿先是一笑——要不是林绵提起杂志刊登，可能在以后的某天，她会像打开宝藏一样发现，然后大喊"江聿，你还有事情瞒着我！"。

"我论文的致谢一栏上写了你的名字，林绵。"

林绵足足愣了几秒钟，抓着他的手臂，半跪着坐起来去看他的眼睛。灯光倾泻，仿佛所有的光都聚在他的眼底。

"真的吗？"她明知道这不可能是假的，但还是想确认，想让江聿看着她的眼睛确认。

江聿伸手抚摸她的脸，唇角弯出弧度："当然，你是我唯一的致谢人，也是唯一的妻子。"

林绵的胸膛鼓胀，被一种叫"江聿"的甜蜜填满胸腔，林绵再也逃不掉。她开玩笑似的说："其实你一开始就对我有预谋吧？"

江聿低笑，胸腔在她的背后震颤，说道："是谁见我第一眼就想占我的便宜？"

林绵回过头去咬江聿的下巴，灯光照在他的头顶上，他的眼睛里像是装满了星星。她反驳道："那不叫占便宜。"

她攀着他的肩膀，凑到他的耳边低语道："那叫寻欢喜。"

江聿的半边耳朵瞬间变得通红。

林绵调戏完江聿后心满意足地从他的双臂间钻走，下午补了觉，此刻一点儿倦意都没有，便打开影音设备找电影来看。

可能是出于职业习惯，林绵喜欢找评分高、口碑好的电影看，一部惦记了很久的电影终于被她排上日程。

林绵点开播放，窝回江聿的怀里，寻了个舒适的姿势靠着。房间里其他的灯已被关掉，只剩下投影在巨幕墙上的光线，足以照亮视野。

江聿放下手机，耐着性子陪着她看。林绵看到动人之处，回头跟江聿讨论两句，江聿的见解独到，让林绵觉得跟他看电影其实很有意思。

　　江聿在她的耳边用标准的伦敦口音朗读感人至深的信件，语调舒缓，几乎是在用气声朗读。他的声音响在林绵的耳畔，充满深情的嗓音蛊惑着她，犹如情到深处时的呢喃。

　　林绵的心脏跳得很快，她仿佛快要溺死在江聿的深情中，并且真的能感同身受，感觉周身被爱意包裹。

　　江聿的声音停下很久后，她依旧久久不能回过神来，江聿低头亲她的侧脸，她才慢慢地从这种感觉中抽离，长呼一口气："我好后悔。"

　　"嗯？"江聿看她。

　　她遗憾地说道："我没有把你这段话录下来，真的太可惜了！"

　　江聿当是什么大事呢，弯着唇，拿过她的手机，示意她打开，要给她录一遍。

　　话虽这么说，但真要录了给别人听，她又有了私心，想把这么好的江聿藏起来。

　　她抽走手机，懒懒地塞回枕头下，兴致不高地说道："不录了。"

　　翌日，一行人白天去大棚里采摘水果。

　　江聿和喻琛去骑马，林绵不爱待在马场里，总觉得那里臭烘烘的，就和黎漾躲进咖啡厅里。

　　"宋连笙和他的老婆来京了，江聿晚上让司机接他们过来吃饭。"林绵一只手支着头，另一只手搅动着水果冰激凌。

　　眼看着水果冰激凌被林绵再搅下去就没食欲了，黎漾制止了她，并且拿走了勺子，放到一旁。

　　"他们还敢来？"提起宋连笙，黎漾就没什么好脸色。

　　当初林绵年纪小对他产生出懵懂的感情那点儿事情，黎漾一清二楚。她还记得林绵去找宋连笙回来后，情绪低沉，抱着她痛哭，后来林绵还去看心理医生。

这些事历历在目，她陪着林绵走过来，不会轻易地忘记。

如今林绵好了，宋连笙和苏妙妙又来搅和什么？！黎漾被气得不行，往后捋了一下头发，将手肘压在桌子上，气哼哼地说："晚上我非得见见宋连笙。"

"不用了吧？事情都过去了，我也朝前走了。"林绵表现得毫不在意，能看出来是真不计较了。

黎漾做不到林绵那么大度。她是睚眦必报的性格，宋连笙和苏妙妙这俩人的仇她记了好几年了，这次终于逮着机会了。

两个人说着话，黎漾抬头随意地一扫，忽然眯眼盯着不远处，手碰了碰林绵的手肘，示意林绵看："欸，你看那两个人是谁？好眼熟。"

两个长相、身材都很优越的女人交谈着往里走。林绵看过去，除了对方穿着的高奢品牌，只看到了纤细的腰、细长的双腿，这两个人精致得估计连脚趾都护理过，显得白皙透亮。

林绵早就听说能来这里玩的人非富即贵，京城这帮有钱人最爱来这儿玩，大概这两个女人也是吧？

"谁啊？"林绵仅凭这两个背影认不出。

黎漾皱着眉，摇头："像是在哪里见过她们。算了，反正我们也不认识。"

林绵完全没把这个小插曲放在心上。直到晚上，司机将宋连笙和苏妙妙接来，意外巧合地发生了。

林绵挽着江聿的手往餐厅里走去，忽然听见背后有人叫江聿："小聿。"

两个人同时回头。

白天的两个女人之中的一个站在不远处，红唇扬起一点儿弧度。她叫的是江聿，视线却在林绵的身上游走。

或许是女人天性敏感，林绵感知到这个女人对她的轻视后，用同样不客气的眼神看回去。

两个人的视线交锋了几秒钟后，江聿说道："你也来这边玩？"

女人懒懒地应了一声，抬了抬下巴，问道："你的女伴？"

她用的是"女伴"这个词，而不是"女朋友"，更不是"妻子"，可想而知她把林绵的身份看得有多轻。

江聿没有急于否认，握住林绵搭在他手肘上的手，牵起来交握扣住，亲昵又自然地介绍道："她是我的妻子林绵。"

林绵的手被握紧，唇角弯出淡淡的笑意，眼神却很冰冷。

女人对此感到意外，随即笑道："你不介绍一下我吗？"

江聿的语气淡淡的："这是江玦的未婚妻，我们未来的嫂子——金怡。"

原来是江玦的未婚妻。林绵淡淡地点头，乖巧地叫了声："嫂嫂好。"

金怡深知江玦当初对林绵有意，本就看不上林绵的身份，自然而然也不想听林绵叫她嫂子。

金怡轻哼了一声，姿态颇高，又似故意抱怨给江聿听："原来是带老婆来玩啊，难怪江玦不肯过来。"

金怡的话让气氛僵了几秒，她用秀气的手指拨了拨头发，冷声说道："朋友还等着我，我先走了。"

说完，她踩着高跟鞋翩跹离开，经过时拂起一缕浓郁的香风。

林绵觉得好笑，很难想象儒雅又绅士的江玦以后会怎么办——这位太太比有着大小姐脾气的祁阮还难伺候。

只不过祁阮和金怡过招，会不会占下风？

"在想什么？"

林绵收回思绪，重新挽上他的臂弯，低声道："我在想祁阮和金怡谁更厉害一些？"

江聿偏头笑笑，散漫地回道："那肯定是金怡，我哥都怕她。"

两个人有说有笑地进了餐厅。

宋连笙和苏妙妙早早落座，见他们进来，起身打招呼。

江聿收敛了散漫的笑意，摆上一副矜贵冷淡的样子同宋连笙交谈，言语间透着疏离。

宋连笙客气地回应。

苏妙妙在点菜的间隙，偷偷瞧了好几眼林绵，眼底的情绪复杂，在宋连笙跟她说话时，才恢复高兴的模样。

"这个地方不便宜吧？"苏妙妙本就是市井小民，虽然在大城市里上班，但仍旧是上班族，几乎不曾出入过高档场合。苏妙妙第一次见如此奢华的度假山庄，又被装潢奢华的酒店震撼到，在路上一个劲儿地想：当演员真好啊，吃的用的都是普通人够不着的。

苏妙妙在网上查了这个度假山庄，据说是喻氏集团旗下的众多产业中的一个，尽管这样，门口摆放的那棵招财树，据说就价值一百多万元。

人比人还真是气死了人呢。

苏妙妙想了一路，也就忌妒了一路，若是当初宋连笙跟林绵在一起了，后果不堪细想。

"妙妙姐，不喜欢吗？"江聿递去矜冷的视线，客气地问道。

苏妙妙刚在愣神，压根儿没听到江聿说了什么。她"啊"了一声，摆手说："没有啊。"

江聿面上不显，也不管苏妙妙是不是在推辞，吩咐服务生不用伺候。

服务生斟茶倒水，然后客气地站在了一旁等候。

这个地方很奢华，一看就不是普通人消费得起的，筷架精致如玉，摆放在杯盘的旁边，呈上来的菜看着昂贵，一盘大概就一筷子那么点儿，摆盘精致，漂亮得像是工艺品。

苏妙妙望着一桌子精致漂亮的菜，眨了眨眼睛——这真的能吃吗？有钱人的饭菜真的能吃饱吗？

还未等她想明白，江聿示意服务生倒红酒。

宋连笙表示不会喝酒，江聿浅笑："我在楼上给二位安排了房间，二位要是醉了直接上去休息就行。"

苏妙妙瞪大了眼睛——她不光能在这里吃饭，还能住在这里，这是她这辈子可能都没办法体验的经历。

她侧过脸对宋连笙说:"你少喝一点儿,也不会醉。"

宋连笙看了她一眼,嘴角露出笑意,说道:"那就只喝一点儿。"

江聿捏着酒杯轻晃,假装客气地寒暄道:"你们这次来京是度蜜月吗?"

苏妙妙回道:"不是,是我回总公司培训,他陪我过来。"

宋连笙不动声色地看了一眼林绵,附和道:"顺便见见林绵。"

默不作声的林绵正在跟一只虾做斗争,忽然被点名,停下动作,弯了弯唇,说道:"正巧,我最近休息。"

"需要我安排人陪着你们玩吗?"江聿淡淡地问道,"有个司机接送出门比较方便。"

江聿端走林绵面前的骨瓷盘,拿起毛巾仔细地擦了擦手,然后专心地剥林绵的那只虾,几秒后,完美的虾肉被放到瓷盘里送回到林绵的面前。

他的动作亲昵又自然,两个人之间有种旁人无法融入的亲密氛围。

江聿总是不经意地在外人的面前表现出他低姿态的一面,偏偏这样,丝毫不与他矜贵的形象违和,反倒是叫旁观者羡慕不已。

林绵眨了眨眼睛,江聿已经拿起毛巾擦手,顺带闲聊道:"我岳父、岳母都还好吧?"

宋连笙道:"林叔恢复得挺好的,能出门下象棋了。"

江聿点点头,话题就此作罢。

几个人用餐到一半,房门忽然被叩响,紧接着房门被推开,黎漾挽着喻琛走了进来。

喻琛拎着一瓶红酒,放到桌面上,吩咐服务员把酒拿去醒了来招呼客人。

江聿弯唇一笑,说道:"已经醒酒了。"

喻琛笑着说:"你那酒太贵了,动不动就珍藏,我不爱喝。"

喻琛用手指点点自己带来的酒,交给服务员,打趣道:"我就爱喝超市里卖的干红,怎么了?"

"我们也没吃饭,不介意我们蹭饭吧?"黎漾走到林绵的身边,自然地落座,眼睛却往苏妙妙的身上瞧。

喻琛坐下后,黎漾转头瞪他:"你别挨着我,去挨着小江总。"

喻琛跟江聿交换眼神,撇嘴表示无奈。

突然多了两个人,而且黎漾的眼神里充满了探究和冒犯,让苏妙妙感到不太舒服,很明显,看穿着、打扮、谈吐,这两个人的身份也不一般。

她从没想过江聿到底是什么身份,以为江聿只是有点儿钱,刚听那人叫江聿小江总,恐怕不是这么简单。

她悄无声息地拿出手机,在桌子下输入喻琛带来的那瓶酒的名字,然后点搜索。她不信那瓶包装精致的酒是超市里的打折货。

幸亏她是外贸公司的,眼尖而且记忆力好,一眼记住了红酒的名字,搜索的结果出来后吓得她呼吸一滞。

被喻琛称为"超市打折货"的红酒价值十几万元。

一瓶酒花费她差不多大半的年薪,加之喻琛调侃江聿的酒更贵,两个人的身份可想而知。

苏妙妙抖了一下,呼吸短促地眨了眨眼。宋连笙压低了声音问她:"怎么了?"

苏妙妙忽然笑了笑,看向林绵:"绵绵,这两位是你的朋友吗?过来玩的?"

黎漾懒懒地打量她,几秒后,转开视线,开始玩手机。

黎漾:她好会装。宋连笙怎么会喜欢这样的?

黎漾:我怀疑她给宋连笙下蛊了。你看到她看喻琛的眼神了没?我好想气她。

黎漾的手指漫不经心地在手机屏幕上敲打。林绵的手机"嗡嗡"地振了几声。

江聿靠在椅子上,慢条斯理地介绍道:"这两位是喻琛和他的女朋友。"

黎漾声明道:"不是啊,我是他的女伴。"

喻琛弯着唇，笑了笑，谁都看出了纵容的意味。

过后，几个人喝了几杯，宋连笙坚持让司机送他们两个人回市区，不用再麻烦江聿在楼上开房间。

江聿一副随他们的意愿的样子。宋连笙想走，苏妙妙却不想走。

江聿的视线在两个人的身上扫了扫，薄唇弯出浅浅的弧度，他说道："不麻烦，这是喻总的产业，你们就当成在自己家里一样。"

喻琛接话道："就是，当自己家，有什么需要跟经理提，不用客气。"

宋连笙的眼眸里充满醉意，不常喝酒的他添了两次红酒，酒劲上来，怔了几秒后，才意识到江聿刚说了什么。他突然对和喻琛、江聿这样的人一起推杯换盏感到自卑。

苏妙妙亦是安静了几秒钟后，推开椅子起身，说道："我想去趟洗手间。"

饭厅外就有自带的洗手间，苏妙妙钻进去锁上门。

喻琛邀请江聿出去抽烟，江聿拿起放在桌上的烟盒和打火机，起身往外走，宋连笙想了想，也跟了出去。

在门口，宋连笙遇到了苏妙妙，苏妙妙满眼警惕，先是瞧了一眼室内，又焦急地问他："你跟林绵单独在房间里？"

她好像很怕宋连笙和林绵单独相处。

宋连笙也有所感觉，但把这种感觉归咎于苏妙妙对他爱得深，没当回事，笑着说："她的朋友在。"

"那你干什么去？"

宋连笙醉了，脸色很红，眼睛却雪亮。他回道："抽根烟。"

苏妙妙的脸色稍微缓和，她低声叮嘱道："咱们都要备孕了，你少抽点儿烟。"

苏妙妙提起备孕的事情时，宋连笙原本柔和的目光变得冷淡，他主动捏捏苏妙妙的手腕，无奈地安抚道："妙妙，你不是答应我了暂时不提怀孕吗？"

只一句话，苏妙妙立刻红了眼，湿润的双眼里满是责备："宋连笙，你就是还惦记着林绵。"

她的声音有点儿大，在安静的走廊里倍显突兀，幸好话还没说完，她就被未卜先知的宋连笙一把捂住了嘴。

宋连笙的动作娴熟得像是这么做过无数次了，苏妙妙说不出话来。宋连笙道："你说什么我没听你的？林绵的事情早过去了，你不要动不动就提，要是江聿听见了会不高兴。"

他放开苏妙妙，就听见她讥嘲道："江聿的身份不得了，林绵恐怕也后悔当初喜欢你。"

宋连笙瞪了她一眼，说道："你别瞎说，回房间里去，不要跟林绵瞎说。"

苏妙妙的眼底闪过一丝狰狞的妒意，她抿了抿唇，望着宋连笙远去的背影，心不在焉地回到房间里。

服务生送来了水果，都是新鲜的进口水果，被切成漂亮的形状。黎漾戳了一块放进嘴里，完全把苏妙妙当空气，问林绵："你想过跟江聿在哪里办婚礼吗？"

林绵还没想过这个问题。

黎漾又说："过几天时装周，你陪我去吧。宝宝，好不好啊？"后半句话黎漾直接切换成粤语撒娇。

林绵被摇得晃了晃，笑着说："闻妃给我安排了活动，我抽不出空啊。"

黎漾扫了一眼苏妙妙，嘴角带着笑，抽纸巾擦手起身，说道："我去找喻琛。"

房间里就剩下林绵和苏妙妙，两个人也没什么共同话题，林绵拿着手机随便滑，没想到黎漾方才给她发了这么多消息。

看着黎漾发的一连串的抱怨，她弯了弯嘴角，一抬眸刚好与苏妙妙的视线对了个正着。

苏妙妙问林绵的工作是不是很忙，没等她回答，自顾自地说："如果你们有了孩子，岂不是也没办法自己带？我们也一样，有了孩子以后，他的父母也没办法过来照顾。"

· 485 ·

林绵顿了一下。她已经不是十几岁的年纪，不需要苏妙妙把话说得那么清楚，立刻意会苏妙妙的意思，顺着苏妙妙的话说："你怀孕了？"

　　苏妙妙作势点点头，又说："月份还小，连笙不让说。"

　　林绵了然地点头，说道："恭喜。"

　　苏妙妙直直地盯着林绵，仿佛有千言万语要说，忽然开口道："林绵。"

　　"嗯？"

　　苏妙妙的目光越发凌厉，她丝毫没察觉到自己带给林绵的不适。苏妙妙像是陷在了自己的情绪里，发问道："你当初恨我吗？"

　　林绵抿着唇没说话，淡淡地回望着苏妙妙。

　　苏妙妙的双手在桌子下紧紧地攥着桌布，可怕的惊慌感在心里被无限地放大。

　　她的眼睛眨得很快，呼吸有些急促，又像是在刻意压抑着。

　　她气息发颤地说："你恨我拆散你和宋连笙。"

　　房间里静谧得只剩下空调送着冷气的声音。

　　抽完烟的三个人前后脚进来，说话声混合着黎漾的高跟鞋的声音，发出轻重不一却很热闹的声响。

　　江聿落座，手臂自然地横在林绵的椅背上，低头问她："怎么了？"

　　林绵握住江聿的手，他方才抽烟后洗了手，手指和手心湿润，洗手液的柠檬香味萦绕着。

　　林绵的手指嵌入他的指缝中，两个掌心相贴时，他故意收紧力道夹她的手指。林绵低语道："我想回去了。"

　　她凑近江聿的耳边，用两个人才能听见的声音说："我想吻你，很急。"

　　江聿的目光闪了闪，薄唇弯出浅浅的弧度。

　　他轻佻地挑眉："确实很急。"

　　宋连笙不知道是不是心情不好，抽烟回来后，喝得很凶，彻底喝醉了，江聿让人将他和苏妙妙安排在楼上的套房里。

晚些时候，黎漾给林绵发来一个视频。

黎漾：Surprise（惊喜）！

林绵坐在沙发上，随手点开视频，视频里的画面凌乱，像是躲着拍的。

宋连笙的声音传来："我当时就让妙妙帮忙安排住处，带林绵去酒店。我一个男人也不方便。"

"妙妙跟她说了什么？"他用的是疑问句，迟疑几秒后又说，"我不知道。我没让妙妙给林绵带任何话啊。妙妙说什么了？"

宋连笙后面的这句话，其中透着几分茫然。

第十六章
粉雾海

"我很忌妒你当他的妹妹。

"他是为了我才考到这里来的。

"他让我转告你,好好学习,好好拍戏,你不属于任何一个人。"

虽然过去了那么久,这些话却像昨天刚听到一般深深地刻在林绵的脑海里,只要稍加提醒,林绵便能想起苏妙妙当时说这些话时,沾沾自喜的语气。

苏妙妙以宋连笙的女朋友自居,每一句话都快要把林绵的自尊踩进尘埃里,叫她难堪。

林绵说过去了,全忘了,也不尽然。她不想见到苏妙妙,其实心里还是对苏妙妙耿耿于怀。

"妙妙怎么可能说那些话?"宋连笙像是急于辩解,黎漾将当年林绵转述的话原封不动地说给宋连笙听,宋连笙嗓音有些发颤地说,"不是,妙妙怎么可能说那些话?"

现在说什么也于事无补,宋连笙和苏妙妙结婚了,即便苏妙妙擅自做主说过那些话,他也会维护自己的妻子。再者,她就算没说过,林绵也不会跟他重修旧好,更不可能回到年少时那种亲密的状态。

唯独有一点没错,林绵一开始就不喜欢苏妙妙,甚至有些怨恨她。

如果没有苏妙妙说的那些话,林绵和江聿也许不用耽误三年。

林绵在江聿回来时,关掉了视频,深深地吐了口气,脸色恢复如常。

江聿走过来抱她,问道:"在看什么?"

林绵说道:"一个搞笑视频。"

江聿没有多问,他的身上沾染了烟酒气,不难闻但也不如平时清爽。他单手扣着衣袖,慢条斯理地解着,取掉腕表放在床头柜上,又去脱衬衫。

在镜子里竟然看见林绵一直在盯着他,他慢慢地转过身,略微挑眉,意味深长地看着她,手指停在纽扣上没动。

林绵拿过抱枕抱着,单手撑着下巴,眼睛一眨不眨地观看他脱衣服。

他知道她喜欢看什么,极富耐心地一点点取悦她。

手段恶劣,花样繁多。

手机在沙发上悄无声息地亮了一下,一条消息进来。

宋连笙:林绵,对不起。

翌日,司机按照吩咐来接宋连笙和苏妙妙去游玩,结果被前台服务员告知两个人一大早就退还房卡,离开了。

林绵能想象,宋连笙将事情弄清楚后有多难以面对她,为此她不予追究。

宋连笙走了就走了。

昨晚那条消息,她只读没回。

毕竟,十几岁的年纪,谁也说不清感情到底是怎么产生的,最后又到哪儿去了。

就像去年她跟黎漾去上香时,黎漾提了一嘴求姻缘,她当时不上心,自然也没想过,久别重逢这种事情会发生在自己的身上。

江聿就像是一颗宝石,像是一闪而过的好运,轻飘飘地落在她的指尖上。

江聿翻了个身,拉着她的手肘把她拖到怀里。林绵太瘦了,抱着像一张纸片，一点儿分量也没有。

"他们走了？"他睡得迷迷糊糊的，被电话声吵醒。

林绵"嗯"了一声，慢悠悠地说："苏妙妙好像怀孕了。"

她忽然想起来苏妙妙炫耀的那个样子，也不知道怎么就顺口提起，当真是无心的，落到旁人的耳朵里，倒有几分羡慕的嫌疑。

江聿忽然支起上半身，劲瘦的手臂撑在她的身侧，倦怠的、布满红血丝的眼睛一眨不眨地看着她，似乎要将她任何一个小表情都看在眼里。半晌，他揶揄道："你这是怪我不努力吗？"

林绵用潋滟的水眸瞪他，说道："我只是随口一说。"

江聿却不依不饶地说道："是吗？想想，最近也挺频繁的。"他的手指在她瘦而有韧劲的肚子上丈量，动作不轻不重，却如点火一般。

"是不是也可能种上了？"江聿开玩笑地说道。

"还是我要继续努力？"他把尾音压得很低，平白蛊惑人。

林绵心里一颤，她上次生理期是在剧组拍戏的时候，但是每次都有采取保护措施。

江聿也格外细心，每次都认真地检查过。

但距离她下一次生理期还有几天呢，她漂亮的眉心皱着，突然陷入焦虑中。

江聿见她当真了，指尖在她的腹部上多逗留了几秒，手臂一松，重新跌回枕头上。

两个人安静了几分钟。

"绵绵，跟我回家见爸妈吧。"江聿从后面拥住她，鼻尖在她的头发上轻轻地拱。

江聿本来一开始就要带林绵回去，耽误了这么久，其实对她来说不公平，想到江玦都订婚了，他好像无形中落后了一截。

林绵往他的怀里靠，点了点头，问道："我需要准备点儿什么？"

忽然，她想到了江聿当初警告她的话，翻了个身趴在他的胸口上，仰头只能看到他的下颌。

"我记得你说过，你们家的门第观念很重。"林绵的语气很轻。

· 490 ·

名门望族都看重门第,江家地位非凡,自然也是名门望族一列,早些时候她就听说过江家对儿媳妇的要求格外高,以至祁阮这样门户的女孩儿,都没能如愿成为江玦的结婚对象。

林绵苦恼地翻了个身。

江聿低声安抚道:"对你无效。"

"是吗?"

江聿亲了亲她的额头,语调轻松地说道:"只要你能嫁给我,家法什么的都能改了。"

巧的是,中午吃饭时,他们又遇到了金怡。

她穿着一袭套裙,漂亮的五官在光线明亮的餐厅里更显漂亮,肌肤白皙透亮,脸蛋儿小巧精致,宛如拿着尺子一点点量出来的,卷翘的睫毛微垂着,端着手站在落地窗边讲电话。

许是没休息好,她的情绪不太高,余光瞥见林绵时,目光停了几秒。她忽然张开红唇,说道:"你猜我看见谁了?"

金怡是对电话里的人说的,但是林绵距离金怡近,声音自然而然地飘进林绵的耳朵里。

她挂了电话,视线从林绵的身上扫过,主动同江聿说话:"小聿,你哥刚才还问你什么时候回去呢!"

他把嘴角拉得平直,一脸倦怠,语气平淡地说道:"他有事吗?"

金怡被问住了,扯扯唇,说道:"我也不知道。"

过了一会儿,金怡说:"我们在楼上玩,你要上来坐会儿吗?都是你哥认识的。"

不知怎的,江聿语气冷漠地说道:"不去了,我哥认识就行了。"

林绵被江聿握着手腕,拉着离开了餐厅。江聿脚步匆忙,林绵跟了两步才追上。

室外阳光充足,晨雾被风吹散,风微凉,带来一丝清新的气息。

室内的那点儿压抑感被风吹散。

"以后,少跟她来往。"江聿叮嘱林绵。

原来江聿是为这个事情生气吗?

林绵应了一声:"我平时拍戏,也见不着。"

江聿思索了片刻,想到了林绵能和金怡碰面的场合,反复叮嘱道:"逢年过节,若无必要,也少走动。"

江聿说什么就是什么,林绵点点头,握住他的手,说道:"好,我知道了。"

"漾漾让我帮她带杯咖啡。"林绵松开手,朝着咖啡店走去。

江聿站在原地,摸出一支烟,刚放到唇上,手机就响了,他拿出来,看到来电之人,眯了眯眼眸。

江聿点燃香烟,单手按下接听键。

老江总声如洪钟地说道:"我听说你带人去喻家那小子的庄园玩去了?"

好巧不巧这么准时打过来,江聿想也不用想,开口问道:"金怡说的?"

老江总没承认,除了金怡还有谁?

老江总本以为江玦跟金怡只是逢场作戏,倒没想到两个人联系得还挺紧密,看来江玦也不全是他想的那样一心只想搞钱。

"度蜜月。"江聿咬着烟,盯着林绵,回答得漫不经心。

"你们都结婚三年了,"老江总哼了一声,说道,"你有本事把人带回家来。"

老江总又开始老生常谈:"难不成我们江家见不得人?你倒是让我看看对方是何方神圣。"

江聿吐口烟,嗤笑道:"你少看点儿《西游记》。"

老江总重重地哼了一声:"管上你老子了!"

江聿笑着,手指压着烟弹了弹,说道:"你有时真返老还童。"

老江总没好气,直接下命令道:"这周家宴,把人带回来!"

或许知道江聿的顾虑,老江总又大声强调道:"放心,我不会棒打鸳鸯,更不会给她五百万元让她走人。"

得了,江聿知道他爸最近在家里肯定没少跟着他妈看偶像剧,嘴里一句接一句地没个准,已经不是当初那个严肃的、动不动就要家法伺候的江总了。

"行,到时候你可不能让我丢脸。"

人还是不服老不行,江聿感慨了一句,收起手机,顺手接过林绵手里的咖啡拎着。

"你这周三的时间空出来留给我吧。"江聿商量道。

林绵想了想周三有什么行程,迟疑地点头,说道:"好,你有什么安排吗?"

"带你回家里吃饭。我们家大厨祖上是给宫里做菜的,你想吃什么都给你安排。"

林绵问道:"大厨会雕花吗?豆腐能切丝吗?"

江聿顺势一答:"兴许可以。"

林绵笑道:"那我想吃你煮的面。"

周三这天一大早,江聿就被电话吵醒了。

他挂了对方又打来,锲而不舍,没什么眼力见儿,惹得他重重地"啧"了一声。他翻出手机,想要破口大骂。

江聿按下接听键,低哑沉闷的嗓音从喉咙里挤出来,昭示着不悦:"江敛,你还让不让人睡觉!"

真是个烦人精!

江聿咬着牙想:江敛从小到大最没眼力见儿,故意招人烦,幸亏是他弟弟,不然他早一脚把江敛踹进垃圾桶里了。

此时,"小烦人精"还没感知到他哥濒临暴怒的边缘,嘴里说个没完:"哥,你要带嫂子回家吃饭吗?"

这不是大家都知道的事情吗?

从江聿同意带老婆参加家宴开始,家族小群里就炸开锅了,江聿都在里面发了几轮红包了。他记得好像江敛没少抢。

"是。"他咬着牙,耐着性子,说道,"还有事情吗?"

后知后觉的江敛终于意识到他哥不高兴,赶紧问道:"你帮我问嫂子喜欢草莓奶茶还是杧果奶茶?"

提及林绵,江聿的脸色稍微缓和了一些,他揉了揉酸疼的眼睛,困倦的睡意彻底没了，干脆掀开被子下床，绕到窗边拉开窗帘。

"你嫂子不喝奶茶。"

江敛遗憾地"啊"了一声，又问道："那甜点呢？"

知道江敛是出于热情，江聿不忍心泼他冷水，思索几秒后，说道："甜点你看着来吧。"

"好嘞。哥，再见。"江敛突然很懂事地挂了电话。

车子缓慢地行驶在宽阔的林荫道上，四周植被茂密，精心修剪过的植物充满了旺盛的生命力。

林绵第一次进入壹合原筑，深吸了几口气，比去试镜还要紧张。

江聿握住她的手，感受到她紧张得绷紧的身体，用指腹在她的手背上轻轻地刮，低声安抚道："江敛也在家里，就吃饭，别紧张。"

林绵"嗯"了一声，弯了弯唇，回握住江聿传递过来源源不断温暖的手心。

在来的路上，林绵在心里做了很多准备，也设想过对方如果不喜欢她，恶语相向，她应该怎么做，或者对方劝她离婚，她应该怎么做才显得坚定。

然而令她没想到的是，江聿的父母没有为难她，尤其是江母见到她的那一瞬，眼睛都亮了，拉着她的手说喜欢她演的《潮生》，很心疼她那个角色。

可能是养尊处优的缘故，江母看起来比想象中还年轻，穿着打扮时髦，跟江敛站在一起不像母子，更像姐弟。

江聿低声告诉林绵："江敛是你的粉丝，拉着她看了四五遍《潮生》。她还关注了你，房间里还有你的海报。"

原来是这样。

林绵看江母更觉亲切。

落座间，江母将两个厚厚的大红包塞给林绵，握着她的手，不松开："这是进门的规矩。"

江聿挑眉，隔着长桌遥遥地和老江总对视一眼。老江总神气地抬了抬下巴，分明在说"你看你老子没给你丢人吧"。

江母松开手回到座位上，林绵摸了摸红包，才意识到里面装的根本不是钱，细摸之下更像是钥匙，还有手镯之类的东西。

林绵将红包交给江聿，江聿推给她："这是我们家待儿媳妇的传统。"

江敛在一旁递来点心，说道："嫂子，知道你要来，这是我特地定的。"

林绵接过来道谢，江敛非要黏着林绵，跟她说话，江聿每跟父母聊几句，眼睛便要盯上几秒。

林绵端坐着，肩背绷得笔直，说话温柔，唇边含着浅笑，漂亮得叫人无法忽视。

江母很喜欢林绵，一个劲儿地偷瞄，越看越喜欢，嘴角扬起便放不下。

江玦前一晚回壹合住的，他穿着一身米色家居服，头发没有用发胶固定，软软地搭在额前，少了金丝镜框眼镜的衬托，身上那股上位者的气势弱了几分。

他意味深长地看了林绵一眼，浅浅弯唇，说道："早。"

林绵点头回应，避开他的视线。

江玦端了杯咖啡，姿态懒散地坐在沙发上开始看新闻，新闻正在报道原油涨价，老江总提了一句，江玦便跟他一来一往地聊了起来。

气氛还算融洽。

江聿剥了个橘子，还没送到林绵的手里，就被手疾眼快的江敛截获，江敛借花献佛，递给林绵："绵绵姐，吃橘子。"

江聿用橘子皮砸江敛，警告他："叫嫂子。"

江敛振振有词地说道："叫绵绵姐多好，叫嫂子都把她叫老了，不好不好！是吧，绵绵姐？"

林绵说道："都可以。"

席间，江家秉持食不言的规矩，所以大家一直都很安静，集中精力吃饭，林绵紧绷的神经稍稍放松。

· 495 ·

一放松下来,她只觉得浑身都发酸,手腕也酸。

没一会儿,厨师送来一碗面,江聿特地接过来放到林绵的面前:"我就是跟他学煮面的,你尝尝我师傅的手艺。"

江聿给林绵分了小半碗面条。江母笑着说:"这点儿面条喂猫呢?多分些!"

江母甚至想起身帮忙,被江聿阻止:"林绵的胃口比猫的胃口还小。"

老江总瞥了一眼三个儿子,忽然想起一件事情,看向江玦,沉声问道:"我怎么听小敛说你以前在追一个演员,现在断干净了吗?"

空气突然滞住,寂静无声,气氛变得古怪而尴尬。

当事人老江总低头喝了口汤,并没察觉儿子们忽然稍显怪异的表情,直到他喝完汤擦嘴,看向儿子们时,才意识到没人回答他。

"为什么不说话?"

这要怎么回答?

老江总环视其他人,大家都安静地坐着,谁也没主动开口。

很快他意识到一个很重要的问题,蓦地看向江玦,目光变得严厉:"你该不会还没断吧?"

气氛更加凝重。

幸亏他用的是疑问句,在他看来,三个儿子里面江玦是最听他的话的,他花了二十多年心血培养出来的优秀接班人,在大是大非面前不会拎不清。如今江玦跟金家联姻,于江玦而言,是为自己的未来铺了一条康庄大道。

一个演员而已,再漂亮能漂亮到哪里去?难不成是狐狸精变的?再说了,金怡长得也漂亮,身段、长相不比演员差。

江敛先开口,只不过他更像是在自言自语:"食不言寝不语……食不言寝不语。"

老江总屈指叩了叩桌面,皱着眉呵斥道:"说什么就大声说,你是个男子汉!"

江敛被吓了一跳,忽然抬高了音调说:"食不言寝不语,是你教我们的。你是男子汉，你想打探大哥的私生活，怎么还出卖我？"

江敛被老江总一瞪，更来劲："爸，你是不是又要念叨我没女朋友没资格说话？要不这样吧，你给我点兵点将，随便指一个，就算是个夜叉我也愿意。"

老江总被江敛说得一愣一愣的，瞪大了眼睛却不知道怎么回怼江敛，几度张嘴，愣是没憋出一句话。

他怎么就生了这么个儿子？！

江聿的嘴角含着意味深长的笑，他懒散地往椅子上靠，偏过头看林绵，手从桌子下伸过去，用指尖去勾她的手。

林绵忽然有些紧张，将他的手指捏紧。江聿微微侧身，动作并不狎昵，看起来跟平时无异。

江敛哼哼道："我不谈恋爱，我结婚。"

江玦没戴眼镜，一双眼眸跟江聿的眼眸有几分相似。他端起水杯抿了一口水，淡笑道："没有的事情。"

他回答得也模棱两可，嘴角的笑意渐渐消失，唇抿成一条直线。

老江总没意识到自己踩雷了，"哼"了一声，用眼神警告江玦。

"晚点儿，叫金怡来家里吃饭。"

江玦似乎是不高兴，但不着痕迹："好。"

江母见气氛有点儿尴尬，连忙打圆场："绵绵啊，你父母都还好吧？"

林绵倏地放开江聿的手，礼貌地答道："都挺好。"

"好就好。"江母点点头，又道，"你和小聿结婚结得仓促，我们也没拜访你的父母，改天约个他们方便的时间，我们亲自去拜访提亲。"

提亲？

林绵看向江母，江母以为林绵害羞，温柔地笑着说："就算你们已经结婚了，该有的流程还是得有，我们江家不能没有礼数。"

江聿表示认同江母的意思，收敛起散漫的劲头，坐端正了："这件事情麻烦妈妈帮忙操心了。"

今天林绵专程回来见江聿的父母，因此饭后江聿也没着急走。江母领着林绵去花厅里喝茶，老江总带着儿子们去书房里谈工作。

"男人们就是无聊，除了工作就是工作。"

江母带着林绵看她培植的水培植物，指着一株小花苗说："你看，这是我月初种下的，长这么高了。"

她又指了指旁边水培架上长着紫色花瓣的植物，满心欢喜地介绍道："这个是紫露草，花瓣像蝴蝶。"

"那些是粉掌。"她的手边摆放着一排长着粉色花瓣的植物。

林绵对植物不了解，只是听了点点头。江母又问："你喜欢养植物吗？你挑几样带回去。"

林绵客气地拒绝道："我常年在剧组里拍戏，没办法照顾植物。"

以前她养过绿萝，卖家说绿萝可以净化空气，还好养活，谁知道那次她去剧组里待了三个月，回来后绿萝都成枯叶子了。

从那之后，她不再养植物。

"呀，那你跟小聿聚少离多啊！"江母一琢磨，不由自主地感叹道。

林绵以为自己说错了话，刚想解释，就听见江母说："其实也没什么，女孩子嘛，事业也很重要，大不了让江聿去剧组里陪你。"

江母这个态度是林绵完全没想到的，她的心里既感动又温暖。

很奇妙的是，这么多年林绵缺失的母爱，好像从江母的身上窥见了几分。

江敛从远处跑来，大声说："哎呀，她这些植物有什么好看的？绵绵姐，我带你去玩好玩的！"

江敛很热情地拖着林绵上了楼，打开二楼一间卧室，房间里被收拾得干净整齐，篮球被摆放在篮球架上，吉他和滑板被摆放在墙角，门边摆放了一整柜的摩托车模型。

"这是你哥的房间？"林绵环顾房间，问道。

江聿的喜好从房间里的摆设就能窥见，他还是那个酷帅不羁的追风少年。林绵用指尖贴着玻璃柜，看着各种各样的摩托车模型，忽然很想了解江聿的过去,十八九岁的江聿她见过,那么十六七岁的呢?

"你哥以前也很喜欢摩托车吗?"从江聿收藏了这么多模型可以看出,江聿真的很爱很爱摩托车。

但他还是忍痛把伦敦那几辆摩托车全都处理了,他该有多不舍啊!

江敛靠在窗边,抬了抬下巴,特别骄傲地说:"我哥骑摩托车真的超级酷,他从小到大的梦想就是当一名职业赛车手。"

提起赛车,江敛的眼底闪着光,像星星一样。

林绵光是听就觉得热血沸腾。她看过江聿的比赛,意气风发,踌躇满志,赛场上他是潜伏的猎豹,拥有惊人的爆发力和实力,他是赛场的主宰。

其实,猎豹放弃了赛场,本身就是一种遗憾。

"那你呢?"林绵问江敛,"你的梦想是什么?"

江敛忽然直起身,特别自豪地宣布梦想:"我的梦想是做职业赛车手的领航员。"

说完,他像泄了气的皮球,用恹恹的语气说:"我哥都放弃了赛车手的梦想,我也只能当条'咸鱼'。"

林绵的指尖一顿,眼睛飞快地眨了一下,她说道:"你哥放弃赛车手的梦想了?"

江敛忽然像个大人一般,露出苦恼的表情,说道:"也不能说放弃吧,是没办法兼顾,你看他现在需要管理公司,每天开会应酬。"

林绵了然,没再问。江敛拿过一本相册,说道:"绵绵姐,你看我哥小时候的样子。"

相册被抛入林绵的手中,她展开,照片上的江聿还很小,几岁的样子,只不过眉眼与现在没多大变化,当真是从小就长得帅气。

他坐在摩托车上,双手抱着油箱,眼神矜冷,像个酷酷的小赛车手。

林绵的童年离不开宋连笙,江聿的童年一直离不开摩托车。她能回想起江聿骑摩托车时,衣服被风鼓起的样子,他趴伏在油箱上宛如猎豹一般，劈开风，征服风，拥有风。

她永远记得，他跑上看台时双眼亮晶晶的，仿佛所有的光都汇聚在他的眼底，他全身被光笼罩，周围都成了陪衬。

她真的很迷恋那时候的江聿。

林绵翻看着他的照片，没忍住拿手机拍下来保存。

"为什么来我的房间？"一道戏谑的嗓音从门口传来。

江聿懒散地倚在门口，抱着双臂瞧着她，浅色的瞳孔闪着光。林绵这才意识到自己看了很久，很投入，连江敛什么时候离开了都没发觉。

"你私藏我的照片啊？"

屋子里充斥着他的气息，她像是闯入了恶龙领地的公主，看着恶龙关上门，落锁，然后一步步朝她走过来。

明亮的光线照着他的半张侧脸，硬朗的面部轮廓被勾勒出一条浅金色的边，在下颌处交错纵伸，延伸到喉结凸起的颈线。

他一步一步踩着光，林绵仿佛看见了朝着她跑上看台的Roy，眉眼恣意张扬。

江聿拿走相册，丢到一旁，把她按在被子里。远走的思绪被拽回来，林绵从下往上仰视着他好看的面容。

他的长相和小时候相比变化不大，是丢在人堆里都会很出众的长相。

他伸开双臂，将她抱住。

"拍了几张？"江聿盯着她散乱的头发，抬起手指细心地拨弄。

林绵伸手勾住他的脖颈，眨了眨眼睛："四五张吧。你小时候很帅，是不是很受欢迎？"

想必他小时候也会受到女孩儿的追捧。

江聿点点她的鼻尖："想什么呢，我的初恋、初吻还有……"他故意拖长调子，"我的哪个第一次不是你的？"

林绵的耳郭一下子就红了。她还能记起留下江聿的那天，他生涩却又充满惊人爆发力的样子，少年弓起的背是一张蓄满力量的弓，劲瘦的腰将弓箭拉满又放出去,每一次起伏都踩在云端。

阳光铺在江聿的背上,折射一点光线,林绵伸手去抓,好像要把那些光线从他的身上摘下来,放在手心里。

这大概就是他的赛车梦想吧,林绵收紧手心,默默地说:你的梦想我替你收好了。

两个人在床上并排躺着,林绵的视线在屋子里转,记录江聿成长的屋子对她充满了吸引力。她轻轻一瞥,忽然开口道:"江聿,你还会弹吉他吗?"

江聿换了只手垫着头,屈起一条腿踩在床尾上,回忆了几秒后,说道:"会一点儿。不过,那把吉他好像是同学送的。"

林绵翻过身支着头,盯着他的眼睛,问道:"哪个同学?"

江聿摇头:"记不清了,很久了。"

"那你会唱歌吗?"林绵上一次听江聿唱歌,是他们去塔公草原,他跟着歌手轻轻地合唱那次。

清亮的嗓音唱歌应该很好听,她这么一提,没想到江聿真翻身下床,走到床脚拿起吉他。

江聿拆开保护袋,取出一把实木吉他,应该是保存得当,吉他表面泛着一层淡淡的光,指尖撩过细弦,声音清脆悦耳。

江聿拖了把椅子坐下,一条腿屈着托着吉他,抬起眼睛朝她看来,面带笑意:"想听什么?"

林绵撑着床坐起来,双手托着腮,胳膊肘顶在膝盖上,乌黑明亮的眼睛随着拨动的和弦声眨了眨。

"你唱什么都可以。"

江聿面对着她,抱着吉他坐在光亮里,清亮的嗓音唱起歌来,如情话呢喃,娓娓动听。

林绵托着腮,听得入神,手指和着歌声缓慢地在脸上敲着节奏,乌黑的瞳孔里装满了江聿的影子。

江母说的话一直在林绵的脑子里盘旋,她说江聿原本不肯回国,后来突然经常往国内跑,老江总还以为他想通了要继承家业,后来才知道他是为了回来看人。

又隔了两年,江聿忽然妥协,同意回来接手公司,他们谈了什么,江母不知道。

林绵突发奇想,问他:"如果你一直找不到我怎么办?"

这个假设很残忍。

江聿停止拨弦,不假思索地说道:"那我就去参加曼岛TT赛(环岛机车耐久赛)。"

幸运的话继续找你,不幸的话也永远停在爱你的那一天。

就在半个小时前,江聿和江玦从老江总的书房里出来。

江聿不喜欢老江总念叨,老生常谈的话题听烦了,在书房里克制着烟瘾,一跨出门,就摸出烟盒。

江聿抽出一支烟放在唇上,轻轻地叼着,走了很长一段,他发现江玦还跟着他,偏过头瞥江玦,语气冷淡地问道:"有事?"

方才在书房里江玦跟江聿争执了几句,江聿此刻有点儿生气,不过江玦双手插兜,姿态懒散,也丝毫没有为方才两个人之间的争执感到抱歉。

江玦自然也不必抱歉,江聿扬了扬打火机:"抽烟吗?"

江玦完全是老江总的老派作风,对烟酒这种东西没多大兴趣,江聿本就是客套一下,没想到江玦拿过烟盒,拇指顶开盖子,娴熟地抽出一支烟含在唇间,眼皮下压,视线递过来,很明显要借火。

江聿偏头将烟点燃,递过打火机。砂轮摩擦的声响让江聿恍惚了一下,江聿惊觉自己好像并不了解江玦。

江玦就像一汪毫无波澜的湖水,哪怕往里丢掷一颗小石子,也未必能激起波澜,深沉又叫人难以捉摸。

实则,他表面的风平浪静之下,藏匿着滔天巨浪,而现在他所表现出来的,譬如贪求财权,譬如强势,只不过是冰山一角。

江玦垂着眼,长睫覆下,遮蔽任何可能透露弱点的眼神。他点了烟,白色的烟雾罩住面容,又飞去指尖萦绕。

江聿喜欢慢条斯理地抽，更多的时候只是享受烟草的味道，但江玦不同，儒雅矜贵的他，抽烟却格外凶，每一口吞云吐雾，都很沉很重，像是有什么东西要喷涌出来。

"银穗电影节快开幕了，邀请函我替你收了。"江聿两指捏着烟，极淡的烟雾缠着拇指尖打着旋儿。

江玦一向不把这些事情放在心上，鲜少露面："你处理就行。"

"我听闻妃说你修改了林绵接下来的发展定位计划。"江玦被烟熏的嗓子，稍微有点儿低沉。

"为什么要修改？"

江玦不戴眼镜时，深褐色的眼眸看人的时候很认真、专注，显示出几分咄咄逼人的气势。

江聿并不认为这是什么大问题："林绵不适合走流量路线，节目接几个口碑型的，重点发展还是要放在电影上，走口碑路线才是她未来的规划。"

江玦却不赞同："现在流量为王，林绵的长相、条件、话题度、影响力太适合走流量路线了，走口碑路线真那么容易吗？"

江聿哂笑道："不容易就不走了吗？我记得当年曲导拍一个文艺片大家都不看好，他力排众议，坚守八百多天，最后不也是有口皆碑？"

江玦认为江聿太过年轻，用说教的语气说："不是每个人都能做到曲导那个样子，公司能给她资源，现在是流量时代，要抓住红利。"

江聿半垂着眼皮，江玦现在的语气和态度跟老江总太像。他沉默了一会儿后，嗤笑道："也不是每个人都是林绵。"

林绵是美神，是造物者的奇迹，是为电影而生的。

她纯洁无瑕，是一张白色的纸片，眼睛里不曾沾染尘埃，更不需要改变自己去融入五光十色的世界里。

她就是林绵，文艺片女主角林绵。

江玦劝不了江聿，就用公司来压他，总不能置偌大的家业于不顾。

江聿碾灭烟头，乌黑的一团弄脏了指尖。他直起身，脸上却没笑意:"我能力排众议签她,也能付得起违约金帮她另起炉灶。要不要试试?"

"你真的要这样我行我素,置星盛于不顾不管?"

江玦忽然想起:江聿曾扬言一部捧不火林绵,那就拍十部,他没有开玩笑,能说到做到。

江聿冷淡地说:"我从没说过要星盛。"

我只要她。

《京华客》上映当天,林绵正在录人生中第一个公益活动节目。

节目正是上次在酒会上见过的那位王制作人制作的,是一档比较休闲的治愈系公益活动节目,邀请的三位女性都是在业界颇有名气且已淡出观众视野的名人和她们的朋友。

节目整体的风格比较轻松,节目组会给大家一部分经费,所以大家在吃吃喝喝、谈人生谈经历的同时,还要操心赚经费的事情,不过六位年龄不同、人生阅历不同的女性碰在一起还是挺有意思的。

而且这档节目作为高斯嘉的复出节目,从宣传上就造足了势头,加上林绵以高斯嘉挚友的身份加入,瞬间引爆了话题。

这天姐姐们去市场上卖完自己做的毛线发卡,第一期拍摄暂时告一段落,大家累得瘫倒在沙发上。

林绵倒了水,端给姐姐们。

高斯嘉接过水杯,拉着林绵的手腕,让她坐下歇会儿。

"斯嘉姐,今晚吃什么啊?"为了避免误会,林绵没叫高斯嘉二婶。

林绵端坐在沙发上,纤薄的颈背挺得笔直,乌眸蒙着一层雾气,嘴里含着一口水,望着虚空一点发愣。

眼睛很缓慢地眨了眨,她抽纸巾擦了擦脸,捏成团丢进垃圾桶里,又抽了几张纸巾递给高斯嘉。

高斯嘉摇头,扭头去问其他姐姐们:"姐妹们,晚上想吃什么?"

大家都陷在沙发里,神情慵懒,谁也不想去考虑晚上吃什么这个世纪难题。

最后大家一致认为第一期拍摄暂时结束，晚上大家要一起看电影放松。

几分钟后，客厅里的灯被按灭，投影仪的一束光投到墙壁上，巨幅屏幕在白墙上展开，洗完澡的姐姐们带着一身沐浴露的香气回来，大家窝在沙发上，亲昵地靠在一起。

电影放的是一个浪漫的爱情故事，姐姐们不由得感慨起来。

忽然有人问了一句："你们第一次见到对方时有什么感觉？"

林绵陷入了思索中，画面被拉回到伦敦的那个雨天，第一次见到江聿时有什么感觉呢？她不否认自己看脸，江聿长着一张华人的脸，眸子却是浅茶色的。江聿什么都不用说，只需要专注地看人几秒，就会让人脸红心跳，心口发烫。

"绵绵。"有姐姐提示该林绵回答了，林绵把手肘支在沙发上，指尖抵着额头按了按，语调缓慢地回答道："想留下，想靠近，想据为己有。"

大家没想到林绵看起来清心寡欲，对感情的想法却比大家更坦诚。

当大家问及林绵跟现在的男友是怎么认识的，林绵稍稍坐直了身体，这是她第一次在节目上谈感情。

与杂志的访谈不同，纸质的文字和口述的感觉天差地别，无数个镜头对着自己拍，稍有纰漏都会被放大。

姐姐们的少女心被勾了起来，纷纷要林绵聊聊和男朋友是怎么认识的。

林绵回忆，轻描淡写地说道："三年前，在伦敦，下雨天，他借了一把伞给我。"

她避重就轻地讲了一点儿，姐姐们一副"甜到心里了"的样子，嘴角止不住地上扬。

"绵绵，你有没有担心过公开恋情会影响你未来拍戏？"

林绵沉默几秒后，笑了笑，很坦诚地说道："说实话我担心过，但演戏和感情并不冲突，我更想给他安全感。"

"哇，好甜啊！"

"他会看节目吧，听到绵绵这段话他一定很感动。导演，要给特写配好听的音乐！"

手机振了振，林绵从腿上拿起来点开。

闻妃：宝贝，记得今晚发条微博！

她又发了几张《京华客》首映数据和排片表，目前市场反响很好。

林绵耷拉下肩膀，放松地陷在沙发里，指尖在手机屏幕上轻敲，将姐姐们手工制作的毛线花照片裁剪后发到微博上。

刚发完几秒，就有评论涌进来，有人夸花好看，有人夸林绵的电影好看。

林绵用指尖拉着评论往下滑，嘴角翘着，眼睛里流露出愉悦之情，忽然一条新评论被顶上第一。

shshsga：免费请一百位观众朋友看电影，顺带提供爆米花和可乐。

林绵会心一笑，指尖在手机屏幕上敲动，回复道：请问可以"黑幕"我吗？

这是他俩互相关注之后的第一次互动，网友都激动了，气氛如同过年。

"啊啊啊，他俩是真的！"

"抓到绵绵了！"

"绵绵还需要'黑幕'吗？这些不都是你的？！可怜可怜我们吧！"

电影过半，客厅里的灯忽然灭了，客厅陷入一片黑暗之中。

"怎么停电了啊？"林绵问道。

有人开玩笑调侃导演："导演，不是吧？又跳闸了吗？"

导演没有回复，四周黑漆漆的，林绵拿出手机，手机屏幕上提示电量不足百分之几，即将告罄。

她趁着手机还有电，先给江聿发消息告诉他停电了，她的手机快没电了，以防他找不到人着急。

自从上次江聿睡蒙了，抱着她落泪之后，她暗自发誓再也不会让江聿找不到自己。

江聿没有回复。

忽然，客厅一角现出一点儿光亮，烛火摇曳映在墙壁上，影子被拉得很长。林绵盯着那一角，看着一个插着蜡烛的蛋糕被缓缓端出来。

烛光照亮了所有人的脸，大家都朝林绵看着笑着，林绵绞尽脑汁也没想出来原因，今天既不是她的生日也不是什么纪念日。

导演将蛋糕放在桌子上，笑着说："恭喜林绵主演的电影《京华客》上映，预祝票房大卖！"

其中一位姐姐送来一束金黄的麦穗，寓意票房大卖。

林绵十分感动，猝不及防的惊喜让她忍不住湿了眼眶，一再鞠躬道谢。

导演告诉林绵："今天的蛋糕是姐姐们用卖毛线发卡的钱买的。"

林绵一一拥抱姐姐们表示感谢，姐姐们都很喜欢林绵，拍着她的肩膀鼓励她。

高斯嘉调侃道："节目组怎么能这种钱都抠呢？你们得给我们报销！"

姐姐们也纷纷附和。导演无奈，卖了会儿关子说："看在姐姐们友爱互助的分上，节目组掏钱去看《京华客》给林绵捧场。"

一毛不拔的节目组愿意请大家看电影，这便宜不占白不占，大家瞬间同意，导演又说："不过，看电影也会被录入素材库。"

"导演，给我们放一晚上假吧。"

"导演，你是怎么做到抠门又敬业的？我都佩服你了！"

大家嘴上虽然嫌弃，但对难得的放风机会很珍惜，到了电影院后大家才对节目组刮目相看。

节目组真的斥资包场了一个小影厅，请大家观看《京华客》的首次放映。

《京华客》从制作到官宣，林绵都没看过影片。坐在巨幕下，欣赏自己的影片，这种感觉很神奇，林绵还是第一次体会。

室内漆黑，大家坐得分散，林绵和高斯嘉挨着坐。林绵的手机发出嗡鸣声，显示电量快要耗尽了，高斯嘉见状，给林绵递来一个充电宝。

"小聿啊？"

林绵点点头。高斯嘉抿唇笑着说："手机快要没电了还要聊，小聿很黏人是不是？"

LR杂志上市当天，林绵的黏人男朋友就被大家知晓，从此江聿多了个"黏人精姐夫"的称呼。

林绵笑着点头，说道："是。"

高斯嘉贴在她的耳边低声说："他跟他的二叔一模一样，他的二叔年轻时也黏人，生怕我跑了。"

林绵光是听语气，就知道高斯嘉息影这些年过得很好，言语间尽是甜蜜。

手机充了电，刚好开机，亮起一团微弱的白光，照进她的眸底。

电影缓缓拉开序幕。

宏大的打斗场面开场，场面足够震撼，实景拍摄数百名群演参与，是耗时最久、难度最大的一场戏。

导演熬了好几个大夜才完成的拍摄，果然非同凡响。

手机在林绵的手心上振了振，屏幕微微亮了起来。江聿回了消息，发来一张照片。

林绵点开原图，加载后再放大，昏暗的照片里那一方亮的屏幕很显眼，画面与她看的重合。

林绵的心跳有点儿快，打字的速度也很快，导致她打错了字删了重新输入。

林绵：你在电影院里？

林绵又看了看屏幕，总觉得他发来的电影屏幕很熟悉，但很快打消了念头——全国的电影院屏幕大同小异，相似也很正常。

R：在你的旁边。

林绵的心颤了一下，她下意识地回头去找他。她右手边的座位是空的，左手边的座位上只坐了高斯嘉，前排也没有人，江聿又在逗她。

林绵：你又骗我。

R：没有骗你。

林绵：你别骗我了，再骗我真成灵异故事了。

R：你看到哪个剧情了？

林绵低头打字回复，其实她刚分散注意力去找他，错过了一点儿精彩的剧情。

R：差不多，我也看到了这部分。要不要一起看？

林绵：怎么一起看？

江聿也没认真看电影，消息回复得很快。

R：你把手机铃声调成静音，我打电话给你。

等到林绵确认调好静音，江聿的电话拨了过来。她抓着手机，心跳有些快，余光瞥了一眼专心看电影的高斯嘉，悄悄按下通话键，把手机贴在耳边。

"嘘——"江聿的声音很低，但仍旧清亮有质感，"别说话，看屏幕。"

林绵很想问问他是不是一个人在看电影，但又害怕打扰其他人，只能举着手机作罢。

同样的音效，通过手机传到耳朵里，忽轻忽重地犹如敲在心口上。

几秒后，林绵只觉得江聿说话的声音忽然变得很近很近，像是贴着右耳。右耳？

等等？

她的右边没有人才对！

林绵一转头，就看见一双含笑的眼睛。他扣着一顶黑色的帽子，帽檐压得很低，只有一双眼睛明亮如星。

她下意识地去抓他的手臂，他抬手压在唇上，唇角弯了弯。

"嘘——"气声是从手机传到耳朵里的，比贴在耳边还蛊惑人。

林绵这才意识到她还举着手机，通话计时不断更新，一秒一秒变成分钟。

林绵的手指悄悄被江聿牵住握在手心里，他今天穿着黑色的卫衣、工装裤，大概是穿得单薄，指尖微凉。

但他的掌心干燥温热，随时随地可以为林绵提供源源不断的热意。

"怎么这么凉？"他的指尖沿着林绵的掌心滑到手腕上摸了摸，冰冰凉凉的。

林绵冬天怕冷，手脚冰凉是常事。江聿将手钻进她的衣袖里，握住她的手腕，她被触碰的肌肤慢慢地热起来。

"你怎么在这里？"林绵贴着他小声地问道。

江聿笑笑不说话，一只手拉过她的手藏在他的卫衣下，贴着块状分明的腹部，另一只手却戳她的脸，一本正经地说道："看电影。"

手腕时不时碰到江聿的腹肌，她无法集中注意力看电影，加之电影院里暖气充足，只觉得浑身都热了起来。

"你刚刚坐在哪里？"林绵把半个肩膀靠在他的手臂上，说话时转过脸，距离近得鼻尖碰到他的耳朵。

江聿睨着她，忽然拿起她的外套罩在她的头顶上。就在林绵还没反应过来时，江聿撩开外套一角，钻进来咬住她的上唇。

林绵愣怔地睁着眼。热气在外套围住的这一方天地里萦绕，林绵的耳根、脸颊隐隐烧了起来，她闭上唇回咬他。

两个人温柔地交换了几秒呼吸，林绵抱着外套，跌回座椅里红着脸，大口地喘气。

林绵双臂收拢外套，把半张脸埋在外套里，上面还残留着江聿的气息，半晌，她侧头看了一眼散漫地靠在座椅上的江聿。他薄唇弯着，双目专注地盯着屏幕，仿佛几秒前索吻的不是他。

江聿的手臂绕过林绵的后颈横在林绵的肩膀上，江聿用手指捏着她的下巴转向屏幕，然后倾身，漫不经心地说道："你再这样看我，我会把持不住。"

林绵再也不敢分心，电影接近尾声，江聿低声道："老婆，要不要先走？节目组我打过招呼了。"

话音刚落，他拿过自己的外套丢在林绵的身上，宽大的外套将她笼罩着。他抱着林绵的外套，捉着她的手腕大步迈下台阶。

高斯嘉侧头看了一眼离开的两个人，弯了弯唇。

林绵穿着江聿的外套，江聿戴着帽子，室内昏暗，没人认出来是谁离开了。

到了停车场，江聿将林绵推上车，紧跟着坐上来，车门"咔嗒"一声锁上。

他薄唇寻过来，将她搂在怀里亲吻。她的手指从宽大的衣袖里伸出来，揪着他的卫衣领口，拽着人往下沉，两个人齐齐摔倒在座椅上。

他用双手撑着座椅，垂眸盯着她。

林绵被看得极不自在，伸手挡住他的眼睛，说道："今晚是你安排的，不是节目组安排的，对吗？"

江聿轻轻地笑，用睫毛在她的手心里蹭："这都被你猜出来了。"

林绵被江聿带回酒店。在轿厢里，她想着要跟导演请假，也要告知高斯嘉，消息还没发出去，手中就空了。

江聿将她的手机装进口袋里，说道："我帮你请过假了。"

"你是怎么跟导演说的？"

"我说，"他故意停顿了几秒，压低清亮的嗓音，"想我老婆了。"

林绵是被江聿推进房间里的，凌乱的脚步在厚重的羊绒地毯上发不出声响，鞋尖踩着鞋尖，很快两个人跌入柔软蓬松的鸭绒被里。

他用掌心抵着她细韧的腹部，指尖一寸寸地丈量，分不清是呼吸还是什么带动她的腹部起伏着。

他低声失笑道："怎么还发抖？"

林绵闭上眼睛偏过头，把耳朵捂上，随他说什么都不听。

江聿弓着背，低头亲她的脚踝，忽然眼睛亮了，笑意更深："你喷香水了？"

林绵踢踢他，紧闭的眼睛睫毛颤动。

以前在伦敦时，他就爱用他的香水去喷她的脚踝，让她全身沾染他爱的香味，像是小狮子留下标记似的，幼稚又霸道，但又十分撩拨人。

可她越是捂住耳朵，感官在这种事情上越是敏锐。即便闭着眼睛,她也清楚他在做什么。

"我怎么听说你第一次见我就想留下我,然后据为己有?"他轻轻地说道。

林绵的心脏重重一跳,大概是高斯嘉告诉他的。她被热烈的气息包裹着,无处可躲,只能从喉间挤出一句:"嗯,不可以吗?"

江聿低笑,没说可以,也没说不可以,小狮子只会埋头展现惊人的一面。

走廊里有轻微的响动,林绵的唇被捂住,她却感觉到有什么冰凉的东西套上手指。

她分不出心去看,因为她被江聿的话烫了耳朵。

翌日,江聿在微博上发了一张三年前的照片——他们在伦敦街头狂奔买酒那晚,他随手拍的林绵。

当时天很暗,她双手搭在大桥栏杆上,鬓发凌乱地窝在颈侧,一双黑眸明亮如星,面前晕开呼出的白气,眼睛湿漉漉地泛着朦胧的光。

她微微侧着脸,大概是瞧着拍照的人,眼里有笑意,她的背后是大桥。

"在一起的第四年,无比庆幸我的月亮,永悬不落。"

林绵醒来时,浑身酸痛,软绵绵的,比连着拍几场夜戏还要疲惫。

当初江聿控诉她错过了他最好的三年,分明就是骗人的。

现在的他比三年前游刃有余,更得寸进尺。那样的话张嘴就来,听了叫她脸红心跳。

林绵翻了个身,半张脸埋进蓬松的枕头里,深深地吐了口气,手机在枕头下嗡鸣。

林绵细白的手指从被子里探出去,指甲被修剪得圆而整齐,没有任何指甲油的遮盖,指甲盖呈现自然健康的粉色。

只是……

林绵蓦地顿住,眼睛定定地望着手指上的东西,极细的钻戒严丝合缝地圈住她的指根。

她竟然感受不到一丝异样。

江聿是什么时候给她戴上的戒指？她怎么一点儿感觉都没有？

也不对，她是有感觉的，当时她沉溺在他制造的欢愉中，无暇分心。

林绵抬起手，戒指圈住了中指。她动了动，钻戒在阳光下闪烁着璀璨的蓝光。

钻戒啊，真漂亮！

林绵看了一会儿，翻过身往江聿的怀里钻，江聿张开手抱住她，倦怠的嗓音中，夹杂着几分鼻音，有种别样的性感。

"怎么了？"他下巴往她的脸颊上蹭，手扣着她的肩膀，胸膛贴着她的后背圈着。

"钻戒，"她笑道，"你什么时候给我戴上的？"

江聿低头亲了亲她的肩膀，忽然不说话了。林绵以为他睡着了，转了个身枕在他的手臂上，抬起眼眸，对上他惺忪的眼眸。

"我还以为你睡着了。"林绵举起手指，说道，"你戴的时候我都不知道。"

江聿的手藏在被子里，透着融融暖意，他伸出来握住她的手指，仔仔细细地瞧了瞧，比昨晚模糊看的一眼还要漂亮。

"昨晚你求老公的时候。"

林绵脸颊微红，她什么时候求他了？

"是是是，不是你求我，是我要求你。"江聿的认错态度散漫又恶劣。

林绵埋在他的胸口里，手指去戳他的喉结。江聿的小痣旁的皮肤微微泛红，她故意用力地戳。

"嘶！"江聿吸了口气，牢牢地抓住她的手，垂眼戏谑道，"想戳死你的老公？"

林绵挣了下没挣脱，抿着唇，抬起潋滟的水眸瞪他，下一秒，她的手指就被送到他的唇边，他亲了亲钻戒。

"愿意吗？"他抓着她的手指晃了晃，钻戒衬得她的手指修长，尺寸刚好合适。

林绵张了张唇，开玩笑地说道："你这是强买强卖。我还有反悔的余地吗？"

江聿掐着她的腰，换了一个方向，她用双手软绵绵地撑在他的胸口上，沉睡的狮子苏醒，朝气蓬勃。

纯白的被子从她的肩膀上滑下去，露出半边洁白无瑕的肌肤，她自上而下地望着江聿，盯着他眼底的一团火苗。

"没有。"他低声威胁道。

林绵示意江聿闭嘴，他只笑着，伸手抚摸她的发丝。

"庆功宴那天早上，我做了一个梦。"那个梦境很真实，以至她分不清是不是真实发生过。

因为那天，梦里的Roy走出来站到她的面前，告诉她，他叫江聿。

"什么梦？"江聿的双手很烫。

"在半山腰的小屋里，梦见你让我猜，你逮着什么了。"她越伏越低，纤薄的脊背几乎绷直，声音也越来越小，"后来我就成了你的兔子。"

"想不想知道为什么是兔子？"

"为什么？"

江聿低声回答道："因为小兔子永远住在月亮里。"

月亮永远悬在我心里。

隆冬来临，天气越来越冷。

《京华客》上映后口碑爆棚，傅西池和林绵的反响最好，林绵凭借《京华客》成功入围银穗奖最佳女配角。

与她同时提名的都是具有票房号召力的知名前辈，这让林绵和闻妃高兴坏了。

闻妃更夸张，提前就开始畅想林绵得奖后如何庆祝，又如何发微博。还想着要是林绵拿奖了，是不是该狠狠地敲小江总竹杠，她正好想买套小公寓。

可能是赶着银穗电影节这波热度，开幕前夕，《逐云盛夏》正式放出定档海报，一经发布就引起不小热度。

何皙的角色海报，采用的是一张光影照片——何皙把车停在塔公草原上，穿着墨绿色的长裙，站在越野车的引擎盖上踮脚起舞，墨绿色的裙摆如花朵般团簇，又追随风的方向，化作流云。

她漂亮单薄，绷直的脚尖、挺直的身段又透着几分坚毅。她渴望舞台却也畏惧舞台，所以她是伶仃的天鹅。

她只能舞给草原看，给羊群看，给风看。

后来有了那个偷拍她的男人，他像是一道强劲的风，带来了动荡，也带来了零星的温暖，如一场暖流席卷她孤寂的国度。

他愿意看她跳舞，夸她是天鹅，是草原的孩子，不应该被埋葬在无人区里。

干净简单的配色，何皙的世界是单一的，无须过多装饰，她就美得特立独行。

林绵扮演的何皙入木三分，掀起热潮，甚至有不少模仿妆容的博主开始模仿，变身何皙专门模仿她在车盖上舞蹈这一段。

更有专门的解说电影的博主，仅凭几张照片，预测《逐云盛夏》极有可能是林绵斩获最佳女主角的片子。

林绵在家里这几天，沉迷于各种吃东西的视频，几度想要动手尝试，都被江聿劝阻。

这天下午，林西西突然发来消息。

林西西：绵绵姐，我有预感，你跟小江总的感情会特别好！

林绵看到她的消息，笑了笑，回复她：谢谢！你最近怎么样？

林西西女孩儿心性，又处于感情的受挫期，聊天分享的欲望特别强烈：傅前辈答应我约他吃饭了。

然后她把跟傅西池的聊天截图发给林绵，让林绵帮她分析分析傅西池是什么意思。

林绵一时犯难。

江聿按照惯例，将林绵的定档海报收藏打印，定做成等比例的相框，这一次他没摆放在上锁的房间里，而是替换了正对着玄关的壁画。只要一进门他就能看见起舞的林绵。

　　他还定了一幅画，改天可以摆放在一起。

　　这天江聿刚开完会，喻琛的电话就打进来了："小江总，你过生日那天打算怎么安排？"

　　江聿看了一眼日历，才记起自己的生日快到了，好巧不巧，他的生日跟今年的银穗电影节撞上了。

　　江聿遗憾地说道："我要去参加电影节。"

　　喻琛提议道："那就提前帮你庆祝？"

　　"没空。"

　　他不是推辞，是真没空，最近他应酬频繁，疲于应付，想雇个分身帮他。

　　喻琛直接放话："唉，没劲，那就往后推一天，你别扫兴。"

　　江聿弯唇，手指推着鼠标晃了晃："行，我让林律安排。"

　　挂了电话后，江聿双手交握，靠回椅子里，闭眼想了想他的生日该怎么过。其实他更想跟林绵吃顿饭，如果她愿意，切一块蛋糕，再接个吻。

　　但显然，他今年注定得和很多人一起过。

　　晚上回家，江聿没有提起生日的事情，看着林绵在厨房里忙活。

　　想到林绵曾经差点儿毁了厨房，他快速地拽下领带丢在沙发上，朝林绵走过去，走近了才发现她在榨橙汁。

　　林绵的手边摆放着好几个新鲜饱满的橙子，她正低着头，专注地盯着榨汁机里翻滚的橘黄色液体。

　　江聿的脚步靠近，双手猝不及防地环过来，林绵被吓得轻轻地一抖，回头在他的脖颈上蹭了蹭："榨汁机的声音太大了。"

　　江聿"嗯"了一声，调侃道："能喝吗？"

　　林绵倒了一杯鲜榨橙汁，转身送到他的唇边，眨眨眼睛："你尝尝。"

江聿一只手环着她的腰，另一只手接过杯子端在手里打量，犹豫了几秒后，送到唇边抿了抿，没露出奇怪的表情。

"还不错！"江聿表扬道，"你尝过吗？"

林绵摇头："我跟着视频里学的，这是第一杯。"

灯光倾泻，照亮她眼底的期待。

江聿觉得不难喝，又往嘴里喂了一口，拿开杯子，低下头，薄唇盖在她的唇瓣上，橙子的香味瞬间侵入她的唇齿间。

馥郁的橙子香味勾缠着，酸甜的味道沁入舌根，变得炙热。

好端端的一杯橙汁被两个人糟蹋了。

一个圆滚滚的橙子，被林绵的指尖碰到，顺着料理台跌到地板上，一溜烟儿地滚到了厨房门口。

林绵把手肘往后撑在料理台上，指尖被水和橙汁浸泡，变得黏腻湿润，微凉的水汽顺着她的指缝往手心里钻。

忽然，她的身体被腾空抱起来。

她的双手缠着他的脖颈，她整个人被抱着坐到了料理台上。冰凉的台面触碰到肌肤，她忍不住颤了一下，眼睛去寻跑掉的橙子。

很久之后，江聿告诉她："周三晚上和喻琛他们聚。"

林绵应了一声，又问："为什么一起吃饭？有什么事情吗？"

江聿若有所思，猜测林绵是不是真不知道他哪天过生日，垂下眼淡声说："没事，大家好久没在一起玩了。"

林绵没再问，点点头，过后又拉着他的手指捏着玩："我想学'十点半'，你教我。"

"好。"

江聿本就没指望林绵记住他的生日，但还是忍不住吃味了，一连几天闷闷不乐。

林律都感受到了老板的情绪很低落，每天谨小慎微。

他甚至在想：老板的婚后焦虑是否过长？作为金牌秘书的他是不是该提前给老板预约一位心理医生？

这天江聿签完字,见林律站着没走,用沉沉的视线看他,于是问道:"你还有事?"

林律委婉地说道:"老板,我一个朋友的心理诊所最近搞活动,免费义诊。"

江聿一脸莫名其妙地说道:"心理诊所搞活动,难不成还能充一千元送二百元?"

当然不是啊,林律硬着头皮问道:"老板,就是你还婚后焦虑吗?"

江聿明白了,将手放在桌子上,用指尖敲了敲桌面,沉默几秒后问他:"你的女朋友会为你准备生日礼物吗?"

林律回道:"当然会,并且会提前好几个月准备。"

说完,他意识到老板的脸色更不好了,这是为什么呢?

忽然,他福至心灵,难不成是林小姐不给老板准备生日礼物?林律在脑子里头脑风暴,想起来老板的生日果然就是最近这几天。

要是林小姐不给老板准备生日礼物,那老板也太惨了吧!

一直到从江聿的办公室里出来,他都在犹豫要不要提前知会林绵一声。

林律走后,江聿没着急下班,陷在椅子里支着头沉思。

林绵打来的一通电话让他抽回思绪。

江聿乘电梯快速抵达停车场,令他没想到的是,林绵派来接他的人是闻妃。

上车后,江聿要打电话给林绵,被闻妃阻止:"老板,这是绵绵安排的,麻烦您现在戴上她准备的礼物。"

礼物?

江聿拆开摆放在车座上的盒子,拿出一枚黑色的眼罩。

"这就是她准备的礼物?"

江聿表示不解。闻妃笑笑,见他一脸嫌弃还是忍不住劝道:"小江总,你就听绵绵的,戴上吧,兴许是惊喜呢。"

他是挺惊喜的!

518

江聿扬着薄唇，乖顺地听林绵在手机里发号施令："江聿，戴好眼罩，不许偷看，不许作弊。"

江聿无奈地说道："好。"

大概经历了半个小时无聊的车程，车子终于停下，紧接着他被前来迎接的工作人员领着前往下一个场所。

江聿戴着眼罩，视线完全被遮盖，但是他其他的感官变得敏锐，他听见了风声，从而判断出他现在所在的地方十分开阔。

"江先生，到了。您可以摘下眼罩了。"

江聿站定，沉默了几秒后，抬手摘下眼罩，四周漆黑的场地忽然亮起了数盏射灯，将他身处的这块场地照得亮如白昼。

强劲的风从四面八方吹来，偌大的赛港场地上摆放着一个巨大的装饰漂亮的透明的集装箱。

江聿怔了几秒钟，脑子里有火花闪过，几乎猜测到集装箱里装的可能是摩托车。

他开始转身四处搜寻林绵的身影。

只可惜，直到工作人员退场，他也没能找到林绵。

"Roy——"忽然，一道熟悉的声音从背后传来。

江聿回头，目光蓦地顿住——林绵站在不远处望着他。

她身着一身黑色的套裙，短款立领黑T恤，高腰百褶裙，露出两条纤细笔直的长腿，脚踝被高帮的帆布鞋包裹，扎着双马尾，粉色的头发随着脚步起伏。

没错，林绵染了一头粉色的头发，在冷白皮的衬托下，宛如一个从玩具屋里走出来的芭比娃娃。

芭比娃娃双眸亮晶晶，眼下贴着的水钻折射出细碎的光芒，漂亮得让人移不开眼。

"Roy。"林绵伸手在他的面前晃了晃。

江聿回过神来，一把握住她的手腕，沉默了几秒后，去碰她的粉色的头发。

她的发色是一种脏粉色，看起来又酷又叛逆。林绵抬起她的瘦削的下巴，弯着唇问道："你不认识我了吗？"

手指捏住下巴，江聿低头专注地打量她的打扮，又惊又喜，低笑道："我还能不认识我老婆啊？"

林绵从背后拿出一面小旗帜，挡在他的手指间。

"你今晚是我的lucky girl吗？"

"你怎么猜到了？"

江聿忽然张开双臂抱着她，抱离地面，劲烈的风刮来。江聿仰头看着她明亮的眼睛："你的眼睛出卖了你。"

"是吗？"林绵问道，"那你知道我现在在想什么？"

江聿失笑，摇摇头。

林绵撑着江聿的肩膀，踩在地面上，拉着他来到集装箱前，示意他："打开看看，喜不喜欢？"

气氛都烘托到这儿了，江聿不可能猜不到里面是什么，但真当他掀开罩在车身上的黑布时，还是被眼前的景象震撼到了——这是一辆纯白色的摩托车，车型炫酷，线条流畅，如一头白色的猛兽。

江聿收藏了那么多摩托车，各种炫酷的颜色都有，唯独没有白色的。

它将是赛港最漂亮的一道色彩。

江聿扔掉黑布，指尖触碰车身，眼睛里流露出喜悦之情。他转头问林绵："送我的？"

林绵撑着车头，问他："你老婆漂亮吗？"

江聿伸指去勾她的下巴，问道："你是问车还是人？"

林绵笑了下，往后躲开，说道："你说呢？"

"漂亮！"他深深地望着她，回答得耐人寻味。

他揽着林绵的肩膀，忽然将她抱起来放到车上，双手固定着不让她偏倒。

他喉结滚了滚，哽咽着说道："为什么送我车？"

她忽然想到那个下午，江聿抱着吉他坐在光里面。她的手抓着一捧光，那是属于江聿的梦想。

她把双手贴在江聿的肩膀上,倾身靠在他的耳边,郑重地告知道:"我想永远做你的lucky girl。"

　　永远为你摇旗呐喊,永远在起点送你,永远在终点迎接你。

　　江聿将她抱紧,手臂微微发颤,他的眼睛很红,眼球上布满了血丝。深吸几口气后,他闭上眼睛,只是收紧双臂将她抱得更牢。

　　林绵被勒得有点儿喘不过气来,动了动,仰头问他:"今晚的赛港被我包了,要带我兜风吗?"

　　江聿吻了吻她的脸颊,低声回应道:"荣幸之至。"

　　赛港的风再强烈,也不如江聿的车带起的风强烈,狂怒的风被撕碎,白色的战车如一条线被拉开,留下一圈光晕。

　　风将衣服吹得鼓起,林绵弓着背搂着他的腰。耳边呼啸而过的风,仿佛将她带回伦敦。

　　林绵松开一只手,张开手指,潮湿冰凉的风从指缝间穿过。她想:你看啊,江聿的梦想又被她放飞了。

　　风驰电掣地跑了三四圈之后,江聿将车速放慢,赛港的灯光明亮,打在身上让人有种被万人观看的错觉。

　　他忽然停下车,双脚支在地上,身后的人往前倾斜,彻底地贴在他的背上。他摘下头盔勾在手上,侧身去看林绵。

　　林绵漆黑的眼睛被风浸润,格外勾人。

　　她摘掉头盔,抱住他的后背,轻声细语地说道:"Roy,生日快乐。"

　　江聿看见一缕粉色的头发晃啊晃,勾得人心痒难耐。

　　"我能许愿吗?"他轻声问道。

　　林绵点头,过生日总该有些特权,比如许愿。她声音很轻地说道:"我也想许个愿。"

　　"我过生日,你许愿?"

　　林绵点点头,双手合十,闭上眼睛,说道:"我希望Roy永远不要放弃梦想。"

　　在赛港江聿还算平静,但回了家,江聿紧绷的神经彻底放松。他这晚没少索取，最后得寸进尺，为此林绵后悔自己的耳根子太软。

早知道就不让他许愿。

当晚，林绵包下赛港为江聿庆生的消息传遍了他们这帮人的圈子里，大家既羡慕，又震惊。

晚上江聿无意间看到一个群里在聊这件事情，什么都没说，直接退了群。

有个玩得好的朋友打来电话问江聿是不是生气了，他哂笑着回复道："我忙着吃老婆的软饭呢，没空生气。"

第十七章
游戏奖励

江聿"吃软饭"这件事迅速地在圈子里传开。

为此江聿心安理得,一副"随便你们怎么说,我有老婆养着我乐意"的样子。

两天后,银穗电影节正式开幕。

参展的电影有数百部,银穗电影节邀请了知名演员、导演作为评委,声势浩大,据说银穗电影节举办十多年,今年这一届是奖项竞争最激烈的。

电影节当天,天气突变,上午还风和日丽,到了下午就乌云密布,光线暗淡,风逐渐强劲,随时可能会下暴雨。

不过,即便下雨,电影节的热度也居高不下,红毯场地外聚集了不少粉丝,长短不一的镜头列在红毯两边,手幅和荧光灯牌装点着人群。

晚些时候,天空飘起了小雨,细如银丝一般,为红毯增色不少,直接将现场气氛推向了高潮。

江聿收起手机,看向窗外,蹙眉道:"下雨了?"

寒冬时节走红毯本就折磨人,这要是下着雨,漂亮的女艺人们争奇斗艳还不得挨冻?

江聿叫来工作人员,低声交代了几句。

晚上六点半，华灯初上，聚光灯点亮红毯，主持人穿着漂亮的礼服站在展板的前面，迎接每一位踏上红毯的嘉宾。

现场太冷了，主持人一只手撑着伞，另一只手拿着提词卡和话筒，微微颤抖。

粉丝们穿着雨衣，缩成一团搓手跺脚，呼出一团团白气。

雨不见小，而且有下一整晚的趋势。

闻妃给林绵披了条毯子，担心地说道："要不要再贴两个暖宝宝？"

林绵摇头，拢了拢披肩，盯着屏幕看直播，突然，有工作人员过来敲门。

"林小姐，我是负责红毯协调的工作人员。是这样的，原本和你走红毯的嘉宾因为服装问题不能准时出场，请问能不能更换一位嘉宾？"

这种事情也很常见，更何况只是一起出场的嘉宾，林绵表示无所谓，让他们安排。

闻妃却有些不满地说道："你好好安排，大不了到时候我们绵绵自己走。外面天气这么冷，早走完早了事。"

工作人员连连点头，十分钟后工作人员告知林绵嘉宾协调到位，到时候会和她一起出场。

半个小时后，林绵乘坐的车抵达红毯。窗外闪光灯不停，她今天穿着黑色的法式礼服，露出漂亮的长颈和锁骨，两条细长的带子圈着肩膀，勾勒出漂亮的肩线。

瓷白的肌肤，与极黑的礼服形成鲜明的对比，简单的设计让她那种冰冷的气质呈现到了极致。

在万众期待中，她推开车门，迈下车时，大家同时爆发出惊呼声，闪光灯接连不断地亮起。

林绵卷曲的粉色长发铺在颈背上，发丝勾缠着，精致得仿佛每个发丝的弧度都经过精密的计算。粉色的发、雪白的颈，她像是玩具店走丢的芭比娃娃，精致又完美无瑕。就连她冰冷的眼神也恰到好处，让她粉色的头发不至于显得甜腻俗气。

她一出场就力压其他艺人,成了当晚最受瞩目的艺人。好几个候场的艺人为此懊恼,怎么就没想到挑选一个亮眼的发色。

林绵在红毯上拍照的几分钟里,细细的雨丝落到她的头发上、肩膀上,丝丝凉意顺着她的肌肤往骨头里钻,冷风一刮,血液都快凝固了似的。

林绵的眼神淡淡的,她态度极好地配合拍照的工作人员摆了几个造型。

有几个粉丝心疼林绵,叫她别拍了,不然感冒了。

在她停下拍照的几分钟里,一辆黑色的轿车悄无声息地停到了一旁,几秒后,一把黑伞倾斜,为她遮挡住了细雨和风。

林绵熟悉的香水味道萦绕过来,男人的手持着伞柄,指节因为冰冷微微泛红,伞身几乎全置于林绵的头顶上。而他的肩膀、手臂被细雨淋湿。他的动作在旁人看来自然又绅士。

林绵侧头看他,他浅浅的瞳孔里映着她的影子。她恍惚间回到了他俩第一次见面时,那时他也撑着一把黑伞,为她遮挡风雨。

只是他手腕上的钥匙样式的手链被银白色的高级腕表替代,她盯着他的手腕迟疑了几秒,收回思绪。

主持人宣布林绵和江聿入场,大家才意识到跟林绵走红毯的嘉宾竟然是江聿——星盛娱乐的年轻总裁。

江聿撑着伞,站在她的侧面缓步前行,绅士又体贴,两个人迈上红毯的那一瞬,四周的光都汇聚到两个人的身上。

林绵含着笑,不停地跟粉丝挥手,而江聿的表情从容淡定,他像是在关注她,又像不是。

两个人缓步走到主持人的旁边,江聿换了个方向站着,同时也换了只手撑伞,就连主持人都被两个人的默契惊到了。

主持人笑着问道:"江总撑伞累不累?"

江聿弯唇,本来想调侃两句,但还是作罢,思索几秒后,说道:"说实话,还好,也很荣幸。"

大家一笑而过。

"般配！般配！要不是江总早早地结了婚，我就要支持二位了。"

"天啊！江总很认真地给绵绵撑伞，那把伞真的只是道具吗？"

"江总好帅！这组嘉宾太养眼了！"

林绵签名后，将笔归还工作人员，同时接受主持人采访。

相较于林绵入围最佳女配角，主持人现在更感兴趣的是她这一头亮眼的粉色头发。

当主持人问及林绵为什么会染粉色的头发时，林绵笑吟吟地说道："因为我的幸运色是粉色，我想做他唯一的赛车引导员。"

他是谁不言而喻了。

"哇！"主持人露出艳羡的表情，"太酷了吧，难道他是赛车手吗？"

这是一个夹带"私货"的问题，其实林绵可以选择不回答。

但她笑笑，丝毫不介意，很认真地回答道："未来也许是。"

现场的热闹还在继续，林绵在工作人员的指引下进入休息室里，闻妃迎过来，给她披上毯子。

林绵的肩膀、手臂被冻得冰凉，像完全失去了知觉一样，她踩着高跟鞋，双脚又冷又痛。

她被室内的空调一吹，后知后觉地抱着手臂发抖，恰好这时，江聿被工作人员引着往前走。

他停下来，皱了皱眉，二话没说，弯腰勾着她的腿弯直接把人抱了起来。

林绵被吓坏了，伸手去缠他的脖子，伸到一半时忽然意识到是在大庭广众之下，于是缩回来按在他的肩膀上。

"我送林小姐过去。"

"休息室在哪里？"江聿抱着林绵，淡声询问道。

江聿完全一副"见义勇为，没有别的坏心思"的样子，闻妃和工作人员对视一眼后，领着他们去林绵的休息室。

一路上不少人朝他们看，林绵那头粉色的头发实在太有辨识度，但场内这些人都是圈内人，就算看到了也见怪不怪。

526

"害羞的话,就把头埋起来。"他把声音压得很低。

林绵的指尖和指节被冻得通红,她轻轻地揪着他的外套,将脸转过来埋在他的胸口,自我安慰没人看见。

到了休息室,江聿俯身把她放到沙发上,垂眸看了一眼被揪皱的外套,忽然开口道:"我待会儿要上台颁奖。"

言外之意是:他的西装被揪皱了,他还怎么上台?

闻妃先反应过来,挽着工作人员的手臂说:"有没有挂烫机?借我一下。"

工作人员领闻妃去拿挂烫机,闻妃还贴心地带上门,室内瞬间安静,只剩下两个人对视着。

江聿在她的对面坐下,先是摸摸她冰凉的手臂,拽了拽毯子的两端,然后弯腰捉住她的脚踝,撩开裙摆,摸了摸脚背,凉如寒冰。

"没有怪你的意思。"他带着散漫的笑意,说道,"只是想支开他们,多跟你待会儿。"

江聿给她焐了一会儿,也不见热,干脆在她的身边坐下,抓着她的脚塞进自己的外套里,让她的脚背贴着自己的腹部,用自己偏高的体温烘着她的脚。

林绵被他的举动吓到了,往回缩脚,轻颤着睫毛,说道:"不用。万一工作人员进来了怎么办?"

"放松一点儿。"江聿将她的脚按回去,声音稍扬,调侃道,"我给自己的老婆暖脚,难道有问题?"

林绵感觉浑身的血液回暖,就连耳根都有点儿发烫,动了动嘴,说道:"万一他们不信呢?"

江聿看了她一眼,很快垂下眼皮,轻哂道:"大不了给他们看看结婚证。"

林绵的脚逐渐回暖,正在这时,房门被叩响,闻妃的声音传来:"绵绵,我能进来吗?"

闻妃推着挂烫机回来了。

林绵缩回双脚,埋在裙摆里,江聿慢条斯理地脱下外套搭在手臂上，坐到离她远一些的地方。

闻妃进来，扫视两个人，关上门落锁，忍不住打趣道："扮演陌生人有意思吗？"

林绵示意她别说了。

江聿不以为意，眼神无奈地朝林绵瞥去，分明在控诉不让将他们的关系公之于众的人是林绵。

"小江总把外套给我，我帮你处理。"

江聿把外套递过去，姿态懒散地坐在沙发上。工作人员打电话找他，他语气平淡地说："衣服皱了，请人处理完就回来。"

挂了电话后，他趁着闻妃不注意，去捏林绵的脚踝，林绵躲了一下，还是被他的手牢牢地握住，他的指腹在林绵的脚踝上轻轻地摩擦。

细微的触碰，让本就怕痒的林绵骨头里都泛起痒意。

闻妃处理好褶子，转身时，江聿松开了林绵的脚踝，恢复一副正人君子的模样端坐着。

江聿起身洗了手，通红的指节上沾了水亮晶晶的，惹得林绵多看了一眼，被江聿抓了个正着。他略挑眉，拇指故意去蹭中指指节，笑得耐人寻味。

林绵转过脸，不去看江聿轻佻的动作，一阵"窸窣"声后，他穿好外套。他宽肩窄腰，双腿修长，笔挺端正。

"晚些时候我来接你。"江聿按着她的肩膀，不顾闻妃在场，吻了吻她的额头，"祝你好运！"

林绵握了握他的手腕，指尖触碰到他冰凉的腕表。她收回手，把手放在膝盖上，仰头说："不许让别人加你的微信。"

刚刚林绵和闻妃往里走时，凑巧看到有人过来找江聿加微信。

江聿低笑道："好。"

颁奖晚会在一个小时后举行，林绵换了套内场礼服。礼服是夏早亲自设计的，第一次在荧幕前亮相。

林绵太漂亮了，这句话大家已经说累了。

林绵在嘉宾席落座后，林西西忽然挪到林绵的身边，抬了抬下巴示意林绵往前看,果然,江聿被人引导着在贵宾区落座。

林西西凑过来抚摸林绵的粉发,漆黑的眼睛里写满了羡慕:"绵绵姐,你也太酷了吧,我一直想染粉色的头发。"

林西西用手指绕着林绵的一缕头发玩,林绵浅笑着:"我把发型师推荐给你。"

林西西一脸遗憾地说道:"我的经纪人会杀了我的。"

距离开场还有一段时间,林西西像个小朋友一样,就赖在她的身边自拍、闲聊。

"绵绵姐,你要不要看你俩走红毯的视频?我快被甜死了!"林西西说。

林绵点头。

林西西用手指在手机屏幕上轻点,把网友们剪辑、配音过的视频发给林绵。

傅西池坐在旁边,他叫了林绵的名字,伸手跟林绵打招呼,林绵挥手回应。林西西看到傅西池的那一瞬,眼睛变得又大又亮,甜甜地挥手:"傅前辈。"

傅西池颔首回应,怕跟林西西对视一般,很快转过身跟旁人聊天儿去了。

林西西一点儿也不气馁,反而一副看到了唐僧肉的妖精的样子,笑眯眯地说:"绵绵姐,傅前辈就是偶像包袱太重了,他私下不这样。"

林绵笑笑,说道:"你俩私下关系都这么好了?"

林西西一脸得意地说道:"那是,我们都约好了第二顿饭呢。"

林绵听出林西西有种"守得云开见月明"的欢喜,真心为两个人高兴。

林绵盯着江聿的背影出神,他侧头跟身边的人交谈,对方一直在说,他安静地听着,偶尔点点头。

忽然,像心有所感似的,江聿扭头往后看,说话那人也跟着看。林绵跟江聿隔空对视了一眼,江聿弯了弯薄唇,缓慢地回身听那个人继续说话。

不过须臾，他拿起手机，心不在焉地打字。

几秒后，林绵的手机亮了。

R：想你。

林绵的呼吸轻颤，她抬头看过去，他没有再回头看她，但她有种随时被他关注的甜蜜感。

这大概就是心理医生告诉她的：准确地表达爱意也是获取幸福的一种方式。

林绵思绪万千，直到主持人宣布她的名字，四周爆发雷鸣般的掌声，林西西过来拥抱她恭喜她时，她才回过神来。

她有些迟缓地抬眸看过去，刚好与江聿的视线碰上，他用口型说了三个字。

江聿说得很慢，很准确。林绵看得清清楚楚。

江聿说："我爱你。"

在欢快的音乐声中，在众人期待的目光中，林绵起身跟主创团队拥抱后，缓缓走向舞台。

一分钟之前，主持人宣布荣获第十一届银穗奖最佳女配角的演员是林绵。

巨大的狂喜充斥着胸腔，林绵有些缓不过神来。

男主持人绅士地过来迎接，林绵在对方的搀扶下，缓缓走到舞台的中央，林绵粉色的长发被灯光照亮，漂亮而张扬。

她站在舞台的中央，颁奖嘉宾在主持人的引导下，缓缓走上台。

这一刻变成了"林绵时间"。

林绵斩获最佳女配角奖，大家都高兴坏了，闻妃一连发了好几条微博庆祝。

星盛娱乐官方难得发微博庆祝林绵获奖。

颁奖礼一直到后半夜才结束，林绵在工作人员的引导下走特殊通道离开。

闻妃在通道里等候，在为林绵递上披肩的同时，告诉她江聿刚在团队群里通知晚上去他的别墅里庆祝。

林绵点点头，闻妃抚了抚林绵的肩膀，激动得眼里闪着泪花："绵绵好样的！"

林绵停下脚步，与闻妃抱了一下，低声说："谢谢你，闻妃姐。"

闻妃拍拍她的背，势在必得地说："《逐云盛夏》一定是我们姐妹俩的翻身之作。"

林绵笑着点点头。

闻妃放开林绵，低声叮嘱道："小江总的车在门口，我送你过去。"

林绵点头，又问闻妃："江聿还没出来？"

闻妃摇摇头，江聿那样身份尊贵的人，势必有不少应酬，之前他一现身就有不少导演、制作人想攀谈，想和星盛拉关系。

如今得知《京华客》是星盛投资的电影，大家都跃跃欲试。

林绵踩着高跟鞋，拎着裙摆往前走，粉色的发丝在肩头上跳跃，几缕粉色的发丝勾缠着手臂，漂亮得宛如一幅画。

林绵刚走到后门口，就看见江聿倚在车门旁，双手举着手机拍她。

拿奖的激动心情还没有平复，她扬起嘴角，快步朝江聿走过去，漂亮的脸庞在对方的手机屏幕里一点点靠近、放大，在原摄像头下近乎完美无瑕。

"在拍什么？"

江聿收起手机塞进口袋里，单手搂着她的腰，将她腾空抱了起来。林绵用双手圈住他的脖颈，眨了眨眼睛，说道："你还没告诉我，你在拍什么？"

江聿低头咬她的唇："我的缪斯。"

林绵抬着下巴看他，笑盈盈地说道："刚刚为什么不让我说？"

当主持人大声念出她的名字时，她的脑子还是蒙的，只不过在跟江聿对视的那一秒，她就彻底清醒了。

上台领奖时，她站在聚光灯下，握着沉沉的奖杯，血液都在兴奋地奔涌。她深吸了一口气，先官方地感谢了电影节举办方和《京华客》台前幕后的各位工作人员,然后隆重地感谢了经纪人闻妃。

"最后,我还想感谢一位很重要的人……"林绵望着台下,视线定格在某一处。

摄像师心领神会地频频将镜头切到场下,只不过林绵看去的方向,坐了好几位她合作过的艺人。

她用一只手握着奖杯,用另一只手调整话筒,然后朝台下看过去时,与江聿的视线相碰。她看见江聿把手指放到了唇上,做了个嘘声的手势。

他弯了弯眼睛,眼神纵容又宠溺。

林绵将红唇弯出优雅的弧度,说道:"你说你在论文的最后致谢页上写了我的名字,现在,轮到我在领奖时感谢你。"

此话一说出口,大家都猜到了林绵说的是她那位神秘男友。

这是什么神仙爱情?太让人羡慕了吧!

江聿漫不经心地望着舞台,把放在唇上的手指拿开,开始慢条斯理地鼓掌,视线一直追随着林绵。

旁边的人跟江聿打趣,他的薄唇弯出浅浅的弧度。

他拿手机继续打字。

R:想吻你。

江聿用余光瞥见林绵跟每一位剧组成员拥抱。当傅西池张开双臂准备跟林绵拥抱时,江聿忽然转过头看去,傅西池倏地收手,跟她客气地握了握手。

"我想当绵绵背后的男人。"江聿的话将她从回忆里拉回来。

对上他那双浅色的亮晶晶的眼睛,林绵才意识到自己又被他调侃了。她抱着江聿的脖子蹭了蹭,下一秒,就被他放到后座上,他紧跟着坐了上来。

宽大的羊毛披肩被撩起来盖在两个人的头上,江聿掀起一角让她透气,又不甘示弱地咬回去。

经历了一场缠绵悱恻的接吻后,林绵缺氧似的伏在他的怀里,指尖勾着披肩,说道:"闻妃说你请他们去别墅里庆祝。"

江聿点点头,手指顺着她粉色的头发抚摸:"闻妃是个不错的经纪人,我打算让星盛签她。"

林绵撑起身体,满脸惊喜地说道:"真的吗?"

江聿似笑非笑,当着林绵的面,给闻妃打了个电话,向闻妃传达了这个好消息。

"谢谢你。"

江聿用指腹在她的唇角上揉了一把:"为老婆排忧解难,就口头奖励啊?"

林绵贴在他的耳边低语一句,江聿的眼底迅速地聚起一团火,他握住她细白的手腕,问道:"当真?"

林绵的眼底闪过一丝羞涩,她挣开他的手,说道:"就一次。"

别墅内热闹非凡,大家聚在一起碰杯,林绵握着红酒杯抿了一口红酒,今晚值得庆贺。

江聿发了话,林绵可以比平时多喝一点儿。

Troye打来电话,江聿上楼接听,留下一群人在楼下热闹。江聿倚在栏杆上,有一搭没一搭地跟Troye聊天。

林绵被人拉着喝了小半杯红酒,面颊浮起浅浅的粉色,眼睛里爬满了醉意。

闻妃接了个电话,回来后在她的身边坐下,拍拍她的腿调侃道:"绵绵,有人爆料你插足别人的婚姻,要不你跟小江总公开吧?"

林绵摇头——她的江聿不能平白受这种委屈。再说了,不就是一个接吻的视频吗?

"他们知道那是江聿了吗?"林绵垂着眼眸,又喝了一口红酒,表情淡然极了。

"暂时没有。"

林绵点点头,貌似随意地扫了一眼,见江聿从楼上下来,把酒杯塞给闻妃,低声叮嘱道:"明天再说吧,我今晚快累死了。"

又是走红毯挨冻,又是领奖绷紧了神经,她现在只想睡觉,根本不想牺牲快乐的心情去处理这些事情。

林绵迈着轻快的步伐离开,裙摆扬起露出漂亮的脚踝。她赤脚踩在江聿的皮鞋上,扶住他的双臂,说道:"Roy,我喝醉了。"

她的眼角泛着水光,脸颊泛着粉色。她稍仰着下巴,冰冷倨傲地盯着他,像盯一只猎物。

"需要我抱你上楼吗?"江聿垂着眼眸,用手指捏她的下巴。

林绵摇头,牵着他的手,说道:"你陪我去透透气。"

林绵趴在露台上,寒冬的风很冷,但雨停了,空气仍旧潮湿。

江聿将她抱起来,放到自己的腿上坐着,低着头用毛巾擦拭她的脚。

细白的脚被擦干净,然后被塞进毛茸茸的拖鞋里,露出漂亮的脚趾。

林绵垂眸看了一会儿,抱住他的头,深深地吐了口气。

江聿将她放在地上,站起来搂住她的腰,垂眸低颈来寻她的唇,然后吻住。

他用手握着她瘦削的肩膀,将她推到栏杆上靠着,又用手垫在她的后背上护着,轻声问她:"冷不冷?"

林绵的睫毛轻颤,她抱牢江聿,将全部意识都交给他。

吻了一会儿后,江聿放开她,拉开些许距离,又捂住她的眼睛,让她转身,松开手示意她往下看。

本就醉了,接了个吻让她彻底醉了,她低头往下看,只见地面上摆放了许多台无人机。

无人机排列着队形,机身闪着银白的光,如流星一般漂亮璀璨。

江聿亲亲她的耳朵,说道:"禁放令出台后,没办法放烟花庆祝,换个方式,请你看'星星'。"

林绵痴痴地望着无人机,几秒后,只见伏在地面上的无人机全部腾空飞起来,伴随着细微的嗡鸣声,无人机像星星一般在头顶上盘旋,点亮了漆黑的夜空。

"我想拍照。"

江聿拿出手机解锁后，递给林绵拍，大家都出来了，惊呼着"好漂亮""小江总这人工星星造价不低"。

江聿弯弯嘴角，撩开她后颈上的头发，低头轻吻，问道："要许愿吗？"

林绵被亲得躲了一下，侧过身软绵绵地靠在他的怀里，明亮的眼眸一眨不眨地盯着无人机，手指快速地按下拍摄键。

这些闪烁的"星星"，在潮湿的夜里变成照片被永远地存在江聿的手机里。

一台体形稍大的无人机，从地面上腾空而起，缓缓飞到林绵的面前盘旋。林绵从手机屏幕上移开视线看过去，无人机上挂着一个打着蝴蝶结的礼盒。

"是什么？"林绵指了指无人机，问道。

无人机像有感应似的，又往她的面前飞了一点儿距离，盘旋在她触手可及的地方。

林绵有点儿醉了，但又害怕无人机会咬人，往后退到了江聿的怀里。

"你摘下来看看。"江聿牵着她的手指去触碰。

她猛地缩回手，水雾般的眼睛盯着无人机，思想在做斗争，几秒后，她大胆地抓着江聿的手指取下礼盒。

无人机在她的面前旋转飞了两圈后，回到了队列里，变成璀璨的"星星"。

林绵用手指勾着蝴蝶结拉开，打开盒子，一条钥匙样式的手链在她的指尖上轻晃。

这个样式绝对不是哪个大牌的设计，但林绵觉得眼熟，像是在哪里见过，就是想不起来。

江聿拉着她的手，把手链缠上她细白的手腕，松垮地挂着，钥匙状的配饰垂下，十分好看。

林绵晃动着手腕，钥匙状的配饰就跟着晃。她看了许久，直到钥匙状的配饰与浴缸的边缘碰撞发出清脆的声响。

浴室内雾茫茫的，空气中聚满了热气，十分闷热。

她费劲地睁开眼睛，室内水雾弥漫，叫她看到的事物都裹上了一层朦胧的光感。

她真的喝醉了，她想。

林绵用手指抓着浴缸的边缘，指节绷起，用力到泛白，但很快又舒展开，懒懒地搭在浴缸的边缘上。

江聿搂着她，低颈亲吻她的耳根，轻声问道："酒醒了吗？"

林绵晃晃脑袋，还晕得很，而且很累很困，根本不想张嘴说话。

不知道过了多久，她被从浴缸里挪到了床上，望着翻飞的窗帘，才后知后觉地想起她方才欣赏过许多造价不菲的人工星星。

今晚很漂亮，比她看过的任何一个夜晚都要漂亮，因为那些"星星"在天空中组成了她的名字。

她忽然天马行空地问道："江聿，我要是想要月亮怎么办？"

江聿抬起汗涔涔的脸，在她的脸颊上蹭了一下："我去给你摘。"

果然是醉了，她想。

这夜，林绵断断续续地做了个梦。她梦见银穗电影节当晚，江聿送她去现场时，她下了车隔着车窗与他接吻。

这时四周突然出现很多娱记，闪光灯"咔嚓咔嚓"地响个不停，镜头都快捅到她的脸上拍了。

有人高喊着："你们的关系被曝光了。"

源源不断的娱记将他们围了个水泄不通，画面忽然晃了起来，这些人不断地围着她转圈。

林绵猛地惊醒，望着天花板失神，喘了一会儿才意识到是梦，只是宿醉后的眩晕感还很强烈，跟梦里没差别。

厚重的窗帘没有完全被拉上，天色黑漆漆的，没有一点儿光线射进来。

林绵用手指在枕头下探了探，摸到手机捞过来，用指尖解锁锁屏。

凌晨5：04分。

确实够早，天都还没亮。她放下手机，窝进江聿的怀里继续睡。

手机振动，闻妃发来消息，林绵才勉强睁开眼睛。

闻妃：起床了吗？

与此同时，房门被叩响，林绵看了一眼被吵到蹙眉的江聿，掀开被子捞起睡袍裹上，趿拉着拖鞋去开门。

闻妃见她一脸疲惫，江聿还睡着，心知肚明地笑笑："你换身衣服，我们下楼谈。"

林绵换好衣服，下楼时，闻妃陷在沙发里刷视频，一点儿困意也看不出来。

"你都不睡觉的吗？"林绵打了个哈欠，问道。

"睡不踏实。"

闻妃抬眸朝林绵看过来，露出了惊艳的表情，视线随着林绵转。林绵说："你别这么看着我。"

闻妃"啧啧"两声，压低了声音调侃道："你真是被小江总滋润得越来越水灵了，你现在的皮肤简直吹弹可破。"

林绵瞪她，落座后，懒懒地摩挲着手腕间的钥匙样式的手链。

"昨晚的微博才激烈，幸好我们没管，不过，既然你被锤得这么厉害，要不要上去'营业'一波？"

林绵调侃道："我插足我的婚姻，确实够激烈的。"

就是因为这样，闻妃和林绵才不着急澄清，闻妃也笑："啪啪啪，让他们丢脸。"

"你手上的手链好特别！什么时候买的？"闻妃拉在手里看，"好像是真钥匙，又好像是做旧的。"

"你也认不出是哪个品牌的吗？"林绵问道。闻妃火眼金睛，她每天跟品牌打交道，对各种品牌的风格了如指掌。

闻妃摇头，说道："还真没见过，兴许是新锐设计师设计的。"

林绵点点头，继续看帖子。

各路人马下场，发的帖子都要将江聿和她锤死，历来但凡涉及私生活的丑闻，几乎都是人人喊打。

林绵疲惫地揉了揉额头，闭上眼睛不去看帖子，宿醉后的恶心感一阵阵地往嗓子眼儿里涌，胃里面翻江倒海似的难受。

闻妃见林绵的脸色不好，起身接了杯温水递给林绵。这时，闻妃的手机响了，闻妃拿起来，看了一眼来电显示后，对林绵说："是S家打来的。"

接通后，那头公关团队询问林绵是否真的插足别人的婚姻，言外之意就是在考虑解约。

闻妃冷笑，一副护犊子的样子："当然没有啊，我们绵绵怎么可能做那种事情？！网上的假消息多得很，你们不要听的啊。"

挂了电话后，闻妃气呼呼地坐下，手机在不停地振动，想必各路品牌方的负责人来问了。

林绵忽然说："我能发微博吗？"

闻妃随意地说道："发呗。"

林绵登录微博，粉丝那边几乎第一时间提醒，纷纷在线来捉她。

有粉丝质问她为什么要做这样的事情，为什么不肯道歉认错？

林绵的指尖微顿，她可以想象他们痛心的样子。

几秒后，粉丝们刷出林绵转发了那条造谣的微博。

林绵：麻烦把原视频发我一份，谢谢。

林绵不澄清就算了，她轻描淡写地要原视频的行为让粉丝觉得她过于嚣张。

林绵半垂着眼皮，漂亮的指尖在手机屏幕上跃动，几秒后一行字就被发到了评论区里。

林绵：我没做过的事情，要怎么承认？

这下大家都来劲了，一致认为她这是耍赖、狡辩，毕竟那个视频不能作假。

有人评论：你敢说你没插足别人的家庭，我就敢把名字倒着写。

林绵回复：我敢。

几分钟之后，沉寂了大半天的林绵工作室微博终于发了第一条微博。

工作室直接"艾特"了一批账号，声称对方损害了林绵及其公司的声誉，并且附上律师函。

林绵看着帖子觉得好笑，指尖痒得很，又想打字了。

闻妃见状，赶紧阻止她："先别搭理，谁骂得凶，就截图给律师告谁。"

林绵闻言点点头，便就此作罢。

但是令她们没想到的是，一波未平一波又起，林绵的热度稍微降了点儿，又有"好心人"在背后推波助澜。

林绵频频因为私生活上热搜，不少路人感到厌烦。

这一次，闻妃几乎百分之百断定，添油加醋的必定是林绵的对家。

在《京华客》拍摄期间，江聿探班时男友抱她的那张照片被发到了网上，瞬间又掀起了一阵热议。不过发酵到这个程度，按照网友说的，他们都搅在一起三年了，也只敢暗戳戳单方面公布恋爱消息，在剧组里亲亲密密、搂搂抱抱也不足为奇，顺带提到了林绵在拍摄《逐云盛夏》期间，江聿没少抛下妻子，陪着林绵在剧组里鬼混，着实让人恶心。

甚至有人喊话《逐云盛夏》官方换主演。

也就在这时，一向跟林绵没多少互动的祁阮，忽然毫无预兆地取消关注了林绵的微博，这微妙的举动引起了大家的讨论。

大家也没想到这个八卦消息牵连的人还挺多，有人挖出当初江玦追求过林绵，兄弟俩抢女人的戏码着实比搞外遇更吸引人。

"饿了吗？"江聿踩着楼梯往下走，垂眸看两个人。

"在聊什么？"他换上了衬衫、西裤，得体的穿着让他看起来格外精神。

闻妃和林绵交换了一个眼神，闻妃对江聿说："江总，有件事情你需要了解一下，就是你跟林绵的视频被曝光了。"

江聿面不改色地端起林绵的水杯喝了一口水，慢悠悠地说道："是吗？"

瞧瞧大老板的态度，处变不惊，这气度！这风范！江聿不疾不徐地起身，去岛台那里操作咖啡机，慢条斯理地问道："你们想怎么处理？"

闻妃趁机提公开。

江聿没直接表态，闻妃也没再追问。

江聿问两个人："咖啡、滑蛋？"

闻妃愣了一下才反应过来，说道："小江总，我来吧。"

江聿淡声道："你坐着吧，我来就行。"

闻妃跟林绵交换眼神，超小声问道："小江总会做饭？"

林绵把手肘支在沙发上，看了一眼系着围裙的江聿，很浅地笑了下："他会的很多。"

江聿煎的滑蛋卖相极好，金黄的，不比早餐店卖的差。他放下滑蛋和咖啡，摸了摸林绵的头，问道："昨晚睡得好吗？"

林绵捧着杯子喝水，差点儿呛了出来，伸手去勾他的手臂，这不是明知故问吗？

闻妃假装看不见，低头品尝小江总的手艺，吃了一口就露出惊艳的表情："小江总，看不出你还会做饭。"

她一直以为江聿是那种十指不沾阳春水，可能连厨房门在哪里都不知道的人，没想到手艺出奇地好，煎的滑蛋又嫩又软。

江聿落座，低笑着，困倦地说道："在伦敦的时候没少做。"

闻妃笑着，点点头。

其间，江聿的手机响了，是喻琛打来的，江聿拿着手机去院子里接听。

林绵抿了一口咖啡，余光不经意地朝江聿瞥去。

上午有点儿阳光，细细的暖金色铺在他挺拔的身上，耳郭被勾勒出一圈淡淡的金边，凑近些还能看见细小的绒毛。

他宽肩窄腰，腰劲瘦有力，想起他起伏的力度，像能把她破开重组。

林绵目光迷恋地扫了扫他的腰，视线往下滑去……

那都是独属于她一个人的神秘领地。

江聿像心有所感似的，忽然转身朝室内看过来，刚好把林绵盯着他的视线逮了个正着。

他略挑眉,薄唇扬起弧度,用口型撩拨她。

而后她听见他清亮的嗓音响起:"你等等,我上楼去拿。"

这句话是对电话里的人说的。

林绵别开视线,扬起薄唇,慢条斯理地喝着咖啡。

几分钟后,闻妃不淡定地惊呼一声,林绵朝她投去不解的眼神。

"你家小江总太帅了!"闻妃激动得嗓音抬高了好几个度,握着手机的手微微颤抖,"他开始反击了!"

林绵的呼吸一滞,她接过手机,入目的是江聿的微博界面。

江聿的微博名从"shshsga"改成"江聿",头像换成林绵的海报,而认证信息那一栏显示着:星盛娱乐总裁。

神秘大佬的身份终于水落石出,大家嗅到了八卦的味道。

只是令大家没想到的是,星盛娱乐的江总未免速度太慢了,都蹲了五分钟了他也没发一条微博。

闻妃也好奇,抬头往楼上看了一眼:"小江总在干什么?不会就这样吧?"

林绵是了解江聿的,他绝对不会让别人在他的面前作威作福。他没发微博的这段时间里,绝对是在酝酿大动作。

十分钟过去了,江聿的微博仅改了个名字和认证。

看热闹的朋友们等得不耐烦了。

星盛娱乐的官方账号慢腾腾地关注了江聿的微博,几乎在同一时间,傅西池和林西西先后关注了江聿的微博。

林绵拿起自己的手机,把指尖放在他微博的首页上。

"江聿"两个字足以让她心跳加快,血液因为期待而沸腾。

"要不,你问问江总在做什么?"闻妃调侃道。

闻妃已经迫不及待了,就等着江聿给那些造谣的人几巴掌,好解一解她的心头之恨。

林绵思索再三,点开他的微信,正在编辑文字,闻妃一声惊呼吓得她差点儿按了发送键。

"啧啧啧！"闻妃盯着江聿发出的微博，以最快的速度转发，并且配文："咱老板霸气！"

林绵切出微信，点开微博，入目的是江聿发的微博正文。

江聿：前晚林绵包下赛港是为我庆生，她获奖致谢的人是我，陪她在塔公草原上看羊的是我，三年前在伦敦追她的是我，想要把她绑定一辈子的也是我。婚是在国外结的，老婆是合法的。

随后江聿还附了一张图。

照片里的林绵扎着粉色的双马尾，穿着百褶裙、帆布鞋，青春靓丽，比她的红毯造型还要亮眼，真是芭比娃娃了。她坐在纯白的摩托车上，侧着脸，卷翘的睫毛轻抬，眼神冰冷，却莫名其妙地勾引人。

网友们从没见过这样的林绵，漂亮张扬却不俗气，她比何皙更特立独行。

江聿这篇夹带告白的澄清微博瞬间在网络上炸开了，林绵已婚的消息迅速地传播，网友们纷纷喊话今晚集体失恋。

网络上的风向彻底变了，谁也没想到被泼脏水的林绵是江聿的合法老婆，林绵都嫁入豪门了，这也太朴素低调了吧？

很快，傅西池转发江聿的微博。

傅西池：口水顺着眼角流出来了，好酸啊！江总，下次我和绵绵拍戏，不许吃醋。

林西西也跟着转发微博：江总，我的预感很准的吧？记得下次找我问问题要预约！

公益活动节目里的那几位姐姐纷纷站出来声援林绵，表示护犊子。

《逐云盛夏》官方微博：她就是她，她是何皙，也是林绵。

《京华客》官方微博：恭喜林绵获奖，也收获了甜甜的爱情。两位真的很低调，片场男友抱真的太甜蜜了。

《一直在路上》官方微博：江总和林绵郎才女貌，什么时候可以一起上节目啊？

林绵的官宣这么大阵仗，算是团宠了，大家都在狂欢，但仍有一些人发出不好的声音。

这些言论渐起，忽然搅乱了一派喜气，甚至有人真的被影响发出质疑的声音。

但接下来江聿的操作让他们直接闭嘴，甚至删除评论跑路。

星盛娱乐：以下是造谣抹黑林绵的部分账号，已经整理好交给傅西林律师团队处理。网络不是法外之地，请大家甄别真伪。

林绵工作室回复：收到，谢谢老板。

那几个带风向炒热度的账号都在名单里面，他们删除了之前的言论，并且装死。

傅西林律师团队的官方微博很快转发江聿的微博，并且承诺不会轻易放过任何一个造谣者。

有傅西林出场，谁也不敢再往林绵的身上泼脏水。

网上的风向逐渐被扭正，然而当事人林绵至今没有露面。

闻妃笑得眼泪都出来了，完全没想到江聿在背后准备了这么多，敲敲桌子，提醒林绵："小江总表白了，你也该表示了吧？"

林绵的手心里都是汗，她慢条斯理地用纸巾擦着手心，忽然挫败地开口道："我好像词穷了。"

"谁让你家小江总能言善辩，表白一套一套的。"闻妃眨眨眼睛，说道，"要不，你去找他讨教两句？"

话还没说完，林绵就看见江聿慢条斯理地下楼，双手捧着手机，正在跟网友互动，异常活跃。

小猫咪提问：江总，你俩谁先求婚的？

江聿回复：当然是我。

离离原上草提问：江总，为什么不公开呢？

江聿回复：是她不想公开我。

小仓鼠提问：江总，多发几张绵绵扎着双马尾的照片好吗？

江聿回复：不可能，别想！

林绵抬眸跟江聿对视，起身拉住他的手腕走到门外，时间像是静止了，两个人的动作停顿了几秒。

蓦地，林绵扑进他的怀里抱住他，把脸颊贴在他的颈上蹭了蹭，

543

什么都不用说,他就懂。

江聿拢着她的肩膀拍了拍,低笑得胸腔震颤:"投怀送抱就够了?"

江聿抬起她的下巴强迫她与自己对视,说道:"绵绵老婆,是不是该给我个名分?"

他的唇一寸一寸地逼近,停在林绵的唇边,她偏头吻了上去,咬住他的上嘴唇,说道:"知道了,老公。"

他目光深沉地盯着她,呼吸变得很重,贴在她的耳边恶狠狠地低语道:"别撩我!"

"老公"是个禁词,特别能撩江聿。

他清亮的嗓音有些凶,林绵的睫毛眨得很快,像小扇子般刮过他的心口,让他又麻又痒。

江聿捏着她的下巴,在她饱满的红唇上轻啄了一口后,放开她,直起身继续在微博上冲浪。

几分钟后,失踪人口林绵终于现身微博转发江聿的微博。

林绵:已婚,往后江先生说了算。

正主终于光明正大地宣布了这则消息,大家都快被甜晕了。

晚些时候,大家发现江聿关注了其他关注他微博的人的微博,唯独祁阮的关注是个单箭头。

有粉丝开始猜测:江总不回关自家艺人祁阮的微博,八成是跟祁阮早晨悄悄地取消关注了林绵的微博有关系。

果然,在粉丝一顿猜测和口水仗后,祁阮被气得要冒烟了。她本就是浑水摸鱼气气林绵,而且之前从林律那边打听到江聿和林绵在国外结婚后,长期异地分居,也就是逢场作戏罢了。

她真没想到江聿会为了林绵公开。

江聿收到祁阮的消息时,正打算和林绵蹲守晚上八点的公益活动节目开播。

他看了一眼来电,脸色不豫,把手机推到一旁,若无其事地看向电视。

祁阮不依不饶地又打来,手机在沙发上振出响动着实烦人。他深深地吐了口气，拿起手机滑开接听键。

"江聿，"祁阮大小姐脾气，从小就爱大呼小叫，"你为什么不关注我的微博？"

江聿的嘴角含着冷淡的笑意，就她这个性格得亏没做他嫂子。

江玦在挑选老婆这方面，眼光没的挑。

"我为什么要关注你的微博？"江聿语气淡淡的，丝毫不讲情面。

祁阮愣了几秒钟，似乎是被气急了，呼吸急促地说道："我是星盛的艺人，你是老板，关注我的微博有什么问题吗？"

江聿用嘴尖顶了顶林绵的脸颊，忽然嗤笑一声，目光变冷，语气无半点儿温度地说道："马上就不是了。"

祁阮愣了："什么意思？"

江聿动了动唇角："字面意思，我早说了，我这个人护犊子。"

祁阮难以置信——她作为星盛的"顶梁柱"，手里大把的资源，江聿凭什么不跟她续约？更何况以祁家和江家的交情，江聿但凡顾全面子，就不该这么做。

但江聿冷淡的态度，让她不得不相信，他真的可能要与她解约。

祁阮的气焰弱了几分："我早上是因为……"

"不重要了。"江聿打断她的话，把目光移向林绵。林绵刚洗完澡，浑身裹着一层潮气，眉目清秀如雨后远山，半干的头发垂在颈侧，她的皮肤本就偏白，粉色的头发衬得脖颈大片肌肤更加白嫩。

林绵去冰箱里拿了两罐啤酒，窝进沙发里靠着江聿。江聿接过啤酒罐，冰凉的触感让他蹙眉。他拿过林绵那罐，放得远远的。

"你的生理期快到了，你忘了？"

林绵小声抱怨道："生理期好烦，不能吃冰的喝冰的。"

江聿饶有兴趣地挑了挑眉毛，凑到她的耳边低语道："我知道有个办法能让你不用烦。"

林绵把注意力放在电视上，没听清："什么？"

江聿用手指抵在她的肚子上，慢条斯理地说道："给我怀个孩子。"

林绵的耳朵都烧起来了，她推开他的手："你现在就想要小孩儿吗？"

江聿眨眨眼，理所当然地说："不想。"

二人世界他还没过够，再弄个小孩儿出来分掉两个人的时间，他暂时还承受不来。

"你呢？想要吗？"

林绵想过婚后要小孩儿，但她害怕，摇摇头，说道："我还没准备好。"

江聿用鼻尖蹭她，笑着答道："好巧，我也是。"

他伸手捏林绵的耳朵，指尖冰凉得让她发抖，她偏过头，被他松松地箍着脖子。江聿漆黑的眼睛只是望着她，少有地没有吻上来。

"怎么了？"

林绵从他的表情里读出认真。

江聿低声笑道："我们找个时间去领证吧？"

林绵愣了一下，随即明白他的意思是在国内登记结婚，于是很爽快地应了："好啊。"

《我们在路上》第一期开播，反响良好。

高斯嘉打来电话，邀请林绵去家里玩。江聿拿过电话，稍显不满地说道："二婶，留点儿时间给我和绵绵吧。"

高斯嘉笑着说："来家里住吧，我给你们准备了房间。"

江聿散漫地说道："不行啊，我周二要陪她参加酒会，周三她要参加代言发布会，周五她还有杂志拍摄的工作……等年后再说吧。"

高斯嘉听着他要懒，忍不住调侃道："你盯老婆盯得这么紧，要不改行当经纪人吧？"

江聿说道："也不是不行。"

第二期《一直在路上》开始录制。

时隔一周多，姐姐们从纷繁的工作中重新回到小屋里，坐在一起畅谈。

大家最感兴趣的是林绵公开恋情，当真让她们震惊到了，她们猜测过很多人，唯独没想到会是江聿。

一个姐姐突然回味过来，问道："《京华客》上映当晚包场看电影，不是节目组安排的？"

众所周知，节目组抠门儿，平时找他们要点儿蔬菜补助他们都不给，怎么可能大方到包场看电影，还免费提供饮料吃食？

姐姐们大声呼唤导演："你说到底是不是你包场看电影？"

年轻的小导演被姐姐们的阵仗吓到了，双手合十，笑着说："确实不是我，是江总给大家安排的。"

"喊！我早就猜到了。"姐姐们笑话道，"就算大家的人设全崩了，咱们节目组的人设也不可能崩。"

有姐姐鸣不平地说道："导演，江总安排包场看电影，也算是我们绵绵花钱。所以，你要不要良心发现，这一期的生活费给我们多补一点儿？"

导演推了推眼镜，笑眯眯地摇头。

姐姐们生气了。

导演趁机宣布："这一期，将会有三位飞行嘉宾参与节目录制。"

姐姐们很期待新朋友的到来。

作为生活费管理员的林绵开始担忧地问道："导演，飞行嘉宾的生活费谁承担？"

林绵一想到上一期没日没夜地赶工做毛线花就打怵，这一期多了三位飞行嘉宾，随着生活成本的增加，她们的工作量也会随之增加。

导演一副看透了的表情，笑眯眯的眼神分明在说"想啥呢，飞行嘉宾的生活费也得你们自己承担"。

姐姐们看懂了导演的意思，哀号一声，表示不干了，生活费谁爱赚谁赚。

林绵靠在高斯嘉的身上，笑着问道："能不能让飞行嘉宾干活儿赚钱？"

对啊！

· 547 ·

姐姐们表示赞同，热烈地讨论着："明天他们一到啊，就让他们先做手工，做完手工才给饭吃。"

就是这么狠，姐姐们觉得可行。

夜深了，屋外一片漆黑，客厅里灯火通明，姐姐们坐在沙发上手舞足蹈地讨论着。

第二天一早，林绵还在睡梦中，就听见有人敲门。

她看了一眼隔壁床的高斯嘉，对方睡得很沉，完全没被敲门声打扰。林绵起床，遮住摄像头，开始慢悠悠地穿衣服。

林绵趿拉着拖鞋，踩着木质楼梯下楼，打开门看见江聿扶着行李箱站在门口。

"你怎么来了？"林绵差点儿以为自己没睡醒，睡眼惺忪地盯着他。

江聿今天穿着黑色的长款羽绒服，精心打理过头发。他单手抱了一下林绵，低声说："我是第一位飞行嘉宾。"

林绵抬眸，忽然明白导演昨晚为什么不肯告知飞行嘉宾的名字了。

"你知道其他两位是谁吗？"

江聿摇头，薄唇弯出笑意。她往后让开道路，说道："进来吧。不过，她们还没起。"

江聿亲昵地揽着她的背，推着行李箱进门。屋内暖气充足，他放下行李箱，用宽大的羽绒服裹住林绵抱了一会儿。

林绵贴在他温暖的怀里，昏昏欲睡地说道："你怎么来得这么早？"

她瞄了一眼电子时钟，显示八点。

屋外灰蒙蒙的，不知是要下雨还是要下雪，冷风"飒飒"作响。

"见妻心切。"他很小声、很温柔地贴在她的耳边说。

直到楼上响起走来走去的脚步声时，江聿才松开林绵，脱掉外套挂在玄关处，露出里面的白衬衫、黑西裤。

白衬衫的垂感很好，下摆工整地压在裤腰里，勾勒着江聿的腰和臀，为江聿平添几分禁欲感。

林绵不动声色地在江聿的身上扫了一眼,被他拉着手肘圈到怀里,问她笑什么。

林绵摇头,提醒他有摄像头。

江聿只得作罢。林绵本以为这样江聿会安分一些,没想到过了会儿,他又故意问道:"我晚上可以跟你睡在一个房间里吗?"

当然不行啊!

林绵示意他别问了。姐姐们陆续下楼,看见江聿先是一愣,他主动打招呼道:"大家好,我是飞行嘉宾江聿,也是林绵的老公。"

姐姐们很和气,调侃他:"认识,认识,妹夫嘛。"

江聿跟高斯嘉拥抱,叫她:"二婶。"

大家这才知道,原来高斯嘉和江聿是一家人,难怪高斯嘉跟林绵的关系那么亲密。

既然飞行嘉宾是自己人,姐姐们就不客气了。

节目播出当天,提前曝光的飞行嘉宾身份和片段就足以让观众们兴奋。

这是林绵和江聿从公布婚讯后,第一次合体录制节目。大家觊觎江总很久了,他上节目,大家都等在屏幕前。

万众期待的节目开始,节目组真的很有心,林绵和江聿搂搂抱抱的小动作一点儿也没被剪掉,网友们疯了一样,嘴角扬起就放不下。

但是令大家没想到的是,江总作为堂堂总裁,竟然也要辛苦地做手工。

这一期的收工任务是做风筝。

"哈哈哈,大冬天做风筝,节目组你真牛!"

"你们看小江总一脸绝望。"

"别说,小江总的手臂肌肉好好看,骑机车的男人应该有腹肌吧?"

江聿在客厅里折腾了一会儿,觉得一身衬衫、西裤束缚了他,起身回房间里,再出现在屏幕里,已经换上了黑T恤和宽松的工装裤,从禁欲总裁瞬间变成桀骜不驯的帅哥。

弹幕都疯了，观众们疯狂发言。

江聿一只袖子挽在肩膀上，露出鼓胀得恰到好处的臂膀肌肉，男性气息爆棚。

他坐在小凳子上，专注地做风筝，半垂着眼皮，嘴角抿得平直，几缕细碎的头发垂在额前，安安静静的，跟邻家酷帅的大哥哥没什么区别。

他按照节目组提供的教程，动作飞快地做好一只风筝的骨架，跟大家炫耀了一下。

"你好棒！"姐姐们凑过来夸赞道。

一个人做风筝耗时耗力，江聿叫来林绵当帮工，林绵坐着弯腰，江聿蹲在地上弓着背，男人劲瘦的身形凸显。

江聿偏着头，用细细的铁丝固定支架，额头上几缕细汗顺着鬓角淌下来，江聿顾不上擦，丢下一个风筝骨架，又去捞另外一个。

从白天到日暮，江聿做好了几十个风筝骨架，两个人占据一小块地方，重复着同一件事情，时而指尖触碰，时而相视一笑，网友都快疯了。

指尖触碰要截图，相视一笑要截图，就连林绵喂江聿喝水也得截图。

江聿累得坐在地上，活动酸涩的颈椎和肩膀。

姐姐们喊吃饭了，今天是高斯嘉下厨，将江聿带来的一条海鱼分割，做成几道不同的菜。

江聿活动臂膀，抓着林绵的指尖站起来，拍拍身上的灰尘，说："你们先吃，我去洗一下。"

导演太懂大家想看什么了，画面随着江聿上楼。他用双手抓着T恤下摆往上拽，露出一截形状分明的腹肌，他忽然意识到有摄像头，于是松开T恤下摆，捞起毛巾，盯着摄像头直视了几秒。

摄像头像是害羞似的左右晃了晃，他弯唇笑得散漫。

下一秒，摄像头在他的笑容中，丧失了工作能力。

调皮的摄像头左转转右转转，试图摆脱毛巾的桎梏，倏地，画面正常了，江聿用指节分明的手指揭开毛巾，解放摄像头。

· 550 ·

只不过江聿揭开两秒后又放下,拍拍摄像头说:"乖,不可以乱拍。"

江聿清亮的嗓音里含着温柔纵容,明知道他在说摄像头,但观众们还是被撩到了。

"窸窣"一阵后,他回到了床边。

这次摄像头懂事了,没动,因为在摄像头仅剩的一点儿可拍的范围里,江聿背对着摄像头,解开身上的浴袍,捞起干净的衣服从上往下套,双臂抬起来后背肌肉尽显。

他肌肤白皙,肩背饱满充满了力量,肌肉饱满却不夸张,拥有着成年男人强劲的体魄。

然而他的肩胛骨上那小片精致的枯萎的玫瑰文身,栩栩如生,过于夺目。

如坠雪地,妖冶又神圣。

江聿换好衣服后下楼,长腿踩在实木台阶上,湿润的碎发垂在额前,有水滴从发尖上滴落。

弹幕上的字多到快给江聿打上马赛克的程度,可见他真的受观众们喜欢。

"天啦!我以为江总是禁欲系的,没想到骨子里这么叛逆,文身和机车我都好爱好爱!"

"把老婆活动的妆效文在背上,江总,你好样的!"

"江总真的把爱老婆刻在了骨子里。"

弹幕比正片还有意思。

林绵正看得津津有味,忽然画面一黑,江聿按掉了画面,抽走了她手里的平板电脑。

林绵的下巴被挑起,逆着光,她对上一双深情款款却又含着几分散漫的笑眼:"人都在你面前了,还不够看?"

刚从会议室里出来的他穿着深灰色的套装,领口规规矩矩地扣到顶端,置于喉结之下,金色的链条点缀在胸口处,颇有几分斯文败类的感觉。

江聿宽肩窄腰,身材挺拔,五官俊朗出挑,有着令人垂涎的资本。

林绵一下子无法将他与方才节目里穿着T恤、工装裤的酷帅男人当作一个人。

相较于西装革履的江聿,她更喜欢江聿放荡不羁的样子。那样的江聿更充满力量感,手感也更好。

林绵笑笑,说道:"谁说我看你呢?"

江聿略微挑了挑眉毛,松开手,从沙发后绕到她的身边坐下,绵软的皮质坐垫立刻凹陷,他身上的味道不动声色地萦绕过来,似乎还掺杂着一丝甜腻的味道。

"你换香水了?"

"不要转移话题。"江聿低语道。

"你还说没看我。"他用手指解锁平板电脑,然后在照片库中一一点出方才林绵看视频的截图。

"我知道了,是平板电脑懂事,自己动手的。"江聿替她想好说辞。

林绵被抓包了,也不紧张,眨了眨含烟笼雾的眼眸。她坐在光线里,浑身被镀上一层暖暖的色调。

"你知道他们在说什么吗?"林绵用手指拨弄着他胸口处的金色的链条,金色的链条在她的指缝间滑来滑去。

江聿垂眸盯了几秒,滚了滚喉结,说道:"说什么?"

林绵拿过平板电脑,重新打开,手指按着进度条拉回他换衣服那段,密密麻麻的弹幕,多到把画面都遮挡了。

从录制后江聿一直没关注过节目,他饶有兴趣地盯着屏幕,几秒后,皱起眉头,说道:"怎么还是被拍下来了?"

他当时以为都遮住了,真是诡计多端的摄像头。

"现在网友们都知道你的身材好了。"林绵轻哂道,手指忽然收力,江聿被金色的链条拽得往前倾。

"他们说你是大帅哥。"林绵不疾不徐地说道,调侃的意味很浓,"他们想摸你的腹肌。"

江聿把手臂撑在椅背上,弓着腰,才堪堪稳住。

他薄唇弯起弧度,伸手从她的手中拽出链条,然后抓住她的手腕。

柔软的沙发深陷了一些,幸好沙发质量上乘,能轻易承受两个人的重量。

林绵推了推他的手,反而被抓得更牢。林绵断断续续地说道:"没拉窗帘。"

这是江聿的办公室,虽然没有其他人造访,但林律有随意进出的权利,万一……

林绵想到那个场景就头皮发麻。

江聿抬起上半身从矮几上拿过遥控器,极小的"嘀——"声后,所有的窗帘自动闭合。

短短几秒钟,偌大通透的办公室变成一个密不透风的盒子,严严实实的。

林绵把指腹探到江聿肩胛骨的那片肌肤上,枯萎的玫瑰如火般在肩背上绽放,仿佛下一秒就能冒出缠绵的白雾。

她似乎害怕玫瑰真的会燃烧殆尽,用手指紧紧地攀附着,想要把玫瑰刻进眼睛里。

"Roy,你是不是故意的?"

江聿大清早把她从被子里捞起来,放到办公室里。

江聿不怀好意地说道:"早就想这样了。"

在一个平淡无奇的早晨,一个平淡无奇的微博账号突然受到了大家的关注。

花朵也要开心鸭:啊啊啊,我在民政局里收到了江总亲手发的喜糖!

视频里,阳光很好,伴随着阵阵微风。林绵和江聿先后从黑色的轿车上下来,两个人穿着白衬衫,手牵着手,在助理的带领下去往办证大厅。

等在结婚登记窗口前的人不多，他们的出现并没有引起过多的关注，拍摄者没有拍摄全过程，但从言语中能感受到目睹他们领证的激动心情。

后半段的视频，是两个人从大厅里出来，江聿一只手握着红本，另一只手牵着林绵，有几个人认出来，举着手机拍。

两个人不恼，脸上挂着笑，江聿回身找助理取来糖果，亲自分给拥着他们的几个人，亲和又礼貌，比节目里更真实。

林绵甚至把她抱着的鲜花送给了那几个人。

有人问道："江总和绵绵考虑好去哪里度蜜月了吗？"

林绵笑笑，跟江聿对视一眼，本以为私人行程不会泄露，没想到林绵弯弯唇，对着镜头说："伦敦。"

"你们是在伦敦相遇的吗？"

林绵握住江聿的手指，点点头承认道："是啊。"

"啊啊啊，甜死了，我也想要江总的喜糖！"

"为什么一个领证视频，我能看哭？！"

"在国内、国外都结婚了，我真的又相信爱情了！"

林绵回到车里，身上被阳光晒得暖洋洋的，她从口袋里取出红本放在腿上，拍照先发给赵女士，再发给闻妃，然后发给黎漾和江敛。

黎漾二话没说，发来一个88888元的红包祝福她。

闻妃没黎漾那么阔绰，但也转来1314元的红包祝福。

江敛是抠门儿精，发了个撒花的表情包：祝嫂子和我哥百年好合，早生贵子。

林绵收了一圈红包，钱包鼓鼓的，高兴地靠在江聿的怀里，筹划着回伦敦的旅程。

林绵领证结婚的关注度极高，闻妃之前给她接了个广告，需要直播两个小时，合作方问她能不能趁热打铁晚上播？

林绵既然答应了合作，这些都无可厚非。

只是内容由林绵随便定，她本就不擅长这些，绞尽脑汁也想不出播什么。

自从领了证，江聿在林绵的面前，解了三次扣子，求吻四五次，她的注意力都没放到他的身上，甚至她还觉得他有点儿烦，躲开他的怀抱，坐到一旁沉思。

江聿也想不通，皱起眉头，面色不豫，拿起手机给喻琛发消息。

R：领证即失恋，女人得到男人太容易，就不懂得珍惜。

句句都是发自肺腑的人生箴言。

喻琛的脾气一点儿也没改，说话专戳心窝子。

喻琛：七年之痒，你们在一起都过了一半了，也该痒一痒了。

江聿没得到安慰，反而被气得不轻，干脆扣住手机，仰靠在座椅上合眼生闷气。

在他看来，只要他生闷气的时间够久，林绵总会关注到他。

只可惜，两个人吃完饭后，林绵托着腮，心不在焉地盯着玄关发呆，正对着玄关的壁画换成了她的宣传图，而客厅中那幅夸张的画，不知道江聿是出于执念还是什么，换成了造价不菲、装裱精美的枯萎的玫瑰的画。

她用白皙的手腕托着下巴，卷翘的睫毛上扬，清澈的眼底写满了迷茫。

江聿起身，她也没反应。他故意拖动椅子弄出很大的动静，果然，她的睫毛如蝴蝶翅膀般颤了颤，她抬起来看向他，后知后觉地问道："你干什么去？"

江聿本来打算上楼处理工作，听她这么一问，随口回道："离家出走。"

他捞起手机，往外走。

忽然，林绵混沌的思绪瞬间清晰。她的眼睛亮了起来，她起身朝江聿追出去。

林绵的手刚缠上江聿的手臂，他就转身将她按到墙上，又凶又气，将他憋了几个小时的怒气化作疾风骤雨。

两个人气喘吁吁地分开，林绵细皮嫩肉的锁骨上多了一道红印，绯红而暧昧。

江聿心满意足地打量着他的杰作,掐着她的腰抱怨受冷落了。林绵捏捏他的耳朵,浅笑着哄他:"闻妃姐让我想直播内容,我在想播什么。"

江聿抱着她坐到吧台旁,微微挑眉,说道:"求我,我就帮你。"

其实林绵已经有了打算,但是方才江聿受了冷落,林绵假装示弱,凑过去吻他的耳朵,说道:"老公,你帮帮我吧。"

林绵冰冷的嗓音中透着一丝软意,撩得江聿的心尖发痒。

江聿收紧双臂,眸色转深。他忽然意识到自己自食其果,泄愤似的在她的腰上揉了一把,低声警告道:"要不,不直播了吧?我们做点儿更有意义的事情。"

"行啊,要不你替我播吧?"林绵眨了眨眼,说得理所当然。

半个小时后,林绵直播预热,各种推广铺天盖地散了出去。

林绵都被这阵仗吓到了。

一个小时后,林绵的直播间开播,画质有些模糊,灯光也不明亮,一看她就是初次直播,没什么经验。

"大家稍等,我稍微调整一下。"林绵好听的嗓音立刻化解了观众所有的抱怨。

弹幕疯狂地刷过,造成画面卡顿。

"我卡了吗?你们能看到吗?"

公屏上大家疯狂地发出"能能能"。

几秒后,林绵出现在镜头里,乌眸红唇,美艳如黛,就算画质不好也挡不住她的美。她如山涧晨雾,又像是初冬薄霜,好看得不真实。刺眼的灯光照亮她的半张侧脸,鼻峰高挺,阴影恰到好处,犹如拿着尺子量过,无论从哪个角度看都很完美。

弹幕上齐齐地刷起了"老婆"。

林绵看着弹幕上飞快地跳过的文字,挑了几条回复。

"不在家吗?对,我不在家,我在一个超级宽阔的地方。

"今天要给大家看什么?我马上就给大家揭晓,不过我不知道大家喜不喜欢。

"江总没来吗？江总来了，只不过他给大家准备惊喜去了。"

"叫你老婆江总会吃醋吗？嗯，待会儿让江总亲自回答你。"

林绵浅浅地跟观众聊了几句，大家发现冰冷的大美人其实很随和，也没什么架子，偶尔还会开玩笑。

她笑起来的时候，唇角弯弯，更让人迷醉。

"好啦，江总准备好了。我要把镜头转过去了。"林绵低声交代完，调整摄像头，画面骤然变大，四周灯光璀璨，光线齐齐聚向正中心。

空无一人的场地上，一辆纯白如猎豹的摩托车闯入视野里，江聿头戴同色的头盔，双眸藏匿在浅色的护目镜之下，双手扶着车头，长腿支地，黑色的冲锋衣被风吹得贴向劲瘦的腰，腰腹的曲线立刻尽显。

他将视线转向屏幕，抬起戴着手套的手，挥了挥，重新握住车头。

"天啦！天啦！这是赛车场吗？江总好帅啊！"

"啊啊啊，绵绵真不把我们当外人！"

"啊啊啊，江总要给我们炫车技了吗？"

"事实证明，大美人开直播不需要滤镜。"

江聿放下护目镜，身体前倾，发动机嘶吼着，林绵退到场边坐下。镜头里，江聿如撕碎怒风的猎豹，压低的车头擦着弯道飘过，速度快得如一条白线划过夜空。

他在赛场上游刃有余。他是闪电，是战马，在属于他的赛场上迎风驰骋。尾风卷起尘浪，他压低了身体，双臂牢牢地锁着车头，宽大的冲锋衣被吹得鼓起，压膝过弯，动作漂亮又敏捷。

江聿跑了数圈后，车速缓下来，林绵站在终点，目视着他从远处奔过来，林绵握着手机的手微微发抖，血液沸腾，心脏狂跳。

"我永远做你的lucky girl，永远为你摇旗呐喊，永远在终点迎接你。"

她现在就站在终点，也是他即将奔赴的地方。

惨白的灯光先投过来，江聿调弱了光线，车速极快，几乎没有停,林绵站在原地,隔空与他对望。

明明什么都看不见,她却分明听见江聿在她的耳边低语。

车低沉的轰鸣声越来越近,犹如在心间奔腾,她深吸了一口气,身体被车灯完全笼罩。

迎面而来的风刮过林绵的耳畔,吹散了林绵的头发,几缕发丝飘至林绵的手臂上勾缠着翻飞。林绵挺直了脊背,心脏重重地跳动。

下一秒响起了刹车声,摩托车停在距离她一手臂的地方。江聿摘下头盔,往后捋了下头发,露出光洁的额头和浅色的瞳孔。

他将视线锁定在林绵的身上,唇边含着散漫的笑,俯下身用手肘压着车头,悠闲地盯着她,几秒后抬起手指勾了勾。

林绵走近,他直起身,勾住她的脖颈把她带到身前,在镜头拍不到的脖颈以上的位置,他的薄唇贴上她的唇瓣,喉结剧烈地滚动。

他的唇微凉,微微颤抖,林绵也是,两个人短暂地吻了几秒。

两个人鼻尖抵着鼻尖,相视一笑,而后松开。

直播效果出乎意料地好,弹幕都刷屏了。

"我真的要被浪漫死了!"

"他们吻了吧?你们看江总的脖子!"

"我看到喉结动了,亲了亲了,啊啊啊!"

江聿把手横在她的后颈上,亲昵地贴着她的肩膀,抬起薄薄的眼皮跟观众打招呼:"我们当然亲了,你们不能看。"

"什么时候让你们看看?等我买下直播平台吧。"他开玩笑地说道。

江聿插科打诨,随便说了几句,便关了直播。

风在耳边轻拂,江聿抽走手机,手滑到她的后颈上松垮地箍着,唇贴在她的耳边低语道:"刚刚,没吻够……"

又一年五月。

国内的天气渐暖,雨季到来。

国际电影节开幕在即,林绵和江聿随同《逐云盛夏》剧组,启程前往伦敦。

此时的伦敦气温偏低，风大，比国内天气要冷。

有人在机场偶遇他们，拍到了两个人手牵手的照片传到网上，江聿还转发了照片表示感谢。

林绵受邀参加走红毯，江聿无事可做，要么在伦敦闲逛，要么在酒店里等林绵回来，然后两个人手牵手漫步街头。

突然空闲下来，像是回到了五年前。他们曾经相遇的那个小店还在，只是门口的风铃被换了，推门时，发出的声响沉闷，不够清脆。

林绵站在她曾躲雨的地方，用脚尖比画，站好，看向江聿，忽然想起来什么，问他："你当时怎么会把伞借给我？"

江聿倚在墙边，他现在戒了烟，身上少了淡淡的烟草味道，即便无所事事，也不会想着找烟。

"因为所有人都有伞，就你没有。"江聿笑出声来。

"真的吗？"林绵故意说，"原来你是可怜我啊。"

江聿转身，握住她的手腕，将她拉到跟前，高大的身形几乎将她笼罩。江聿垂眸看了她几秒，忽然低笑道："这句是假的。"

林绵抬起眼皮盯着他。

他的唇角弯出弧度："我想认识你是真的。"

他用指腹摩挲着林绵的手腕，此情此景，她忽然想起来那条钥匙样式的手链，抬起手晃了晃，问道："我第一次见你时，你是不是戴着这个？"

江聿见她表情专注，揶揄道："你才想起来吗？我以为你早知道了。"

林绵为此感到很羞愧，那么明显的事情，她竟然没想起来，不过现在想起来也不迟："这条钥匙样式的手链有什么秘密吗？"

江聿高深莫测地笑笑："等你拿奖那天我再告诉你。"

这就有点儿吊人胃口了，他这么笃定她一定能拿奖呢？！

不过《逐云盛夏》没在国内上映，而是直接在电影节上首映，反响良好，林绵扮演的何皙更是惊艳观众。

一个女演员漂亮又冰冷，眼睛看人时无欲无求，却又在每个不经意的对视中写满了渴望和野心。

矛盾和伶仃共存，既让人觉得她做作又让人忍不住为她心疼，她瞬间抓住了评委的眼球。

三天后，林绵身穿C家高定礼服，同《逐云盛夏》剧组亮相红毯。

她身上那件价值不菲的礼服，立刻掀起了专业人士的点评热潮，好评如潮，美图一张一张地刷屏。

颁奖典礼当晚，群星璀璨，会场内充斥着紧张和兴奋的气氛。

当主持人宣布《逐云盛夏》斩获"最佳导演奖"时，林绵的指尖都在颤抖，她起身向曲导握手恭贺。

万众期待的"最佳女主角奖"即将揭晓，林绵在提名之列。她屏息凝神，手心不断冒汗，精神高度紧绷。

她不断安慰自己，只要入围就很好了。即便没拿奖，她也会缠着江聿告诉她这条钥匙样式的手链的秘密。

"恭喜《逐云盛夏》林绵！"主持人声音洪亮，用纯正的英文念出林绵的名字时，她恍惚了两秒。

最佳女主角是她吗？会不会是她听错了？

聚光灯打在头顶上，林绵如梦初醒，立刻拎着裙摆起身，在大家的掌声和欢呼声中，与周围的人拥抱握手。

傅西池握住她的手，低声说："恭喜，最佳女主角。"

林绵回道"谢谢"，两个人轻轻地拥抱后，林绵在傅西池的护送下，踩着高跟鞋迈上舞台。

国际电影节的颁奖舞台比银穗电影节的舞台更大，灯光更明亮，地板更滑。

她小心翼翼地走到舞台中央，台下坐满了业界的前辈，她站在聚光灯下，热泪涌了上来。

细数过去二十多年的种种，她终于走到了这个舞台上，心情复杂，热泪奔涌。

林绵擦了擦眼角，用最漂亮的姿态接过奖杯，用流利的英文致谢所有人，最后，她目光坚定地看向摄像机。

她的眼眶里闪着水光，下巴上悬着一滴泪，黑眸粉腮，漂亮得让人移不开眼。

她用双手托着奖杯，钥匙样式的手链在手腕上晃荡，她缓缓张开红唇，说道："Roy,for you,a thousand times over.（Roy，为你，千千万万遍。）"

"Roy,love you.（Roy，我爱你。）"林绵抬手擦掉下巴上的眼泪，鞠躬下台。

她把奖杯交给闻妃，收到了江聿发来的消息。

R：恭喜，我的女主角。

江聿倚在车上，手里拿着一顶白色的头盔，见她出来，晃了晃手里的头盔。

他的身后立着一辆浅橙色的摩托车，比她送的白色那辆还要高大气派，像是一头猛兽。

林绵走到他的身前，路灯照着两个人，淡淡的灯光为他镀上一层金色，两个人抱着吻了一下，她说："我拿奖了。"

江聿啄了一下她的唇，说道："恭喜你，江太太。你以后不光是我一个人的最佳女主角了。"

林绵笑笑："也恭喜你，江先生。你将拥有一位最佳女主角太太。"

两个人笑了笑，江聿给她戴上头盔，扣住，把护目罩放下来。

林绵还穿着黑色高定礼服，戴着头盔着实有些违和。

"我们去哪里？"林绵被抱上车，双手环上他的腰，钥匙样式的手链在他的腰腹上碰撞。

"去风想带我们去的地方。"江聿扭头大声说。

林绵将裙摆提起来打结，双手抱着他的腰，在街区里穿行，轰鸣声比风声还嚣张肆意。

周围的景物变得熟悉起来，林绵的心跳骤然加快，她忽然意识到江聿要带她去哪儿。

他们穿过风，停在肯辛顿公寓楼下，时隔这么多年，四周的景物依然没怎么变。

不远处的广场上，灯光稀疏，朝上看，林绵还清楚地记得她喜欢趴在第几个窗户上往下看。

她有时候看几个小时，有时候看一整天，看过往的车辆，等江聿，抑或看鸽子起起落落。

她和江聿在这里度过了最缠绵、最荒唐的一个月，那间临时的小公寓里，几乎每个地方都残留着他们的痕迹。

他们再回来时，心境却完全不同。

她庆幸租住在这里，才没有错过遇见江聿的可能。

江聿提议去楼上看看，林绵摇头道："肯辛顿公寓的安保措施很严格。"

第一次是林绵带他上去的，后来他的名字一直登记在拜访名单里，如今时隔好几年，他们恐怕不容易进去。

江聿露出遗憾的表情，问道："那怎么办？"

林绵也很想上去走走，正在发愁之际，忽然被他握住手腕往旁边走去。

"我记得这边有个小储物间，可以翻进去，要不要试试？"江聿表情认真地提议道。

林绵认真地思索了这个办法的可行性，提了提及地的裙摆，问道："你觉得我能吗？"

两个人沉默几秒。

江聿牵着林绵往大门走去。林绵边走边问他："你不怕我们被拦下来吗？"

"试试，他要是拦下我，你就往上跑。"江聿笑得眼睛明亮，"如果没有被拦下，那说明我们很幸运。"

谁也想不到，刚在国际电影节上拿奖的最佳女主角，会在午夜试图私闯公寓。

然而，他们真的这么做了。

幸运似乎保留了一整晚，他们从进门起一路畅通无阻，没有人阻拦，也没有人询问。

"肯辛顿公寓的管理什么时候这么松懈了？"

来到林绵租住的房间门口，在僻静无人的走廊里，林绵倚在墙上喘气，熟悉的场景，熟悉的地方，江聿站在身边。

"要不要打开门看看？"江聿略挑眉，起身去动门锁。

"不要了。"林绵觉得他们跑上来就够疯狂了，还去敲门打扰别人，真的不合适。

就在她决定离开时，江聿将她拉了回来，手指意有所指地碰了碰她的钥匙样式的手链，问道："你真的不打算试试？"

林绵愣了几秒钟，忽然后知后觉地意识到江聿为什么会平白无故地送她钥匙样式的手链。心脏疯狂地跳动，她难以置信地看向江聿。

两个人对视一眼。

林绵拿下钥匙样式的手链，手指颤抖地把钥匙塞进门锁里，完全适配。她轻轻地转动钥匙，"咔嗒"一声，房门被打开了。

屋内一切未变，还如她离开时那样。

她从中古店里淘来的花瓶，依旧被摆放在窗台上，只是里面没有装鲜花。

江聿的打火机，还是当初被他随手扔在斗柜上的样子。林绵难以置信地站了许久，为她还能打开房门发出惊叹："怎么会……？"

怎么会时隔这么多年，这间小公寓还保留着之前的设计？没有其他人入住吗？

"这条手链不是你之前戴的那条吗？"

"相似而已。"

原来不是那一条，林绵再次为自己的粗心汗颜。

江聿推着她的肩膀，进到屋内，锁上房门，屋内的一切更明晰，就连沙发的褶子都像是昨天刚坐出来的一样。

林绵呆愣了许久，深吸了一口气。

惊喜来得太突然，她还是不敢相信，起身拉开衣柜，里面少了她的衣服，但像是陆续添了很多江聿的衣服。

"你该不会一直都住在这儿吧？"林绵回头看向他，问道。

江聿双手插兜，嘴角带着散漫的笑。他摇头，说道："没有，偶尔过来。"

林绵不知道他这个"偶尔"的频率是多久。

她还在消化这份惊喜，心里又不免为他难过。

当初她一走了之，之后江聿每次来这边时，怀着的是怎么样的心情？

江聿那时很痛苦吗？一定很痛苦了。

"房东太太是个家境优渥的妇人，不肯出售房子，我只能向她租住，一次性续了十年的房租。"江聿轻描淡写道。

"如果……我是说如果，十年你都没再遇到我，怎么办？"她的声音很低，她也很内疚自己没有勇气。

"那我也不会感到遗憾了。"江聿单手搂着她，"不过，没有如果。"

林绵的心情很复杂，她把头抵在江聿的胸口上，深深地吸了口气，眼泪还是不受控制地顺着眼角滑落。

江聿捧起她的脸，吻走热泪。

幸好……幸好，他们不需要长达十年的寻找和等待。

他将她揽入怀中，庆幸地低语道："下一个十年，你还在我的身边。"

就像五年前从这里开始，十年，二十年，甚至三十年，往后年年，都如此。

我会找到你，坚定不移地陪着你。

我曾无数次这样表白，在我看向你的每一个眼神里。

【全文完】

出版番外
甜心小狗

这里连续下了三天暴雨才放晴,淡淡的金色光影镀在建筑物上。

窗帘被随意地搭在窗台上,半遮半掩,一点儿淡淡的光线透过薄薄的窗帘照到木质地板上,铺成长长的一道光。

大概是因为前一夜太过疯狂,不太流通的空气里飘着酒味,经过一整晚的发酵又掺杂了其他气息,显得格外暧昧。

手机的铃声骤然响起。从藏青色的被子下探出一只手,在枕头下四处摸索,点开屏幕。

几秒后,铃声戛然而止,屋子里恢复安静。

又过了一会儿,林绵掀开被子,晃着酸涩的身体坐起来,柔软的头发窝在颈侧,白皙的肌肤透着细腻的粉色,只不过垂下的睫毛遮不住眼底的疲倦感。

几分钟前,Roy发来消息,是他上课时偷偷画的一只小狗。

这种行为可爱又幼稚,但她偏偏很吃这套。

林绵忽然笑出来——那只小狗真像Roy。

他是她的puppy(小狗)Roy。

"Puppy, puppy, puppy, Roy。"她轻声地念道。

林绵思索了几秒后,决定给她的puppy一个惊喜。

江津上完老教授的课,收拾完书包后,被几个男生拥着往外走。

男生们正在讨论下午去哪个赛场玩车。江聿听得有些心不在焉，脑子里在想林绵有没有醒，昨晚他俩是不是闹得太过了？

忽然江聿的耳边响起男生们的起哄声，这群人最喜欢大惊小怪。

江聿将视线从手机上挪开，漫不经心地抬起头。

一个身材高挑的女孩儿挡住了他的去路，眼神直直地落在他的身上，目光里带着热切的期盼。

江聿顿了几秒钟，收起手机，准备给人让路，没想到对方不但没走开，反而朝他走近了一步。

女孩儿身上淡淡的香水味飘过来，他下意识地往后退了一步，看着女孩儿，从她的嘴里听到了大胆的告白。

江聿淡定地听完，没什么情绪地拒绝了她，但女孩儿似乎不信他有女朋友，执意地纠缠着他。

江聿皱着眉头，脸上表现出一丝不耐烦，想要拿起手机给林绵打电话，让她帮忙解决。

他胡乱地扫了一眼周围，突然视线停在某处。

他抬手拨开女孩儿，收起手机，快步往楼梯的转角走去。

"林绵。"他叫她的名字。

林绵没想到自己被发现，转身就往楼梯的转角藏，可身后的脚步声越来越急，也越来越近。

江聿走了几步，拽着黑色卫衣的下摆往上翻，将卫衣脱下拎在手里。白色宽松的T恤贴在江聿劲瘦的身体上，勾勒出他若隐若现的腰线。

林绵小声地"呀"了一声，放慢了脚步，像是在等着他来追。

还不等林绵迈下台阶，江聿便把黑色的卫衣从她的脖子上绕了过去。林绵整个人就被拽着跌回一个温热而坚硬的怀中。

江聿将她牢牢地抱住，身上独有的气息不动声色地将她包裹。

她被江聿握着腰转了个身，两个人贴得很近，呼吸压着呼吸。

"你跑什么啊？"他低垂着眼，与她对视，嗓子被酒精刺激得有些沙哑，他拖着腔调明知故问道。

林绵往墙上靠，他的脚便跟着动，鞋尖抵着鞋尖。

她今天出门前刻意地打扮过,几缕发丝窝在颈侧处,黑色的外套将她整个人衬得鲜活又精致。

江聿挑了挑眉,一眼就认出她穿的是他的外套。

宽松的外套松垮地挂在林绵的肩膀上,领口露出的一小片锁骨在发丝的遮挡下若隐若现。

他只看了一眼便有些挪不开眼,甚至心里想着不能让其他人看见她。

江聿安静了几秒。

林绵抬起头,淡淡的眼神里此刻有了些波澜。她看着他,理直气壮地回道:"我不跑,难道要替你鼓掌?"

江聿瞧着好玩,没反应过来,不解地"嗯"了一声。

林绵沉默了几秒后,用手指戳他的胸口,眼神变得有点儿凶:"她好像很喜欢你。"

她此刻的样子是他之前没见过的。

"不是好像。"他故意地说道。

林绵的指尖顿了一下,她戳他戳得更用力:"你很高兴?"

江聿笑了,抬起手握住她的腰,将人完全困在怀里:"你吃醋了?"

林绵瞥了他一眼,没回答。

江聿也很知趣,不追问,而是笑得耐人寻味。

他的眼神太过直白,富有侵略性,让林绵感觉被挑衅了。

她眨了眨眼,抬眼看向他,他的脖子和锁骨近在眼前,喉结随着吞咽滚动,旁边的小痣更是惹眼,像在故意招惹她。

林绵记得前一天晚上,她曾无数次去蹭小痣,感受江聿呼吸急促时喉结起伏的频率,那时的江聿迷人又致命。

时间仿佛静止了几秒。

她伸出手指勾住他脖子上的银色项链,往前嗅了嗅他的卫衣,又去嗅他的T恤。

江聿低着头,配合着她,抬手几乎将她完全圈在怀中。

"我的。"她说。

江聿笑着,纵容地"嗯"了一声。

"我的香水味道。"她补充道。

林绵温热的呼吸喷在江聿的锁骨上,微凉的手指停在江聿的脖颈上,她若有若无地触碰着江聿。

江聿低下头往她的耳边蹭。

"还有呢?"他问道。

林绵往后退了点儿,说道:"还有洗衣液的味道。"

好个小心眼儿的女人!他不过是用了一点儿她的洗衣液,她都记着。

"还有?"

江聿将手滑到她的身侧,把她空着的手腕捉住压向他的后腰。她的后背重新靠向墙壁,整个人更深地落入江聿的怀中。

林绵越是挣扎,江聿越是锁得紧,恶劣得很。

江聿低下头,用细软的头发蹭她的脸颊。淡淡的阳光洒在江聿的颈背上,勾勒出一圈淡淡的光晕。

四周很静,静得可以听见彼此的呼吸声。

林绵的声音有些抖:"还有洗发水的味道。"

江聿浅笑了声,贴在她的耳边,收紧手臂将她拢进怀里,放低了声音,说道:"我全身上下都是你的味道。你满意吗?"

林绵有些羞涩,没回答他的问题。

他又说:"你穿着我的外套。"

林绵低声反驳道:"我没衣服穿。"

"下次我多留几件外套在你那儿。"江聿坏笑了一下,"你穿给我看。"

林绵的心口轻轻地一颤,她还没来得及回答,薄唇被封住,他的气息更深地侵入。

林绵的呼吸变得急促,她闭上眼睛,缩在他的怀里,心甘情愿地配合着他。

突然林绵的唇间发出一点儿声音。江聿停下动作,深深地看着她:"你刚叫我什么?"

林绵白皙的脸上泛着薄薄的粉色,她眨了眨眼,凑到他的耳边,说道："puppy Roy。"

林绵轻声细语地撩拨着江聿，他一下就明白了，鸦黑的眼眸里藏着几分笑意。

"你当我是小狗啊？"他说。

林绵看着他严肃的样子，笑了笑，手指有一搭没一搭地摸着他的脖子，像是在抚摸小狗。

林绵直勾勾地看着他，说道："不行吗？"

她轻启薄唇，故意念出"puppy"。

江聿将她的手拿下来，不让她触碰他的脖子，又低头吻她。

这次他吻得更凶。

一阵吵闹声由远及近，紧接着有人喊江聿的名字，是那群玩车的人去而复返。

他用卫衣护住林绵，不耐烦地冲那群人喊道："我在忙。你们没看见吗？"

那群人推推搡搡地离开后，林绵从卫衣里露出一只眼睛往外瞧。

江聿收回视线，用手指掐住她的下巴，将她的视线转回自己的身上："别看了。"

林绵担心那群人又出现，视线不自觉地飘走。

江聿手指用力，将林绵掐得有点儿痛了，她不得不将视线收回放到他的身上。

江聿低垂着眼，长长的睫毛挡住浅褐色的眼珠，眼角潮湿，像是受了什么委屈，却又不肯承认地倔着脾气。

林绵望着他说不出话来。

下一秒，她听见他压低嗓音，颇为不满地说："你还要不要亲你的小狗了？"